www.tredition.de

AF185691

Dieses Buch ist ein Roman. Die Handlung und ihre Darsteller sind frei erfunden. Ähnlichkeiten mit wirklichen Personen wären reiner Zufall. Die Dörfer Groß- und Kleinhimmelsee gibt es ebenfalls nicht. Nur die Lage des Himmelsees ist dem Wittensee im Bezirk Schleswig verteufelt ähnlich. Die Idee zu diesem Roman entstand aus einigen Erzählungen über einen meiner Urgroßväter. Er hatte einen kleinen Bauernhof in der Nähe von Hamburg und verlor seine erste Frau und zwei Kinder 1892 an die Cholera. Nur er selbst und ein Hütejunge überlebten.

Günter-Christian Möller

Die ertrunkene Angst

Brennende Vergangenheit

www.tredition.de

© 2019 Günter-Christian Möller
Umschlag, Illustration: Günter-Cristian Möller
Ingeborg Geib
Lektorat, Korrektorat: Dr. Nicola Peczynsky

Verlag & Druck: tredition GmbH, Halenreie 40-44, 22359 Hamburg

ISBN:978-3-347-15103-1(Paperback)
ISBN:978-3-347-15104-8(Hardcover)
ISBN:978-3-347-15105-5 (e-Book)

Prolog

Schleswiger Nachrichten, 14. September 1892

Von der Cholera.
Recht interessant ist eine in Gotha bei Karl Schwalbe erschienene Broschüre eines Dr. med A. Lünzel, köngl. Großbr. Oberstabsarzt a.D. ‚Die Behandlung der Cholera nach den in Indien gemachten Belehrungen'. Er hat bei 171 schweren Fällen seines Batallions nur 27 Todte gehabt, indem er die Erkrankten kräftig mit heißem Terpentient reiben und ihnen alle 10 bis 15 Minuten 25 bis 30 Tropfen Chloroform in einer kleinen Quantiät Selterwasser reichen ließ. Sehr energisch widerspricht er der Koche'schen Bazillentherapie, die durchaus nicht mit den von ihm in Indien gemachten Erfahrungen betreffs der Verbreitungsweise der Krankheit übereinstimmt.

Schleswig-Holstein, Bezirk Schleswig östlich Rendsburg
Klein Himmelsee, September 1892

Rune war den ganzen Tag gewandert und erschöpft.

Der Gedanke durchzuckte ihn, dass er morgen seinen zwölften Geburtstag hatte. Doch seine Eltern waren tot. Er war allein. Jetzt hast du nur noch dein Leben, sonst nichts mehr, überlegte er. Er wollte nicht mehr daran denken, was es für eine Krankheit war, an der seine Eltern gestorben waren. Er wollte auch nicht daran denken, dass ihr kleiner Bauernhof vorgestern mitten in der Nacht abgebrannt war. Nur ein paar Stunden, nachdem der Arzt da gewesen war und erklärt hatte,

dass es sich bei der Krankheit seiner Eltern wahrscheinlich um Cholera handele. Er, Rune, müsse auf dem Hof
bleiben und schon morgen würden Männer kommen
und seine Eltern beerdigen. Was mit ihm danach geschehen würde, hatte der Arzt nicht gesagt. Rune vertraute ihm nicht. Seine Mutter hatte nie etwas Gutes
über ihn erzählt: dass er einmal einem alten Mann neu-
artige Tropfen gegen sein hohes Fieber gegeben habe
und am nächsten Morgen sei er tot gewesen.

Rune hatte nur noch wenige Verwandte. Seine
Großmutter mütterlicherseits lebte irgendwo in Dänemark. Die Eltern väterlicherseits waren beide schon tot,
aber es gab noch einen Onkel und eine Tante.

Der Vater hatte einen entfernten Verwandten in der
Nähe von Hamburg besucht, und sich dort vermutlich
mit der Cholera angesteckt. Das jedenfalls hatte der
Arzt vermutet. Da wollte Rune also auf keinen Fall hin.
Aber es gab noch eine Tante in der Nähe von Lübeck
und die wollte er finden. Leider wusste er den Namen
des Dorfes, wo sie lebte, nicht mehr. Das Wort „Sieben"
kam ihm immer wieder in den Sinn. Er hoffte, dass ihm
dann auch der Rest wieder einfallen würde. Immerhin
könnte er nach einem Dorfnamen fragen, der das Wort
„Sieben" enthielt.

Rune war für sein Alter überdurchschnittlich groß, hatte kupferbraune Haare, eine Stupsnase und ein meist entspanntes Lächeln, das ihm einen verträumten Gesichtsausdruck verlieh. Seine Kleidung war alt und abgetragen. Nur seine Schuhe waren recht neu und zum Glück schon eingelaufen, denn die Reise nach Lübeck gestaltete sich schwieriger als gedacht.

Rune getraute sich nicht, mit der Eisenbahn zu fahren, weil er sie noch nie benutzt hatte. Zudem hatte er auch nicht das Geld seines Vaters aus den Flammen retten können. Ein einziger Groschen war ihm geblieben und diesen hatten ihm zwei Männer gestern geraubt. Es war passiert, als Rune südwärts auf der Straße von Schleswig nach Rendsburg, auf dem sogenannten Ochsenweg, ging. In der Nähe des Ortes Kropp hatten sie ihm am Straßenrand in einem Gebüsch aufgelauert. Er hatte gar nicht so schnell weglaufen können, so plötzlich waren sie aufgetaucht. Also musste er ihnen den Groschen aushändigen. Er könne den Rest – gemeint war seine Tasche mit einem Stückchen altem Brot und seinem Angelzeug – behalten, meinte einer der beiden Männer großzügig und grinste ihn verschlagen an.

Eigentlich war Rune nie sonderlich ängstlich gewesen. Doch nach diesem Erlebnis hatte er den Ochsenweg bei der nächsten Abzweigung verlassen und sich nach Osten gewandt. Dort waren die Leute und das Land nicht so arm und kärglich. Statt über Rendsburg würde er eben über Kiel nach Lübeck wandern. Leider war die Straße, auf der er nun entlang ging, noch einsamer als der Ochsenweg. Alle paar Minuten drehte er sich um und bei jedem Geräusch zuckte er zusammen. Und sobald jemand zu sehen oder zu hören war, wich er in die Büsche aus.

Er bat nun auf den Höfen, die wohlhabend aussahen, um etwas Brot. Am Spätnachmittag überließ ihm schließlich eine mitleidige Magd ein kleines Stückchen, nachdem sie ihn teilnahmsvoll gemustert hatte. Klein Himmelsee hieß das Dorf und wie ein Geschenk kam ihm auch die Gabe vor. An einem schmalen Bächlein machte er Rast, trank dort von dem Wasser und ließ sich auf einem alten umgefallenen Baumstamm nieder, der einen traumhaften Blick auf einen weiter unten gelegenen kleinen Sumpfwald eröffnete. Hinter dem kleinen Wald erstreckte sich ein großer See, der über einen Kilometer breit und um einiges länger war. Ein paar Schritte weiter gabelte sich der Weg. Ein Wegweiser mit drei kleinen Schildern stand dort. Der Hauptweg führte durch ein großes Feld und von dort über eine Anhöhe, die den weiteren Verlauf dahinter verbarg. Ein Nebenweg bog zum Sumpfwald ab und führte in ihn hinein. Am Ende ragten drei größere Bäume eindrucksvoll empor, wo sich eine kleine Insel oder Halbinsel abzeichnete. Bestimmt eine gute Möglichkeit, um zu angeln, dachte Rune.

Er beschloss, nur die Hälfte des Brotes zu essen. Stattdessen wollte er schauen, ob der Nebenweg durch dem Sumpf bis zum Wasser führte. Falls ja, würde er dort versuchen, einen Fisch zu fangen, und ihn mit dem Rest des Brotes essen. Als er die Weggabelung fast erreicht hatte, sah er, wie zwei Gestalten über die Anhöhe ihm entgegenkamen. Angst überflutete seine Gedanken. Was sollte er tun? Er konnte versuchen, ins Dorf zurückzukehren, oder den Nebenweg zum Sumpf nehmen. Rune drehte sich Hilfe suchend um, doch hinter ihm war niemand. Auch die beiden Männer, die sich ihm näherten, waren kurz stehen geblieben. Dann jedoch beschleunigten sie ihre Schritte. Schnell wandte er sich zum Sumpfwald und begann zu laufen. Kaum hundert Meter hinter ihm waren die beiden Kerle.

„Bleib stehen!", schrie eine Stimme, die bedrohlich näherkam.

„Wir kriegen dich sowieso", rief der zweite Mann, der offenbar stehen geblieben war.

Aber Rune lief nur schneller. Erst als er den Wald erreicht hatte, blieb er stehen und drehte sich schwer atmend um.

Sein einer Verfolger war zwar schlank und jung, doch er humpelte und würde Rune nicht einholen. Der andere hatte sich auch wieder in Bewegung gesetzt, aber er konnte noch nicht einmal mit seinem humpelnden Genossen mithalten. Rune überlegte kurz. Es war Herbst, doch bisher waren nur wenige Blätter hinuntergefallen, sodass man sich gut hinter dem Laub der Büsche verstecken konnte. Nur ein paar Schritte breit war der Damm vor ihm, auf dem etwas Erde zu einem Weg aufgeschüttet worden war. Links und rechts davon säumten Sträucher und kleine Bäume den Weg. Die Verfolger hätten leichtes Spiel, wenn er sich dahinter verbarg. Nein, das war keine gute Idee, entschied er.

Deshalb lief er den Weg, so schnell er konnte, weiter. Trotzdem waren die Schritte seines Verfolgers näher gekommen, die kleine Bedenkpause hatte wertvolle Zeit gekostet. Plötzlich hörte er hinter sich ein Stolpern, dann ein Fluchen. Doch Rune rannte weiter.

Dann war der Weg vor ihm abrupt zu Ende. Ein paar kümmerliche Birken schauten aus dem Wasser, die Stämme von Erde, Gras, Moos und Wurzelwerk umgeben. Sie standen oft nur einen Meter voneinander entfernt. Ganz in der Nähe gab es eine größere Insel. Eine riesige Eiche, die er bereits zuvor gesehen hatte, ragte dort empor. Üppiges Wurzelwerk und undurchsichtige Fliederbeerbüsche wucherten rund um den Stamm. Dort muss ich hin, dachte Rune. Er sprang auf eine der kleinen Bauminseln vor ihm und krallte sich am Stamm fest. Das Wurzelwerk und Moos waren rutschig. Dann zum nächsten Baum. Doch der war über drei Meter entfernt. Deshalb setzte Rune seine Hoffnung auf einen matschigen, wenig Vertrauen erweckenden Grasweg, der zur Insel hinüberführte. Aber als der Junge vorsichtig auf das Grün trat, gab es nach und sein Schuh sank langsam ein. Er schaute sich um und sah eine kleine Sumpfpflanze in der Mitte, auf der ein dickerer Ast lag. Die nutzte er, um zuerst dorthin zu springen und dann sofort weiter zum nächsten Baum. Ein paar Momente später war er über einige weitere kleine Inseln im sumpfigen Morast zur großen Erhebung mit der Eiche gelangt. Dort versteckte er sich hinter den Fliederbeerbüschen.

Er blickte um sich. Ein kleiner, schmaler Sandstrand eröffnete ihm den Weg zum Wasser des Sees. Daneben gab es nur noch Reet. Wenn die Verfolger die Insel erreichen sollten, dann musste er ins Wasser, mit allem, was er jetzt noch besaß, auch mit seiner Tasche. Seine Wasserflasche darin hatte er gerade gefüllt und wollte sie nicht leeren. Er holte sie heraus und legte sie ins Reet. Rune konnte zwar schwimmen, doch vielleicht konnte das einer der beiden Kerle auch. Aber er konnte nur ins Reet fliehen und hoffen, dass sie ihn dort nicht suchen würden. Das Herz klopfte ihm bis zum Hals.

Eine knappe Minute später hörte er wieder die Stimmen der Männer.

„Du wirst schon sehen. Wir kriegen ihn", sagte die tiefere Stimme zuversichtlich. „Wenn er sich hinter einem Busch versteckt hätte, hätten wir ihn längst gefunden und den Sumpf kennt er nicht so gut wie wir."

„Ich kann nur hoffen, dass du recht hast. Und was, wenn er nichts hat? Wenn er ein genauso armer Schlucker ist wie du und ich?"

„Dann haben wir endlich jemanden", raunte der Dicke kaum hörbar, „der schnell laufen kann und uns die Drecksarbeit abnimmt. Der Junge kann in die Hühnerkäfige klettern und die Eier klauen, die wir verkaufen, und uns morgens die Milch fürs Frühstück besorgen. Mit dem fixen Burschen sind wir ein tolles Erfolgstrio."

„Hier ist der Weg zu Ende und der Junge ist immer noch nicht in Sicht. Was nun?", meinte der schlanke Kerl.

Rune blickte durch die Blätter des Fliederbeerbusches. Er atmete so leise und langsam wie möglich, aber sein Herz pochte wild und schnell, denn die beiden Männer beobachteten nun seine Insel.

„Er kann nur auf dieser Insel sein", sagte der Dicke energisch und zeigte in Runes Richtung. „He, Junge! Wir wissen, dass du auf der Insel bist. Wir haben uns verlaufen und vielleicht kannst du uns sagen, wie wir von hier nach Rendsburg kommen?"

Rune schwieg. Er zog zur Sicherheit schon einmal seine Schuhe aus und steckte sie in seine Tasche.

„Du kriegst auch einen Groschen."

Rune schwieg und stopfte jetzt auch seine Jacke, die er vorsorglich ebenfalls abgelegt hatte, hinein. So blöd, wie sie hofften, war er bestimmt nicht.

„Es hilft nichts, du musst auf die Insel und ihn her-
schaffen", sagte der Dicke nachdrücklich.

„Wieso ich?", meuterte der Dünne.

„Ich bin viel zu schwer."

Der Dicke deutete mit einer strengen Geste zum ersten Baum, auf dessen Wurzelwerk auch Rune gesprun-
gen war. Der Dünne fluchte:

„Einmal im Jahr steht das Wasser einen halben Meter höher als sonst und ausgerechnet in diesem Augenblick muss ich hier in diese dreckige Brühe!"

Doch er krempelte seine Hosenbeine hoch. Dann
nahm er den gleichen Weg, den der Junge genommen
hatte. Kurz darauf stand er vor der über drei Meter
breiten Lücke zur nächsten Birke. Rune, der alles beobachtet hatte, spürte, wie seine frisch verheilte Brand-
wunde an seiner rechten Hand wieder schmerzte.

Ich muss ins Wasser gehen, wenn der Mann den
nächsten Sprung schafft, dachte er verzweifelt. Das Brot
wäre dann verdorben und er hätte nichts mehr fürs
Abendessen. Leise krabbelte er zum Morast und setzte
einen Fuß ins Wasser, dann den zweiten. Plötzlich hörte
er hinter sich einen dumpfen Aufprall und einen Fluch.

„Verdammt! Verdammt! Verdammt! Du mit deinen
verrückten Ideen!"

Rune drehte sich um und kroch vorsichtig zu den
Fliederbeerbüschen zurück. Ein Blick durch das Di-
ckicht zeigt ihm, dass der dünne Mann bis zur Brust im
Sumpf eingesunken war.

„Keine Angst, ich helfe dir."

Der Dicke hatte irgendwo einen starken Ast gefunden und stocherte damit im sumpfigen Gras vor sich
herum.

„Alles ziemlich morastig hier."

„Du Idiot!", murrte der dünne Mann. Doch er hatte es zurück bis an den Baumstamm geschafft, von dem er abgesprungen war. Mühsam krallte er sich an dem Stamm fest. Kurz darauf war er wieder bei seinem Kumpanen und zog sich seine Hose aus. Er wusch sie in dem kleinen Bach, der neben dem Sumpf in den See floss.

„Du kannst den Bengel auch holen, wenn du durch den Bach gehst", sagte der Dicke. „Von dort kommst du auch auf die Insel und der Bach ist höchstens einen Meter tief. Schau!" Er tauchte seinen Ast ins Wasser.

Der dünne Mann schnaubte nur, während er sein Hemd reinigte. Nachdem er alles ausgewrungen hatte, zog er das nasse Zeug wieder an, mitsamt der trockenen Jacke.

„Deinen schönen Vorschlag kannst du gerne selber in die Tat umsetzen. Dieses Mal schaue ich zu, wie du baden gehst."

„Ich kann nicht schwimmen. Womöglich ist das Wasser dahinten viel tiefer als hier."

„Ich kann auch nicht schwimmen, jedenfalls nicht so weit", erwiderte der Dünne.

„Aber du bist schon nass", nörgelte der Dicke.

So stritten sich die beiden noch eine Weile und entfernten sich kurz darauf auf demselben Weg, auf dem sie gekommen waren.

Rune fiel ein Stein vom Herzen. Er beschloss, die Nacht auf der Insel zu verbringen. Womöglich warteten die Gauner am Waldrand auf ihn. Er hatte immer noch Angst. Um sich abzulenken, wollte er lieber versuchen, einen Fisch fürs Frühstück zu fangen. So band er eine seiner Schnüre mit einem Korken, Haken und Köder an einen längeren Zweig und beobachtete aufmerksam das Wasser. So verging die Zeit, bis es dämmerte.

Es war eine gute Stelle zum Angeln, ein Sandstrand, der an den kalten, klaren Bach angrenzte. In den letzten Wochen hatte es viel geregnet und der Wasserspiegel des Sees war deshalb erheblich angestiegen. Als es fast schon dunkel war, sah Rune den ersten Fisch. Er schwamm in Richtung des Baches, der hier in den See floss. Dann schimmerte der Mond durch die Wolken. Gespannt beobachtete der Junge den Korken. Mit einem Mal sah er in der Ferne Lichtblitze und hörte ein dumpfes Grollen. Ein Gewitter nahte. Er holte die Angel ein, um von hier zu verschwinden. Den Weg durch den Sumpf konnte er wegen der Dunkelheit nicht nehmen. Er musste durch den Bach zurück. Zur Not eben auch schwimmen.

Plötzlich hörte er Geräusche. Dort, wo sich der Weg am See entlang schlängelte und der Pfad zur Halbinsel abzweigte, schien eine Kutsche zu halten. Ein Pferd wieherte in der Ferne. Stimmen redeten miteinander, doch sie waren zu weit weg, um zu verstehen, was gesprochen wurde. Hatte da jemand etwa die Halbinsel zum Ziel? Unmöglich! Der Weg war viel zu schmal für eine Kutsche, dachte Rune.

Und trotzdem kamen die Stimmen langsam näher. Der Junge überlegte nur kurz. Er packte wieder seine Schuhe und Jacke in die Umhängetasche. Nach einigen Momenten nahm er eine Laterne wahr, die sich auf ihn zu bewegte. Blitzschnell packte Rune seine Tasche und versteckte sie im dichten Gebüsch am Fuß der Eiche. Dann harrte er der Dinge, die da kommen mochten. Ihm war kalt und es roch nach vermodertem Holz.

Inzwischen konnte er eine dunkle tiefe Stimme und ein helle unterscheiden, die sich miteinander unterhielten. Auf keinen Fall handelte es sich jedoch um die beiden Halunken vom Nachmittag. Trotz der Laterne waren die Gesichter leider von Hüten verborgen und ihre Worte gingen im Rauschen des Reets unter. Dann blieben die Gestalten stehen und sahen in seine Richtung, ein kleiner und ein großer Mann.

„Verdammt! Hochwasser!", rief der große Mann mit einer tiefen, vollen Stimme. „Es hilft nichts. Du machst trotzdem, was ich dir gesagt habe."

Plötzlich schlug ein Blitz ganz in der Nähe ein. Rune hörte merkwürdige Wortfetzen. Das grelle Licht und das Rollen des Donners lähmte seine Gedanken. Kleine Mücken tanzten um seine Haare. Er roch seinen eigenen Schweiß durch den brackigen Geruch des Seewassers. Gebannt beobachtete er, wie der kleinere Mann langsam ins Wasser ging und auf ihn zu watete. Seine Bewegungen waren unsicher, denn er trug etwas Schweres. Plötzlich blieb er stehen. Es schien, als ob sich seine Last in irgendetwas verfangen hätte.

Nun stieg auch Rune leise und vorsichtig ins Wasser und watete langsam ins Reet, bis er fast bis zum Hals im Wasser stand. Dunkelheit, Angst und das Reet hüllte ihn ein. Erneut blitzte und donnerte es. Das nahe Klatschen von etwas Schwerem, das ins Wasser fiel, ging in dem Höllengetöse fast unter. Dann löste sich eine Gestalt aus der Finsternis. Rune hatte das Gefühl in seiner Angst zu ertrinken. Nur ein paar Meter entfernt keuchte jemand.

1

Schleswiger Nachrichten 1892

Schleswig, 3. Juli

Die hiesigen Inhabern von Gastwirthschaften sind neuerdings von der Polizeibehörde daran erinnert worden, daß die alte dänische Polizeiverordnung wegen der Pässe und Beherbergung von Reisenden, datiert Kopenhagen, 17. April 1811, noch gültig ist.

Schäferkate Geest, nahe Kropp, September 1902

„Denk dran", sagte Johannes. „Wenn du bei den Höfen ankommst und an die Tür klopfst, dann hast du jedes Mal einen kleinen Strauß Strohblumen dabei!"

„Natürlich John", entgegnete Rune lächelnd.

Johannes Silban war Schäfer und versuchte einen Teil seiner Wolle an Bäuerinnen zu verkaufen, die noch immer die Spinnkunst beherrschten und selber eigene Kleidungsstücke anfertigten. Er bekam von ihnen weit mehr Geld, als wenn er die Wolle an den Händler verkaufte, der erst in drei Wochen vorbeikommen würde.

Rune war jetzt zehn Jahre bei Johannes Silban. Die ersten vier Jahre war der Schäfer im Herbst noch alleine losgezogen und hatte Rune mit dem treuen Hütehund Rasmus bei seinen Schafen zurückgelassen. Danach hatte er Rune zu den Höfen in der Umgebung mitgenommen und ihm gezeigt, welche er besuchen sollte und wie er am besten mit den Bauersleuten verhandelte.

Aus dem kleinen drahtigen Jungen war ein recht kräftiger, ansehnlicher junger Mann geworden, der viel lächelte und sein Gegenüber mit einem durchdringenden Blick betrachten konnte. Vor Kurzem hatte ihn John auf einen benachbarten Hof geschickt, um dort einen Hammer zum Verpfählen auszuleihen. Als der Bauer ihm das Werkzeug überreichen wollte, traten seine zwei Töchter neugierig neben ihren Vater. Eine der beiden fragte ihn, ob er auch zum nächsten Fest der Feuerwehr kommen würde. Verträumt hatte Rune die beiden jungen Frauen nacheinander angestarrt und dabei völlig den eigentlichen Zweck seines Besuches vergessen. Schließlich räusperte sich der Alte so lautstark, dass er aus seiner Trance erwachte. Begeistert hatte er jedoch einen Moment später die Einladung der älteren angenommen, zum Fest zu kommen. Er versicherte ihr, dass er dort nur mit ihr tanzen würde, weil es kein schöneres Mädchen gäbe. Nun reichte es dem Bauern und er schickte seine Töchter energisch zu ihrer Mutter. Danach verabschiedete er Rune und schob ihn entschieden zur Tür hinaus, die er ebenso bestimmt hinter ihm schloss.

„Lass dich mit keiner der Töchter ein!", brummte John, der Runes Bericht interessiert gelauscht hatte. „Die Bauern sind alle zu reich, als dass sie dich armen Schlucker als Schwiegersohn haben wollten. Such dir lieber eine fleißige Magd, die passt besser zu dir."

John war selbst Bauer, doch er besaß schlechtes Land mit sandigen Böden. Man konnte zwar Kartoffeln darauf anbauen, doch war der größte Teil Heideland, das regelmäßig im Sommer bei stärkeren Regenfällen überflutet wurde. Die Schafe konnten dann auf höhere Gebiete ausweichen, die Kartoffeln nicht. Sie verschimmelten in der Feuchtigkeit und das restliche Land war so karg, dass nichts außer ein paar dürren Grashalmen und Unkraut dort wuchs. John musste deshalb jede Mark zweimal umdrehen.

Als Rune vor zehn Jahren eines Abends alleine vor seiner Tür stand, hatten sie sich fast fünf Minuten schweigend angesehen. Erst, nachdem Rasmus zu dem Jungen gelaufen war und ihn Schwanz wedelnd begrüßt hatte, brach John das Schweigen.

„Na, dann komm herein! Es ist noch etwas zu essen da. Du siehst aus, als ob du es gebrauchen könntest."

John war ein geduldiger Mensch. Er lebte alleine und hatte Rune nie unangenehme Fragen gestellt. Eigentlich hatte der Schäfer gar nicht die Absicht gehabt, den Jungen bei sich aufzunehmen. Doch als er ihn am Morgen, nachdem Rune bei ihm geklopft hatte, wecken wollte und sah, wie der Junge beide Arme um Rasmus geschlungen hatte, wurden seine Augen feucht. Ab da konnte er ihn nicht mehr zur Polizei schleppen. Als er erfuhr, dass Runes Eltern tot seien, glaubte er dem Jungen, denn er hielt ihn nicht für einen Lügner.

John wartete. Er wusste, dass Rune eines Tages etwas über sich erzählen würde. Es dauerte zwei Wochen. An diesem Tag hatten sie ziemlich viel zu tun gehabt. Sie hatten Johns Schafe und die einiger anderer Bauern zu einem Heidegebiet etwa fünf Kilometer entfernt getrieben. Rasmus und Rune hatten vor allem die Ausreißer eingefangen und sie mit einigen Nachzüglern hinter der Herde hergetrieben. Der Junge war viel hin und her gerannt und lag nun erschöpft auf einer Decke neben einem kleinen Feuer, das John gemacht hatte. Der Schäfer hatte ein paar Kartoffeln und Bohnen gekocht und gab nun ein paar getrocknete Fleischstreifen dazu.

Die Flammen strahlten eine wunderbare Wärme aus, aber sie erinnerten Rune auch an den Brand, der den Hof seiner Eltern vernichtet und ihn gezwungen hatte, von dort wegzugehen. Er seufzte. Der sensible Rasmus spürte seine Traurigkeit und kroch zu Rune, seinen Kopf eng an die Schulter des Jungen gekuschelt.

„Na, ihr beide scheint ja recht müde zu sein. Schön, dass es das Feuer gibt und wir wenigstens etwas Warmes zu essen haben."

Eine Pause folgte.

„Manchmal ist ein Feuer aber auch etwas Schreckliches", meinte Rune schließlich, ohne aufzublicken.

John blickte zum Jungen hinüber und erkannte, wie unglücklich dieser aussah. Vielleicht war die Zeit gekommen, um über die Vergangenheit zu reden.

„Ja, das stimmt. Ich hab mal erlebt, wie ein Blitz die Heide zum Brennen brachte. Und eine Hütte brannte dabei auch nieder."

Rune blickte zu John, dessen Augen auf das Feuer gerichtet waren.

„Ich hab mal gesehen, wie ein ganzer Hof abgebrannt ist", sagte er leise und blickte wieder in die Flammen.

„War denn noch jemand in dem Haus?", fragte John.

„Ja", flüsterte der Junge noch leiser.

„Waren es deine Eltern?"

Rune nickte ganz langsam und merkte nicht, dass ihm Tränen über die Wangen liefen. Er nahm auch nicht wahr, wie der Hund seine Hand ableckte und sich noch dichter an ihn schmiegte.

„Und hat ein Blitz das Feuer ausgelöst?"

„Nein", sagte Rune. „Jemand hat das Haus und die Scheune angezündet."

Drei Tage später erfuhr der Schäfer, dass die Eltern des Jungen zuvor an der Cholera gestorben waren.

John dehnte in diesem Jahr seine alljährliche Verkaufstour etwas aus. Sie führte ihn in die Gegend, aus der Rune stammte. Dort erfuhr er, dass tatsächlich ein Bauernhof abgebrannt war. Er beließ es dabei und zog keine weitere Erkundigungen beim Pfarrer ein. Der Junge war ehrlich zu ihm gewesen und so wollte er ihm auch weiterhin ein Zuhause bieten. Rune erzählte er nichts davon.

Johns Interesse an dem Jungen war jedoch nicht ganz uneigennützig. Er war schließlich 50 Jahre alt und hatte schon längere Zeit überlegt, wie er jemanden finden konnte, der ihm bei den alltäglichen Verrichtungen zur Hand ging und möglichst wenig kostete. Eines Tages wollte er Rune dafür sein kärgliches Land mit den Schafen unter der Bedingung übergeben, dass er ihn seinen Lebensabend dort verbringen ließe.

Als Rune 18 Jahre wurde, machte John ihm dieses Angebot. Begeistert willigte der junge Mann ein, denn inzwischen liebte er das Leben als Schäfer. In jenem Jahr schickte John ihn auch das erste Mal alleine mit dem Pferdewagen und der Wolle los. Es war Frühjahr, die Zeit nach der ersten Schafschur.

*

Inzwischen hatte Rune seinen 22. Geburtstag gefeiert. Als er sich dieses Jahr auf den Weg machte, stellte John ihm lächelnd zum Abschied wieder die Frage:

„Was wirst du tun, wenn dir jemand die Wolle wegnehmen will?"

„Die nimmt mir keiner weg", sagte Rune selbstsicher und blickte John mit einem breiten Grinsen an. Der alte Schäfer hatte ihm nicht nur beigebracht, mit einem Beil Verpfählungen für die Schafgehege anzufertigen. Auch wie man damit aus einigen Metern einen Baumstamm traf, hatte er ihm gezeigt. Seitdem hatte Rune bei seinen Touren das Werkzeug immer neben sich auf dem Sitz des Pferdewagens liegen, doch niemand sprach darüber.

Zwei Tage später kam Rune in ein Dorf, das etwas östlich von seiner Route lag. John hatte ihm eindringlich geraten, es dort einmal zu versuchen. Mit der Zeit war es immer schwieriger geworden, den Bäuerinnen die Wolle zu verkaufen, denn sie bevorzugten immer öfter fertige Kleidung, die sie nicht mehr selbst herstellen mussten.

Eigentlich waren es sogar zwei Dörfer, Groß und Klein Himmelsee hießen die beiden Ortschaften, in die der junge Mann nun kam. Zwei Höfe lagen dicht vor dem Ortsschild beidseits des Weges. Rundherum erstreckte sich gutes Land und so war es keine Überraschung gewesen, dass die Bauersfrau des ersten Hofes seine Wolle entschieden abgelehnt hatte.

Nun stand Rune vor dem zweiten Hof, auf der anderen Seite des Weges. Er hatte gerade die kleine Pforte hinter sich zugemacht und sich zum Hauseingang umgedreht, als sein Blick auf die Bank neben der schön geschnitzten, grün-weißen Holztür fiel. Etwas ließ ihn zögern, er wusste selbst nicht was. Unsicher ging er auf die Eingangstür zu.

War er vielleicht schon einmal hier gewesen?

Ein Schild an der Wand verkündete, dass der Hof Gustav und Gertrud Streitmann gehörte. Rune klopfte.

Leise trippelnde Schritte näherten sich. Dann wurde die Tür geöffnet und ein kleines Mädchen schaute ihn mit großen Augen an.

„Jenny, du sollst nicht die Tür aufmachen, wenn Fremde kommen! Wie oft soll ich dir das noch sagen!", rief eine Stimme.

„Hab sie gar nicht aufgemacht. Ist von alleine aufgegangen."

Ein zweites, vielleicht 14- oder 15-jähriges Mädchen kam durch die Diele zum Eingang geeilt und schob die kleine Schwester beiseite.

„Wir kaufen nichts", sagte sie forsch und blickte Rune zunächst misstrauisch an. Als sie jedoch den kleinen Strauß mit den Ringelblumen erblickte, fing sie an zu lächeln. Ermutigt von ihrem Lächeln zog Rune etwas Schafwolle aus seiner Umhängetasche und hielt es ihr mit einem „Bitte" hin. Das Mädchen nahm das kleine Knäuel entgegen, während sie errötete. Dann rief sie nach ihrer Mutter. Kurze Zeit später erschien die Bäuerin und befühlte eingehend die Wolle. Sie schien nachzudenken.

„Eigentlich ist das nichts für uns, denn wir haben kein Spinnrad", sagte sie schließlich.

„Aber Mama!", protestierte die ältere Tochter. „Linda und Großmama können das doch gebrauchen. Großmama hat ein Spinnrad und sie hat schon letztes Jahr gefragt, ob wir ihr für den Winter nicht wieder Schafwolle besorgen könnten."

„Und Linda häkelt und näht auch gerne", ergänzte das kleine Mädchen energisch.

„Hast ja recht, Liebes", sagte die Bäuerin beschwichtigend.

Rune hatte die Diskussion verfolgt und blickte nun fragend in die Runde.

Schließlich sagte die Mutter der beiden Mädchen:

„Gehen Sie mal zum Krähenhof rüber. Da wohnt unsere Großmutter mit dem Großvater und unserer Cousine, Familie Streitmann. Sie müssen dazu ganz durchs Dorf hindurch und dann hinter der Kapelle in die Sackgasse links hinein und nach zweihundert Metern ist es die Kate an dem kleinen Bach."

Rune nickte dankbar und überließ ihnen ein größeres Büschel Wolle, worüber sich das ältere Mädchen sichtlich freute.

„Falls sich ein Spinnrad zu dir verirrt oder du einen Bräutigam findest, der dir eines schenkt", grinste er.

Zehn Minuten später stand Rune vor der Haustür des Krähenhofes. Ein alter Mann mit Brille öffnete ihm die Tür. Er sah die Schafwolle, legte den Kopf schief und rief:

„Berte, es ist für dich. Der Schäfer bringt dir endlich neue Wolle."

Rune hörte jemanden zur Tür humpeln. Eine kleine gebeugte Gestalt erschien. Im Sonnenschein erkannte er eine alte Frau, die erst ihn mit strahlenden blauen Augen betrachtete und dann auf die Schafwolle blickte.

„Dann kommt der Johannes Silban wohl gar nicht mehr selbst?"

„Nein, der hat Schmerzen in der linken Schulter und bleibt deshalb lieber bei den Schafen, natürlich zusammen mit unserem Rasmus."

„Ach ja, der Hund. Der ist doch auch schon ziemlich alt, oder?", meinte die Alte nachdenklich.

„Darum haben wir jetzt einen zweiten Hund, den Rodan. John bildet ihn gerade aus. Er macht sich auch schon ganz gut", berichtete Rune.

Eine zweite, deutlich jüngere Frau erschien nun hinter der Großmutter. Sie schaute neugierig über deren Schulter, während die alte Bäuerin mit geübter Hand die Wolle befühlte und schließlich anerkennend nickte.

„Wir nehmen zwei Bündel, wenn die Wolle genauso gut ist wie dieses Büschel. Linda, bitte suche zwei schöne Ballen heraus und hilf dem jungen Mann beim Tragen", entschied die alte Frau Streitmann.

Rune hatte während ihrer Rede neugierig die Cousine gemustert, eine ausgesprochen hübsche Person mit blonden Locken. Sie hatte eine auffallend gerade und stolze Körperhaltung. Ihre großen, blauen Augen faszinierten ihn und ihr Blick war durchdringend wie sein eigener. Er trat ein Stückchen zur Seite und zusammen gingen sie zu seinem Wagen. Linda befühlte einen Ballen nach dem anderen und Rune beobachtete sie dabei fasziniert. Er musste mit ihr ins Gespräch kommen, irgendwie.

„Wie alt sind Sie?", fragte er also und ärgerte sich im selben Moment über diesen banalen Anfang.

„Achtzehn", sagte die junge Frau nach einem Moment des Schweigens. Doch nun wandte sich ihr Blick von der Wolle ab und sie musterte ihn neugierig. Ihr Lächeln wurde intensiver und sie legte den Kopf etwas schief. Rune merkte nicht, dass er rot wurde. Er räusperte sich.

„Und Sie kommen hier aus dem Dorf?"

„Nein, ich komme aus einem Dorf in der Nähe von Flensburg, aber meine Eltern sind vor zehn Jahren gestorben." Sie wandte sich wieder der Wolle zu. „Meine

Großmutter, mit der ich mich schon immer gut verstanden habe, hat mich damals aufgenommen und deshalb bin ich jetzt hier", antwortete Linda. Sie hatte inzwischen ihre Entscheidung getroffen und blickte ihn offen an.

„Die beiden nehmen wir."

Sie deutete auf zwei Ballen. Dann ergriff sie einen davon mit ihrer linken Hand und trug ihn zum Haus. Trotz der Last war ihr Gang leicht und federnd wie der einer Tänzerin. Rune nahm den anderen Ballen und folgte ihr. Sie brachten sie in eine kleine Stube, wo ein Spinnrad stand. Dann kehrten sie zurück zum Eingang. Dankbar lächelnd nahm Rune das Geld von der Großmutter entgegen, doch in Gedanken war er immer noch bei der wunderschönen jungen Frau. Er reichte ihr zum Abschied die Hand und überlegte fieberhaft, was er ihr noch sagen könnte. Verlegen und leicht errötend nahm Linda seine Hand. Fragend schaute sie ihre Großmutter an. Rune machte jedoch keine Anstalten, zu seinem Wagen zu gehen. Es war, als hätte er alles rund um sich vergessen. Allerdings rieb er sich ein ums andere Mal nachdenklich sein Kinn und musterte das Gesicht der jungen Frau. Schließlich brach die alte Frau Streitmann das Schweigen:

„Im Herbst feiern wir Erntedankfest. Vielleicht sind Sie dann ja zufällig hier in der Nähe." Ihre Worte wurden leiser. „Und vielleicht tanzt Linda ja mit Ihnen auf dem Fest."

Er überlegte. Es waren über 20 Kilometer bis nach Klein Himmelsee, aber er musste Linda unbedingt wiedersehen.

2

Schleswiger Nachrichten 1902

Schwansen, 13. Juli

Das rätselhafte Verschwinden der seit etwa sechs Wochen vermißten Ehefrau des Kuhhirten Marx in Dorothenthal hat sich gestern durch Auffindung der Leiche derselben am Strande bei Dorothenthal aufgeklärt. Die Ehefrau Marx, welche seit längerer Zeit von ihrem Manne getrennt lebte und auf einem benachbarten Hofe in Dienst getreten war, während ihr Mann mit den 3 Kindern auf seiner Stallung blieb, hatte wegen wiederholter Mißhandlung seitens ihres Ehemannes die Ehescheidungsklage eingereicht. Vor 6 Wochen hat der P. Marx seine Frau unter Vorgabe, daß eins der Kinder krank sei, veranlaßt, in ihre Wohnung zurückzukehren. Seit diesem Zeitpunkt war die Frau verschwunden. (...)

Schäferkate Geest, nahe Kropp, September 1902

John grinste nur, als Rune ihm von der jungen blonden Frau erzählte, die er getroffen hatte und mit der er sich zum Erntedankfest in Klein Himmelsee verabredet hatte. Das Dorf, das so weit weg lag. Über vier Stunden Fußmarsch. Er würde sich im Oktober eine Übernachtungsmöglichkeit suchen müssen. Die beiden Männer saßen bei einer Tasse starkem, schwarzen Tee in Johns gemütlicher Kate und besprachen die Angelegenheit.

„Frag den Pfarrer des Dorfes, ob du bei ihm schlafen kannst. Wenn nicht, dann musst du dir eben eine Scheune bei einem Bauern suchen."

Rune nickte, doch in seinen Gedanken war er schon wieder bei der wunderschönen Linda und ihrem umwerfenden Lächeln. Selbst der alte Rasmus, der zu ihm gekommen war und den Kopf auf seine Füße gelegt hatte, konnte daran nichts ändern.

„Erzähl mir mehr von deiner Linda", forderte John ihn nun auf und schmunzelte ihn wissend an.

„Sie hat blonde Haare und strahlend blaue Augen", wiederholte Rune zum zehnten Mal.

„Gut, gut, aber was ist mit ihrer Familie? Warum wohnt sie bei ihrer Großmutter und nicht bei ihren Eltern?"

Der junge Mann seufzte, dann erzählte er, was er wusste: „Linda kommt eigentlich aus der Nähe von Flensburg, aber ihre Eltern sind vor zehn Jahren gestorben."

John, der soeben noch gelächelt hatte, stutzte.

„Das war doch ungefähr die Zeit, als du hier aufgetaucht bist."

Die beiden Männer blickten sich an. Dann schaute Rune wieder verträumt vor sich hin und sagte:

„Ach, John, sie hat so wunderschöne Augen und sie geht so leicht, als wäre sie eine Feder."

„Schönheit kann man viel leichter in seinem Herzen bewahren als dunkle alte Erlebnisse", erwiderte der alte Schäfer.

Er wartete, ob da vielleicht noch mehr kommen würde. Doch Rune schwieg unwillig, gefangen in der Erinnerung an Dinge, die sich noch immer als unwirkliche Bruchstücke in seinem Gedächtnis versteckten und die er lieber vollständig vergessen würde. Wie würde John wohl reagieren, wenn er ihm erzählte, dass er damals bei der Begegnung mit Linda so eine komische Ahnung gespürt hatte, sich aus irgendeinem Grund aber nicht wirklich an etwas Konkretes erinnern konnte? Es hatte etwas mit einem See hinter einem Sumpfwald zu tun. Doch immer, wenn er intensiv daran dachte, veränderte sich die Geschichte und die Bruchstücke von damals verschwanden in der Dunkelheit, wie ein Stein, den man in der Nacht in einen Wald warf und nicht mehr hörte, wo er aufschlug. Manchmal war es auch so, als ob er im Traum nach einer Wand in seinem alten Elternhaus tastete und feststellte, dass die Wand verschwunden war und er draußen unter freiem Himmel lag. Unangenehm von der Vergangenheit berührt verdrängte Rune die negativen Gedanken. Lieber wollte er an Linda denken, die er um jeden Preis wiedersehen musste.

*

Einige Wochen später stand Rune erneut vor der Haustür des Krähenhofs und klopfte. Es war der Tag des Erntedankfestes und er hatte Linda schon vor zwei Wochen sein Kommen in einem Brief angekündigt. Von drinnen ertönten undeutliche Stimmen, gefolgt von schnellem Fußgetrippel. Dann ging die Tür auf und die junge Frau strahlte ihn an. Sie hatte Blumen in die hochgebundenen blonden Locken gesteckt und trug ein wunderschönes Trachtenkleid. Sofort zogen ihn die leuchtend blauen Augen und die Grübchen rund um den Mund in seinen Bann. Am liebsten hätte er sie geküsst. Danach wanderten seine Augen zu ihrem schlan-

28

ken Hals und dann weiter nach unten, wo sie bei den vollen weiblichen Rundungen, die das Dekolleté zeigte, stecken blieben. Rune errötete, räusperte sich verlegen und sagte schließlich mit einiger Verspätung:

„Ein wunderschönes Kleid!"

„Siehst du, Berta, Rune findet das Kleid schöner als mich."

Rund um ihre Augen zuckte es leicht, als Linda belustigt ihre Großmutter ansah, die hinzugetreten war. Rune seufzte.

Berta erwiderte skeptisch: „Ist das so? Vielleicht hat er dich ja noch gar nicht richtig angesehen."

Rune sah, wie die alte Frau ihn nun genau taxierte. Seine Augen kehrten zu Linda zurück und er ließ sie erneut über ihr Gesicht, den Hals, über das Kleid, ihre Arme, immer weiter nach unten wandern, bis er auch ihre Schuhe betrachtet hatte. Linda drehte sich einmal kokett um sich selbst und stemmte dann ihre Arme in die Hüften.

„Und?", entfuhr es ihr, während sie stolz ihr Kinn reckte.

„Es ist alles wunderschön, was ich sehe", erklärte er lächelnd. „Ich werde sehr gerne mit dieser hinreißenden Frau tanzen."

„Was auch immer du vorhast, Rune, du kommst zunächst einmal mit uns in die Stube", sagte Berta. „Und dort unterhalten wir uns etwas mit dir, denn wir überlassen dir ja für die nächsten Stunden unsere Linda. Außerdem haben wir eine kleine Stärkung vorbereitet und du kannst dich auch noch etwas vor dem Fest ausruhen."

„Sehr gern", entgegnete der junge Mann höflich und folgte Berta in die gute Stube, wo Lindas Großvater ihn bereits erwartete. Nach einem kräftigen Händedruck mit dem Bauern erzählte Rune von John, von der Arbeit mit den Schafen und von den beiden Hütehunden. Kleinere Erlebnisse lustiger Art aus der Vergangenheit gab er ebenfalls zum Besten. Linda und ihre Großeltern hörten gespannt zu, bis die junge Frau die Zeit für gekommen hielt, zum Erntedankfest aufzubrechen.

„Nun denn", sagte sie und hielt ihm ihre Hand graziös hin. Ganz Kavalier nahm er sie lächelnd und drückte sie einmal sanft. Die beiden jungen Leute verabschiedeten sich und hatten nach ein paar Minuten die Dorfwiese erreicht, wo sich schon viele Bewohner zum Feiern versammelt hatten.

Für Rune war Linda das schönste Mädchen von Klein Himmelsee und Umgebung. Deshalb war es ihm gar nicht recht, dass es auch andere junge Männer gab, die mit ihr tanzen wollten. Aber die junge Frau vertröstete alle anderen Mitbewerber und tanzte zunächst nur mit Rune. Irgendwann im Verlauf des späteren Abends belohnte sie die Hartnäckigsten jedoch für ihre Mühen. Schließlich setzte sie sich erschöpft neben den jungen Schäfer auf eine Bank. Vom vielen Herumwirbeln ging ihr Atem immer noch schnell, doch sie lächelte glücklich. Die drei jungen Männer, die kurz nacheinander kamen und um einen Tanz baten, wurden abgewiesen:

„Jetzt brauch ich erst einmal eine längere Pause."

„Ich hole uns etwas zu trinken", meinte Rune und kehrte bald darauf mit zwei Bierkrügen zurück. Bei seiner Rückkehr verstand er sofort Lindas Notlage. Neben ihr saß ein kräftiger Bursche mit rotem Gesicht, den sie verzweifelt versuchte wegzuschicken. Rune stellte sich vor sein Mädchen und reichte ihr den einen Krug. Dann sagte er lächelnd zu dem Kerl:

„Das war mein Platz. Tut mir leid."

„Mir auch", sagte der andere wütend, aber er stand auf und ging zu einer dunkelhaarigen Frau, die alleine neben dem Eingang zum Festzelt stand und sich suchend umblickte.

„Man sieht mich hier wohl nicht gern", meinte Rune gelassen.

Linda nippte an ihrem vollen Krug und folgte dem Mann mit den Augen.

„Karl hat jeden Monat ein anderes Mädchen. Er wird immer recht schnell wütend, besonders wenn er viel trinkt. Dann kann er richtig Ärger machen."

Sie führte den Humpen erneut an den Mund und verschluckte sich prompt. Ein heftiger Husten schüttelte sie und Rune musste ihr auf den Rücken klopfen, damit sie sich wieder beruhigte. Aber selbst in dieser Situation sieht sie noch entzückend aus, dachte er bei sich. Seine Hand strich langsam über ihren Rücken und erreichte schließlich ihren Nacken. Als sie plötzlich eine ruckartige Bewegung machte, verrutschte der Kragen ihres Kleides und offenbarte ein fast rundliches Muttermal, so groß wie ein Knopf. Erschrocken zog er die Hand zurück. Linda drehte sich zu ihm und sah ihn überrascht an.

Bevor Rune jedoch etwas sagen konnte, packte ihn jemand am Kragen, riss ihn hoch, sodass er das Gleichgewicht verlor und auf die Wiese stürzte. Er spürte noch einen Tritt gegen seine Rippen, gefolgt von einem gegen die Schulter. Dann traf ihn etwas am Kopf. Erst wurde es ganz hell und dann ganz dunkel.

*

Rune wurde davon wach, dass ein stechender Geruch seine Nase peinigte. Was war passiert? Dann spürte er den Schmerz, besonders die rechte Seite seines Körpers schmerzte so sehr, dass er nicht wagte, sich zu bewegen.

„Er ist wach", sagte eine tiefe Stimme.

Rune drehte seinen schmerzenden Kopf vorsichtig ein wenig und sah in das Gesicht von Lindas Großvater. Der lächelte ihn aufmunternd an. Jetzt nahm er auch Linda wahr, die ein wenig dahinter stand und besorgt aussah. Rune wollte ihr beruhigend zunicken, doch das tat zu sehr weh.

„Was ist passiert?", brachte er stattdessen mühsam über die aufgeplatzten Lippen.

Der Großvater sagte gelassen, während er ein kleines, braunes Fläschchen zuschraubte: „Die männliche Dorfjugend hat beschlossen, dass Linda nichts für dich ist."

Rune richtete sich stöhnend ein Stückchen auf der Bank in der Wohnstube auf und bezwang die Schmerzen in der rechten Körperhälfte. Er stellte fest, dass das linke Auge fast zugeschwollen war. Ächzend nahm er langsam ein Bein nach dem anderen von der hölzernen Sitzfläche, sodass er nun saß.

„Der Karl vom Buchenhof hat wirklich nur Blödsinn im Kopf", bemerkte die Großmutter ärgerlich.

Rune betastete sein verletztes Auge und versuchte dann aufzustehen.

„Bleib sitzen", sagte Linda erschrocken.

Der junge Mann fühlte kalte Wut in sich aufsteigen: „Der kann mich doch nicht einfach so verprügeln, wie's ihm passt", fauchte er. „Wo finde ich diese Ratte?"

„Es ist vielleicht besser, wenn du damit bis morgen wartest", erwog der Großvater.

Aber Rune stand entschlossen auf und machte einen Schritt zur Tür. Sofort begann der Fußboden zu schwanken. Ernüchtert hielt er an. Linda ergriff seine Hand und er drehte sich vorsichtig zu ihr um.

„Besser ich warte bis morgen", sagte er stöhnend. Lindas Großeltern nickten mitfühlend und es wurde beschlossen, dass sie sich am nächsten Tag beim Pastor über Karl beschweren wollten.

„Heute Nacht bleibst du bei uns und ruhst dich aus", bestimmte der Großvater.

Eine halbe Stunde später zogen sich die Eheleute Streitmann in ihr Schlafzimmer zurück und Linda und Rune saßen alleine im Wohnzimmer. Als sich die Zimmertür geschlossen hatte, ergriff die junge Frau erneut seine Hand. Es ist so unendlich schön, ihre Hand zu spüren, stellte er fest.

„Warum hast du deine Hand so plötzlich von meinen Kragen weggezogen, Rune?"

„Ach, einfach so. Ich dachte nur, dass es dir vielleicht zu viel ist … "

Linda sah ihn prüfend an, dann sagte sie überzeugt: „Das glaube ich dir nicht!"

Sie kniete sich vor ihn auf den Boden und öffnete die obersten beiden Knöpfe auf der Rückseite ihres Kleides. Danach drückte sie den Kragen etwas hinunter. Rune sah ihr erstaunt zu, konnte aber seine Augen nicht abwenden. Und erneut blieb sein Blick an dem wunderlich geformten Muttermal hängen.

„Dein Muttermal sieht aus wie ein abnehmender Mond. Du bist also eine Neumond-Frau, die mondlose Nächte bevorzugt?"

„Was ist das für ein Aberglaube, Rune?", fragte die junge Frau überrascht zurück.

„Eine mondlose Nacht ist eine Nacht voller Geheimnisse und Geheimnisse sollte man manchmal besser bewahren, als sie zu verraten", entfuhr es diesem. In Wirklichkeit hatte ihn ihr Muttermal an etwas erinnert, aber er wusste nicht an was und schon gar nicht, wie er es ansprechen sollte. Also hatte er sich in das wirre Gerede vom Neumond geflüchtet.

„Mein Geheimnis soll mein Muttermal sein. Und welches hast du, Rune?"

„Ich weiß nicht viel von Geheimnissen. Meine schlimmste Erinnerung ist, dass meine Eltern vor zehn Jahren gestorben sind, Linda."

„Das ist doch kein richtiges Geheimnis! Meine Eltern sind auch tot und ich kann mich gar nicht an sie erinnern."

Und nach einer Pause fügte sie hinzu:

„Großvater meint übrigens, ich solle mir lieber einen der reichen Bauernsöhne aus unserem Dorf zum Mann nehmen. Er kenne sogar schon jemanden, den er passend fände."

Rune runzelte die Stirn und schüttelte dann unwillig den Kopf. Mit unverhohlener Eifersucht in der Stimme fragte er:

„Und magst du ihn?"

Linda sah ihn enttäuscht an.

„Eine ziemlich blöde Frage, Rune!"

„Finde ich nicht!", gab dieser trotzig zurück.

Traurig blickte sie ihn an, als sie fragte:

„Liebst du mich denn, Rune?"

Er sah ihr in ihre wunderschönen blauen Augen, die jetzt von einem leichten Schleier überzogen waren. Da begriff er: Wilde Sehnsucht und ungestillte Träume lagen in diesem Blick. Unwillkürlich ergriff er ihre Hand.

„Ich bin über 20 Kilometer gelaufen, um dich wiederzusehen. Ich habe mich verprügeln lassen. Und wenn du mich so anschaust, bin ich total verzaubert von dir. Es ist fast so, als ob du jetzt mein Zuhause wärst."

Der feuchte Schleier verschwand aus ihren Augen, die ihn jetzt noch dunkler als gewöhnlich anstrahlten. Als ob die Türen zu ihrer Seele sich geöffnet hätten und die Liebe in die Freiheit entschlüpft wäre. Als ob sie von etwas befreit worden wäre und sie voller Glück in sein Herz stürmen wollte. Selig hatte Rune diese Verwandlung beobachtet. Nun beugte er sich zu ihr herunter und drückte seine Lippen sanft auf ihren Mund, der sich sehnsüchtig öffnete und in dem er das Gefühl hatte zu ertrinken.

Wäre es nach Rune gegangen, hätte dieser Kuss ewig gedauert. Doch leider befreite sich Linda viel zu schnell, wie er fand. Er sah ihrem Gesicht an, dass es etwas Wichtiges war, was sie ihm sagen wollte:

„Manchmal träume ich von einem Jungen, mit dem ich ich durch einen Wald gehe und Beeren suche, aber ich kann sein Gesicht nie sehen."

Linda stockte kurz, ehe sie fortfuhr.

„Und plötzlich schlägt ein Blitz neben uns ein und trennt uns. Ich weiß nicht, was ich davon halten soll, und habe deshalb mit meiner Großmutter darüber gesprochen. Sie kennt sich nämlich ein bisschen mit überirdischen Dingen aus."

Sie lächelte.

„Sie sagt, dass ich eines Tages einen Menschen treffen werde, der mir sagen könne, wer der Junge sei und was der Traum zu bedeuten habe. Wahrscheinlich sei es ein Mann, mit dem ich dann glücklich bis an mein Lebensende sei."

Da durchzuckte Rune wieder die Erinnerung an ein schreckliches Ereignis, das sich wie ein großer Schmerz anfühlte. Eine Bild aus der Vergangenheit blitzte kurz durch seine Gedanken, aber es verschwamm sofort wieder. Irgendetwas, was in tiefster Finsternis geschah, mit einem dicken Baumstamm, der von Gebüsch und einer hellen Lichtflut verschluckt wird. Er selbst hockt im Wasser, seine Kleidung ist nass. Dann verschwindet alles. Der junge Mann seufzte.

„Ich glaube, die Aufgabe ist zu schwer für mich, Linda", bekannte er traurig.

„Ich weiß, Rune. Aber vielleicht könnten wir wenigstens versuchen, die Lösung für meinem Traum gemeinsam zu finden?"

Nun lächelte Rune wieder zuversichtlicher.

„Wenn wir beide bei Gewitter zu einem geheimen Ort gehen würden, womöglich in einer dunklen mondlosen Nacht, dann verstünden wir deinen Traum vielleicht besser und – wer weiß – der Junge würde endlich auch ein Gesicht bekommen."

Doch in diesen Worten lag mehr Mut als das Gesicht des Schäfers ausdrückte. Zu deutlich zeichneten sich dort noch immer die Angst und der Schmerz ab, die er kurz zuvor gefühlt hatte. Auch die Erinnerung an die Nacht, in der seine Eltern starben und der Hof verbrannte, war zurückgekehrt. Linda war diese Veränderung nicht entgangen und sie schenkte ihm ein mitfühlendes und aufmunterndes Lächeln. Dann stand sie auf.

Mühsam legte sich Rune nun auf die Bank und sie schob ihm ein zweites Kissen unter seinen Kopf. Er wandte sich ihr zu. Traurigkeit las er in ihrem Gesicht. Vielleicht hatte sie auf geheimnisvolle Weise seine Gefühle verstanden. Und dann erzählte er ihr von der Krankheit, die seine Mutter und seinen Vater umgebracht hatte. Und von dem Feuer auf seinem Elternhof, das er nicht hatte verhindern können. Und von der Reise in den Süden, die ihn zu Johannes Silban, dem Schäfer geführt hatte. Linda hörte ihm geduldig zu, und schließlich drückte sie nur seine Hand. Dann verließ sie das Zimmer. Er glaubte gesehen zu haben, wie eine Träne ihre Wange herunterlief.

Sie weiß, dass ich ihr nicht alles erzählt habe, dachte er. Aber die ganze Wahrheit kannte nicht mal er selbst. Es schien fast so, als ob sein Gedächtnis absichtlich die Erinnerung in eine undurchdringliche Dunkelheit gehüllt hätte. Er beschloss, dass er trotzdem danach suchen musste.

3

Schlei-Bote

Hütten, den 3. Mai 1903

Das am gestrigen Tage von Südwest nach Nordosten über unsere Landschaft ziehende Gewitter verursachte in unserem Dorf zwei Brandfälle. Im Gewese des Landmannes El. Laß wurde ein Stall vom Blitz getroffen und eingeäschert. Hierbei fanden 2 Pferde, 2 Kälber, 2 Schweine und 1 Ziege eines benachbarten Tagelöhners ihren Tod in den Flammen.

Krähenhof am Himmelsee, September 1902

Als Rune am nächsten Tag Linda und den Krähenhof verließ, spürte er nicht nur seine Schmerzen. Sein Wunsch, Linda für sich zu gewinnen, beherrschte all seine Gedanken. Aber würde er das auch schaffen? Er fand, dass sie ihn zu wenig ermutigt hatte.

Im Gegenteil! Kurz vor dem Abschied war es zu einem kurzen Gespräch mit Linda und ihren Großeltern gekommen. Einer der unverheirateten Jungbauern hatte den Großvater gefragt, ob er sich vorstellen könne, ihm Linda zur Frau zu geben. Und dieser hatte ihm erklärt, dass es von seiner Seite aus keine Einwände gebe. Aber schließlich sei es Lindas Leben und sie müsse das entscheiden.

„Klaus ist sehr nett", erklärte er Rune. „Er hat gestern sogar geholfen, dich zu uns zu bringen, als du bewusstlos warst. Ich mag ihn. Trotzdem würde ich Linda erlauben, dich zu nehmen, Rune, wenn du ihr wenigstens eine kleine eigene Kate mit nur halb soviel eigenem Land bieten könntest."

Noch ein paar gut gemeinte Ermahnungen folgten, die Rune kaum noch wahrnahm. Linda hatte die ganze Zeit geschwiegen und sich nur auf ihre Unterlippe gebissen. Nicht einmal Wut empfand Rune in dem Moment, dafür maßlose Enttäuschung. Trotzdem bekam er sie nicht aus seinem Kopf.

Wie konnte er sie endgültig für sich gewinnen? Lindas Traum fiel ihm wieder ein. Doch diesmal mischten sich Szenen daraus mit Momentaufnahmen aus seiner eigenen Erinnerung. Er konnte nicht anders, als sich zu dem See zu begeben, der dem Dorf seinen Namen gegeben hatte.

Also folgte er dem Weg in östlicher Richtung. Hinter dem Dorf musste er nur noch ein einziges Gehöft passieren. Fennhof stand auf dem Schild, das an einem hölzernen Zaum angebracht war. Etwa fünfhundert Meter dahinter lag der Himmelsee. Ein paar Enten ließen sich auf dem dunkelblauen Wasser im Sonnenschein treiben.

Rune wanderte langsam bis zu einer Abzweigung. In der Ferne ragten drei riesige Bäume, die auf einer Halbinsel standen, in den Himmel. Schritt für Schritt ging er den Weg entlang, in einen Sumpfwald hinein. Ängstlich schaute er sich um, ob ihn jemand beobachtete oder ihm folgte. Niemand war zu sehen. Nur ein riesiger Vogel flog plötzlich über seinen Kopf. Ratlos blieb er stehen. Er wusste nicht einmal, warum ihn seine Gedanken hierher getrieben hatten.

Wieder und wieder zögerte Rune weiter zu gehen. Die Angst begann seine Gedanken zu lähmen. War er hier schon einmal gewesen? Das kann nicht sein, dachte er. Inzwischen hatte sich eine Wolke vor die Sonne geschoben. Es war sehr dunkel geworden.

Dann fiel ihm wieder der Wegweiser ein, der an der Gabelung gestanden hatte. Den kenne ich, durchfuhr es ihn. Schlagartig kehrte die Panik zurück. Er musste schon einmal hier gewesen sein! Ohne nachzudenken rannte er, so schnell er konnte, zurück ins Dorf. Endlich klang die Angst langsam ab. Aber erst als er an diesem Tag nach Hause zurückwanderte, fühlte er sich mit jedem Schritt etwas besser. Dennoch ließ ihn der Gedanke an den Wegweiser nicht los und jedes Mal erschien dann ein neues Bild, das wiederum ein Gefühl der Furcht erzeugte: eine Laterne, die sich bewegte, eine dunkle Gestalt, die durchs Wasser watete, Schilf, das den Weg versperrte, zwei gekreuzte Pferdeköpfe über denen eine kleine Mondsichel thronte.

Hundemüde erreichte Rune am Abend sein Zuhause. Erschöpft setzte er sich auf das abgewetzte Bett und berichtete John von den Ereignissen beim Erntedankfest. Die Zukunft, die ihm noch gestern so rosig erschienen war, hatte sich auf katastrophale Weise verwandelt.

Vor allem, dass Lindas Großvater so schwierige Bedingungen an eine Heirat der beiden jungen Leute geknüpft hatte, machte ihm schwer zu schaffen. Sein wichtigster Einwand sei die schlechte finanzielle Situation gewesen, gab er John dessen Worte wieder. Der Schäferhof biete nur ein sehr spärliches Einkommen und leider keinen ausreichenden Wohnraum für eine Familie. Tatsächlich teilten sich John und Rune eine kleine Hütte mit einem einzigen winzigen Raum.

Was sollte er bloß tun? Er spürte, dass Linda sich wahrscheinlich für den anderen Heiratskandidaten entscheiden würde, wenn er nicht bald etwas vorzuweisen hätte.

*

Eine Woche später schickte John Rune erneut mit dem Pferdewagen los, diesmal in eine entferntere östlichere Gegend, in der er in früheren Zeiten ebenfalls versucht hatte, Wolle an Bauern und Gutsbesitzer zu verkaufen: Schwansen und die Südseite der Schlei, eines Fjordes, der den nordöstlichen Teil des Bezirkes Schleswig durchschnitt.

Als er am nächsten Tag nach Rieseby kam und es ihm dort gelang, sogar einige Ballen an einige ansässige Bauernfrauen zu verkaufen, besserte sich zum ersten Mal seit Längerem wieder seine Laune. Er kehrte in dem dortigen Gasthof „Dörpgaststuv" ein, einer urigen Kneipe, die seit jeher Schutz vor allen Lebenslagen geboten hatte.

Einige Gäste spielten an einem der Tische Karten. Der eine Spieler war schon älter und konnte seinen linken Arm kaum bewegen. Außerdem hatte er eine schreckliche Narbe, die über die ganze linken Stirnseite verlief. Es wurde um Geld gespielt und der ältere Mann hatte dabei sehr viel gewonnen. Zufrieden bestellte er sich nun ein Bier und ließ abschätzig seinen Blick von einem der Gäste zum anderen schweifen. Schließlich blieben seine Augen an Rune hängen.

„Hat der Herr vielleicht Interesse an einem fairen und ehrlichen Kartenspiel?", wandte er sich an ihn. „Vielleicht 'ne Runde ,Two mol Sümptein ock veer'."

Dieser hatte gerade eine Mahlzeit bestellt und entgegnete nun:

„Ich spiele schrecklich schlecht Karten. Ich möchte sogar behaupten, ein Schaf ist darin besser als ich. Und Schafe wissen selten, wann sie in Gefahr sind."

Der Alte lächelte freundlich und setzte sich trotzdem an Runes Tisch. Er öffnete seine Jacke und eine blaue Weste wurde darunter sichtbar, auf die ein seltsames Emblem aufgestickt war, das Runes Aufmerksamkeit sofort fesselte. Es handelte sich um zwei gekreuzte Pferdeköpfe, über denen sich eine Mondsichel befand. Irgendetwas an diesem Abzeichen kam ihm bekannt vor. Wo hatte er es bloß schon einmal gesehen? Sein Gegenüber dagegen war immer noch bei seinem Kartenspiel und sagte:

„Ich könnte es Ihnen beibringen. Es ist ganz einfach."

Der Mann beugte sich über den Tisch und das Emblem auf seiner Weste bewegte sich nach vorne, wurde größer. Rune konnte drei winzige Sterne in einer Mondsichel erkennen. Plötzlich tauchte der Wegweiser am Ufer des Himmelsees wieder vor seinem inneren Auge auf, gefolgt von dem Bild einer Brosche. Diese zeigte genauso ein Abzeichen wie jenes auf der Weste. Rune wusste aber nicht, woher diese Erinnerung kam, doch der Impuls der Neugier war zu stark.

Jetzt hatte er Interesse daran, das Kartenspiel zu erlernen.

„Na gut", meinte er scheinbar zurückhaltend. Der Spieler freute sich, mischte die Karten und verteilte sie. Dann fing er an zu erklären. Rune hörte nicht richtig zu, sondern starrte nur hin und wieder auf die zwei gekreuzten Pferdeköpfe. Als der Alte meinte, es könne nun losgehen, und erneut die Karten verteilte, fragte er beiläufig:

„Kennen Sie sich hier aus?"

Der Alte nahm seine Karten auf, musterte sie und antwortete gelassen:

„Was willst du denn wissen, Jungchen?"

„Wo haben Sie denn die Weste mit diesem Abzeichen her?"

„Ich hab eine Zeitlang als Pferdepfleger und Reitlehrer auf dem Waasner Gestüt hier in der Nähe gearbeitet. Die zwei gekreuzten Pferdeköpfe mit der Mondsichel sind das Emblem des Reitstalls."

„Ich würde gern Näheres über dieses Gestüt wissen."

„Was könnte es denn einbringen, wenn mir dazu einige Dinge einfallen, die bisher noch niemandem eingefallen sind?"

Rune nannte einige Dinge, angefangen bei Dankbarkeit über Bier bis hin zu Geld, zwischen denen der Spieler wählen sollte. Dieser bestand jedoch nur auf seiner Partie „Two mol Sümptein ock veer". Rune willigte ein, schließlich wollte er alles über das Waasner Gestüt wissen. Nachdem sie das Spiel beendet und der Alte überlegen gewonnen hatte, erzählte er aus seinem Leben.

Noch vor dem deutsch-französischen Krieg 1870/71 habe er mit 16 Jahren angefangen, auf dem Reiterhof zu arbeiten. Im Krieg sei er dann als Kavallerist schwer verwundet worden, habe dort aber weiterhin noch für über 20 Jahre feste Arbeit gehabt. Am Ende habe er dann als Abfindung auf Lebenszeit sogar ein kleines Stückchen Land und eine winzige Kate bekommen, die jetzt sein Sohn bewirtschaften würde. Nebenbei erwähnte er, dass vor zehn Jahren ein Trakt des Herrenhauses abgebrannt sei. Diese Sache fand Rune besonders interessant und er hakte nach.

Damals habe die Polizei ermittelt, dass ein Gewitter nach einem sehr heißen Sommertag die Ursache für den verheerenden Brand gewesen sei. Ein Blitz sei demnach in einen hölzernen Pavillon neben dem Osttrakt eingeschlagen, wo das Feuer begonnen und sich dann rasant ausgebreitet habe.

An dem Tag hätten der Besitzer des Gutes und seine Frau am Abend den Hof für eine Pferdeauktion verlassen wollen. Doch dann kam die Katastrophe: ihre kleine Tochter Elisabeth sei plötzlich verschwunden. Die besorgten Eltern organisierten sofort eine Suchaktion, die allerdings ergebnislos blieb. Und später sei dann zudem der Brand dazugekommen und der für die Feuerwache eingeteilte Mann sei auch noch im Dorf Rieseby gewesen.

„Eine furchtbare Nacht war das! Das kann ich versichern", seufzte der Alte. „Nur die im Vorjahr errichtete Brandmauer im Herrenhaus hatte das Schlimmste verhindert."

Rune schaute seinen Gesprächspartner neugierig an, ob da noch etwas käme? Dieser verstand seinen Blick.

„Ja, es gibt noch etwas, was berichtenswert ist. Aber erst Mal spielen wir noch 'ne Runde ‚Two mol Sümptein ock veer'."

Er kniff vielsagend ein Auge zusammen, um die Neugier seines Tischnachbarn noch zu steigern. Dann mischte er die Karten und teilte sie aus. Auch die nächsten zehn Spiele verlor Rune, ehe sein Mitspieler sich endlich erbarmte.

„Das Kindermädchen der Tochter war ausgerechnet in der Brandnacht nicht im Haus. Sie behauptete zwar steif und fest, dass ihr Schützling in seinem Schlafzimmer gewesen sei, aber ein junger Mann aus der Nachbarschaft beharrte ein paar Tage später genauso nachdrücklich darauf, dass er die Kleine am Abend noch im Dorf gesehen habe. Bevor die Polizei diesen Widerspruch aufklären konnte, war das Kindermädchen ebenfalls verschwunden. Nach Amerika, hieß es. Aber es gab auch andere Gerüchte."

Er grinste zweideutig.

„Soll das heißen, dass die Tochter des Gutsherrn seit der Brandnacht verschwunden ist? Und was ist aus den Eltern geworden?"

Der Alte zuckte mit den Schultern.

„Man hat nach dem Brand die Knochenreste eines Menschen gefunden, vermutlich der Gutsherr selber ... Die Mutter ist nie über den Verlust der Tochter hinweggekommen. Sie starb einige Zeit später."

Er kratzte sich nachdenklich am Kinn und nahm noch einen tiefen Schluck aus seinem Bierkrug. Dann schwieg er. Rune hatte den ehemaligen Soldaten aufmerksam beobachtet. Der schien davon unangenehm berührt zu sein. Er zeigte jedenfalls auf seine Narbe an der Stirn.

„Dieser nette, kleine Kratzer ist ein Andenken an den Krieg. Sebastian von Waasner, der Bruder des früheren Gutsherrn wollte mich deswegen wegschicken, weil ich wie ein Verbrecher aussehen würde. Ich musste mich immer verstecken, wenn Pferdehändler oder andere Interessenten kamen, die die wertvollen Pferde kaufen wollten. Der alte Gutsbesitzer, Bertram von Waasner, dagegen war immer gut zu mir. Er hatte auch gegen die Franzosen gekämpft, sogar im gleichen Regiment. Von ihm habe ich schließlich auch die Abfindung und das Häuschen auf Lebenszeit bekommen.

Hin und wieder helfe ich aber trotzdem noch bei der Ausbildung der Pferde."

Wieder machte er eine Pause.

„Nach dem Tod von Bertram hat Sebastian von Waasner, diese Kreatur, die Leitung des Gestüts übernommen. Schrecklich, was die Pferde unter dem zu leiden haben. Er schikaniert auch seine Knechte. Nur seine Haushälterin, die pflegt dieser Kerl, als ob es seine Frau wäre. Sie ist eine richtige Hexe. Seitdem bekomme ich da kaum noch Arbeit."

Er zwinkerte mit einem Auge, als ob er damit etwas Vertrauliches bekannt gegeben hätte. Als er dann eine längere Weile in seine Gedanken versank, ergriff Rune das Wort.

„Aber dann scheint ja alles halbwegs in Ordnung zu sein?"

„Wie man es nimmt. Der Onkel der beiden Brüder, Walter von Waasner, ist letztes Jahr aufgetaucht. War fast 30 Jahre in Südamerika und hat da ein kleines Vermögen aufgehäuft, hat angeblich mit den Indios gehandelt. Alles möglich. Auch Edelsteine, so wird gemunkelt. Jetzt hat er sich hier in der Nähe bei Schleswig einen großen Hof gekauft, wo er nun selber Pferde züchtet. Vor Kurzem hat er mich gefragt, ob ich nicht für ihn arbeiten möchte. Aber ich weiß nicht so recht. Bin ja auch nicht mehr der Jüngste."

Rune wartete, ob der Alte noch etwas hinzufügen wollte. Tatsächlich fuhr dieser fort:

„Der Onkel streitet sich ständig mit seinem Neffen Sebastian. Man munkelt, dass der junge Herr früher viel Geld verprasst hat, beim Spiel und mit den Frauen. Und obendrein hat er auch noch schlecht gewirtschaftet.

Deshalb soll er seinen Onkel um Geld angehauen haben. Ein todsicheres Verlustgeschäft, schätze ich."

Rune wurde ungeduldig. Mit all diesen blöden Andeutungen konnte er nichts anfangen und er wollte doch etwas über das Emblem auf der Weste herausfinden, das ihn so sehr an eine Brosche erinnerte, die er irgendwo gesehen hatte. Und vielleicht halfen ihm auch die merkwürdigen Geschehnisse rund um das Feuer auf dem Gutshof weiter, überlegte er. Darum stellte er noch eine Frage.

„Wie hieß denn das Kindermädchen, das damals nach dem Brand verschwand?"

Der Pferdeknecht sann kurz nach, dann fiel ihm etwas dazu ein.

„Das war irgendeine Luise, eine junge Frau aus der Nähe von Neumünster. Die hatte hier in der Gegend eine Großmutter. Sag mal, Jungchen, wieso interessiert dich das eigentlich so sehr?"

Rune zuckte mit den Schultern und stand auf. Er wollte gerade bezahlen und gehen, als dem Alten noch eine letzte Sache einfiel.

„Da gab es noch etwas Merkwürdiges bei dem Brand vor zehn Jahren. Bertrams Frau Maria besaß eine sehr schöne und teure Brosche, die damals verschwunden ist. Walter von Waasner sucht das wertvolle Familienerbstück und hat sogar eine recht gute Belohnung für denjenigen ausgesetzt, der es findet."

Der junge Schäfer horchte auf: „Wie sieht sie denn aus, diese Brosche?"

„Sie ähnelt dem Abzeichen auf meiner Weste", antwortete der Kartenspieler.

„Und wie heißt der Hof, der dem Onkel des Gutsbesitzers jetzt gehört?", fragte Rune nach.

„Na, da bist du wohl doch neugierig geworden. Seehof heißt das Anwesen. Es ist ganz in der Nähe von
Louisenlund, da, wo der Herzog von Schleswig-
Holstein eine seiner Besitzungen hat. Liegt wunderschön. Erzähl Walter von Waasner, dass du mich
kennst. Arthur Langbeen bin ich. Sonst empfängt der
dich nicht, allein schon deshalb, weil du nach Schafen
und nicht nach Pferden riechst."

Rune verharrte kurz und sah ihm genau in die Augen. Er konnte aber keine Arglist feststellen. Langbeens
Gesichtsausdruck verharrte gespannt und forschte in
Runes Augen. Schließlich zuckte sein Gegenüber mit
den Schultern und lächelte still in sich hinein. Vielleicht
dachte er an Walters Finderlohn.

„Du kannst dir ja mal das Grab von Maria von
Waasner anschauen. Sie war wirklich eine gute Seele",
schlug er vor.

Rune bedankte sich bei Arthur Langbeen, der ihm so
viel erzählt hatte. Das Meiste war nicht so hilfreich gewesen, doch neugierig war er schon geworden. Dann
bezahlte er sein Essen und alle Getränke von ihnen beiden beim Wirt und verließ guten Mutes die „Dörpgaststuv".

4

Schlei-Bote

Scheersberg.
Am Sonnabend, den 4. Oktober 1902:
Öffentliche Richtfeier des Bismarckturms,
Aufhissen der Turmspitze und der 1000
Pfund schweren Fahnenstange.

Friedhof von Rieseby, September 1902

Rune beschloss, zunächst dem Friedhof des Dorfes Rieseby einen Besuch abzustatten. Er öffnete die Pforte neben der Kirche und begab sich zur Südseite. Dort stand ein kleines steinernes Mausoleum mit einem ziselierten, schmiedeeisernen Tor. Das Familiengrab der von Waasners. Er spähte durch die Gitterstäbe und erblickte mehrere Sarkophage aus Granit. Auf einem erkannte er den Namen Maria von Waasner, daneben das Grab ihres Mannes Bertram. Auf beiden waren ihre Geburts- und ihr Sterbedaten eingemeißelt.

Gedankenverloren stand Rune vor der Grabstätte. Diese Familie hatte fast ein genauso trauriges Schicksal wie seine eigene, durchfuhr es ihn. Dann kehrten seine Gedanken zu der schönen, jungen Frau in Klein Himmelsee zurück. Ob es wohl am besten wäre, Linda zu vergessen?

Da tauchte neben ihm ein Schatten auf. Eine Stimme räusperte sich.

„Das war damals eine schlimme Sache, als das Herrenhaus derer von Waasner niedergebrannt ist: erst das schreckliche Verschwinden des Kindes und dann auch noch der Tod des Vaters und der Mutter. Wir vermissen ihn sehr, den alten Gutsherrn, Bertram von Waasner."

Rune drehte sich um und erblickte den Pastor der Gemeinde, der sich offenbar für eine baldige Beerdigung gekleidet hatte. Er war überrascht.

„Nein … nein. Ich kam hier nur vorbei und dachte …"

Plötzlich erinnerte er sich an das Kindermädchen, von dem ihm Arthur Langbeen erzählt hatte, und er hatte eine Idee.

„Das Kindermädchen, das damals bei den Waasners war … sie war eine Verwandte meiner Großmutter. Seit dem Feuer hat sie nichts mehr von sich hören lassen! Und jetzt, wo es ihr nicht mehr so gut geht, fragt meine Großmutter oft nach ihr. Aber ich weiß ja auch nichts über sie."

Der Pastor nickte mitfühlend, dann erzählte er Rune noch einiges über die alte Geschichte:

„Jaja, Luise Inien hatte damals auch einiges auszustehen. Es war sicherlich nicht ihre Schuld, dass das Haus abgebrannt ist. Sie war an dem Abend gar nicht dort, sonst wäre sie womöglich noch selber im Feuer umgekommen. Nach diesem Ereignis gab es ja so viele Gerüchte darüber, was geschehen ist. Erst hieß es, sie sei bei ihrer Großmutter in Fleckeby untergekommen, unserer Nachbargemeinde. Und dann gab es das Gerücht, die junge Frau sei damals nach Amerika ausgewandert. Nun, ob das nur Gerede war oder ob sie es wirklich tat … Jedenfalls hat hier niemand mehr etwas von ihr gehört. Vielleicht hat sie ja bei einer anderen Familie eine Anstellung als Kindermädchen bekommen? Aber man sollte diese alte Geschichte am besten ruhen lassen."

Damit verabschiedete sich der Pastor von ihm. Er müsse nun zu einer Beerdigung. Rune war das ganz recht, denn er wollte weiter mit seinem Fuhrwerk.

Noch an diesem Tag erreichte er den Ort Fleckeby, wo er einige Bündel Wolle verkaufte. Danach beschloss er, einen kleinen Umweg zu machen. Er fuhr zum See-hof, wo Walter von Waasner, der Onkel des Riesebyer Gutsherrn wohnte.

Als er an der Zufahrt vorbeikam, die zum Herrenhaus führte, verharrte er dort kurz. Der Haupttrakt war keine zwanzig Meter breit und die beiden Seitentrakte ebenfalls recht klein, kaum als solche zu erkennen. An ihren Südseiten rankte Efeu an den Wänden empor, was das Gebäude ein kleines bisschen verwunschen ausse-hen ließ. Gut ein Dutzend Meter neben dem westlichen Seitentrakt stand eine riesige Scheune, die von sechs großen Blutbuchen zur Wetterseite geschützt wurde. Außerdem war etwas weiter weg das große Gebäude der Mägde und Knechte am Hauptweg zu sehen. Schräg dahinter führte der Weg an sechs kleinen Katen und einigen Scheunen vorbei, wo offenbar die Pächter wohnten. Alle Gebäude waren Fachwerkhäuser. Das Herrenhaus mit teils schräg gesetzten Balken, als ob das Fundament nachgegeben hätte. Die Mauern des Knech-tehauses sahen noch heruntergekommener aus. Nur das Dach desselben schien in diesem Jahr erneuert worden zu sein.

Als Rune das Tor passieren wollte, fragte ihn ein kräftiger junger Mann mit verschlagenem Blick und exotischer Hautfarbe nach seinem Anliegen. Wie sich herausstellte, handelte es sich um den Stiefsohn des Besitzers, Augustin von Waasner. Rune bat ihn darum, vom Herrn des Seehofes empfangen zu werden, und ließ auch die Grüße von Arthur Langbeen ausrichten. Langsam fuhr er zum Haupttrakt hinter dem Stiefsohn her. Zu seinem Erstaunen sah er, dass es sich bei dem Efeu in Wirklichkeit um Wein handelte, denn kleine, fast schon winzige Weinbeeren hingen noch an einigen der Ranken. Er pflückte eine davon und sie war überraschend süß.

Zu seiner eigenen Überraschung durfte er kurze Zeit später die Diele des Wohnhauses betreten. Walter von Waasner war ein fülliger Mann fortgeschrittenen Alters, der einen strengen, aber gerechten Eindruck machte. Rune stellte sich erneut vor und gab als Grund für seinen Besuch an, dass ihn der Verkauf seiner Wolle in diese Gegend geführt habe. Dann präsentierte er ihm den schönsten Ballen, den er bei sich hatte.

„Eigentlich bin ich aber nicht nur wegen der Wolle hergekommen. Ich habe gehört, dass Sie einen Finderlohn für eine besondere Brosche ausgesetzt haben, ein Em... Emblem mit zwei Pferdeköpfen. Ich glaube nämlich, dass ich es früher schon einmal gesehen habe. Ich kann mich nur nicht mehr erinnern, bei welcher Gelegenheit es war."

Verlegen hielt Rune inne und dachte kurz nach.

„Ist es ein Familienwappen oder gibt es dieses Symbol auch bei anderen Gestüten?"

Das war der Moment, in dem der Hausherr den Gast etwas intensiver musterte. Dann seufzte er und bat ihn in sein Arbeitszimmer. Es war ein stattlicher Raum mit hohen Regalen und einem großen Schreibtisch. Rune durfte in einem dicken, ledernen Sessel Platz nehmen. Walter von Waasner öffnete eine Schublade seines Schreibtisches und holte eine Pfeife sowie eine kleine Tabakdose hervor. Nach einigen Bemühungen hatte er die Pfeife gestopft und angezündet. Dann bot er Rune etwas zu trinken an, doch der lehnte ab. Schließlich begann er zu erzählen.

„Sicherlich haben andere Gestüte ähnliche Embleme mit dieser Anordnung der Pferdeköpfe. Aber die Mondsichel und die beiden Sterne, die neben den Pferdeköpfen zum Wappen dazugehören, sind einzigartig."

Der Gutsherr schwieg einen Moment, dann sprach er weiter:

„Die wertvolle Brosche, für die ich eine recht beachtliche Belohnung ausgelobt habe, ist bei einem Brand vor zehn Jahren spurlos verschwunden. Für den Finder gibt es 250 Mark. Wo haben Sie sie gesehen?"

Rune hatte gerade müde gegähnt, weil der Tabakgeruch ihn schläfrig gemacht hatte. Nun horchte er auf. Die Summe würde für das Material ein kleines Häuschen reichen, überlegte er. Neugierig sah er Walter von Waasner an, der seinen Blick erwiderte. Denn er wartete immer noch auf eine Antwort auf seine letzte Frage, vergeblich. Also fuhr der alte Herr fort:

„Nun ja, ich habe noch eine Schwester, Winifred von Jellenbek, die damals versucht hat, Licht ins Dunkel zu bringen, besonders wegen unserer kleinen Nichte Elisabeth. Die Situation auf dem Gutshof in Rieseby war wohl sehr angespannt vor dem Brand."

Doch dabei beließ er es.

„Über den Brand selbst hat meine Schwester leider nicht viel in Erfahrung bringen können. Demnach habe im Gesindehaus niemand etwas mitbekommen. Erst als der Seitentrakt mit den Arbeitszimmern zu brennen begann, wurde man dort aufmerksam."

Die Haushälterin erschien und brachte eine Kanne mit Kaffee sowie zwei Gedecke.

„Frauke, sollten wir vielleicht ein paar Ballen Wolle nehmen? Sie macht einen hochwertigen Eindruck", sprach der Hausherr sie an.

„Das sollten besser Sie entscheiden", entgegnete diese.

„Ach, kommen Sie schon. Ich dachte, dass Sie und Ihre Tochter gerne Kleidung nähen und stricken."

In diesem Moment wurde er unterbrochen, als sein Stiefsohn Augustin das Arbeitszimmer betrat. Walter von Waasner grinste, dann fragte er ihn:

„Hättest du nicht auch gern ein paar Schafe, Stin?"

Der lächelte zurück und meinte: „Aber dann sollten wir uns auch einen Schafbock und einen Hund anschaffen."

„Gute Idee! Vielleicht könnten Sie, Herr Silban, uns dabei behilflich sein? Ich kenne hier in der Nähe niemanden, der eine Schafzucht betreibt. Außerdem nehmen wir auch noch zwei Ballen Ihrer besten Wolle, nicht wahr Frauke."

Zufrieden lehnte er sich zurück und sah seinen Sohn und seine Haushälterin erwartungsvoll an. Beide waren gleichermaßen überrascht, aber Frauke Johannsen ließ sich kaum etwas anmerken. Nur ihre Augenbraue zog sie kurz nach oben, bevor sie den Raum verließ. Rune seinerseits war ebenfalls überrascht, aber er freute sich über das gute Geschäft. John wäre bestimmt zufrieden mit ihm.

„Natürlich mache ich das gerne. Vielleicht ist es aber für Sie einfacher, in der Haddebyer Gegend Schafe zu erwerben? Auch dabei könnte ich Ihnen behilflich sein."

„Vielleicht haben Sie recht. Selbstverständlich würden Sie dann auch eine gute Provision bekommen."

Der Gast rieb sich die Hände. Das klang verlockend. Er fragte nach dem Betrag, und der Gutsbesitzer nannte ihm eine Zahl, die zu verlockend war, als dass er hätte nein sagen können. Damit war das Gespräch zu Ende und der junge Schäfer verabschiedete sich, weil er heute noch zwei Dörfer anfahren wollte.

Als der Gutsbesitzer mit seinem Stiefsohn alleine war, fragte er ihn:

„Was hältst du von ihm?"

„Ich kenne ihn nicht!"

„Aber einen ersten Eindruck hast du doch bekommen? Vielleicht hast du sogar an der Tür gelauscht?"

„Ich lausche nicht an der Tür, sie spricht mit mir."

„Und was hat dir die Tür über diesen jungen Herrn gesagt?"

„Ich glaube, dass er etwas verbirgt. Er hat Geheimnisse", sagte Augustin.

„Die Tür ist schlau. Vielleicht will er nicht nur etwas über die verschwundene Brosche herausfinden, sondern auch über unsere Familie. Bitte folge ihm also und finde heraus, ob er wirklich ein Schäfer ist und ob er sich mit Halunken oder mit ehrlichen Menschen umgibt."

„Trotz allem scheint er doch ein aufrichtiger Mensch zu sein", warf Stin ein.

„Du bist hier in einem zivilisierten Land, anders als in Südamerika. Da kann ein ehrlicher Mensch gleichzeitig ein Halunke sein. Wir sind gute Beispiele dafür."

Sein Stiefsohn grinste.

„Dann ist der Herr also auch ein Halunke?"

Walter von Waasner lächelte verschmitzt und nickte, er dachte an Südamerika.

„Vielleicht habe ich sogar einen Halunken als Neffen. Was hältst du davon, wenn ich ihn als meinen Erben einsetze statt dich?"

„Dann wird er womöglich dein Haus niederbrennen."

„So viel Klugheit hätte ich dir gar nicht zugetraut, Stin. Ich weiß, dass deine Verwandten deine Eltern umgebracht haben. Du darfst aber nicht von deiner Familie auf meine schließen."

„Mein Herr Vater sollte trotzdem vorsichtig sein. Ich möchte, dass er am Leben bleibt", entgegnete Stin.

Der Gutsbesitzer schaute aus dem Fenster und sah in den verwilderten Garten. Sein Blick folgte dem Wagen des Schäfers. Widerwillig zog das alte Pferd ihn vom Hof auf die Straße.

„Ich würde dieses alte marode Haus, in dem wir wohnen, am liebsten selber anzünden. Ich habe es schon für diesen Fall versichern lassen."

Dann drehte er sich zu seinem Stiefsohn um: „Du folgst jetzt diesem Schäfer! Er hat Interesse an der verschwundenen Brosche. Ich will wissen, warum er wirklich hier war und was er über die Brosche weiß."

„Was soll ich mit ihm machen?", fragte Stin.

„Nichts, wir warten erst einmal ab." Nachdenklich schaute der alte Mann erneut aus dem Fenster. „Übermorgen am Abend solltest du wieder zurück sein." Damit hob der Gutsherr würdevoll die Hand und machte seinem Stiefsohn ein unmissverständliches Zeichen zu verschwinden.

*

Am nächsten Morgen brach Walter von Waasner zeitig auf. Er wollte die Familie von Hirschfeld besuchen und insbesondere mit ihrem Oberhaupt Ferdinand reden. Das Verhältnis war seit dem Brand vor zehn Jahren im Grunde genommen zerstört. Ferdinand hatte damals ebenfalls seine Frau Margarete verloren, die an Kummer über ihre verschollene Enkelin Elisabeth und die darüber zerbrochene Tochter Maria gestorben war. Hinzu kam eine weitere Geschichte, die noch länger zurücklag. Der Sohn Ferdinands, Conrad von Hirschfeld, hatte vor vielen Jahren einen dummen Streit mit Sebastian von Waasner und war bei dem daraus resultierenden Duell an der linken Hand verletzt worden, was zu einer leichten Behinderung geführt hatte, unter der er litt. Vor allem hatte diese Einschränkung seine Heiratschancen bei den ansässigen Damen der adeligen Gesellschaft sehr verschlechtert. Nun kam entweder nur eine hässliche, uninteressante, aber standesgemäße Kandidatin infrage, die Conrad unter keinen Umständen ehelichen wollte, oder aber eine Dame aus dem Bürgertum, die wiederum der Vater aus dünkelhaften Gründen ablehnte. So gab es eine heimliche Liebschaft, die der Vater gnädigerweise tolerierte, mehr allerdings auch nicht.

Walter von Waasner wartete jetzt schon über eine halbe Stunde, um vom höchst wohlgeborenen Freiherrn empfangen zu werden. Als er das erste Mal hier aufgetaucht war, war er gar nicht vorgelassen worden. Stattdessen hatte man den ungebetenen Gast nach einer Stunde des Gutes verwiesen. Unter heftigsten Verwünschungen war Walter von Waasner weggeritten. Kein Wunder also, dass es ihn sehr viel Überwindung kostete, hierher zurückzukehren. Dieses Mal ließe er sich nicht mehr so demütigen, nahm er sich vor. Da ging die Tür auf und der Hausdiener trat ein und sagte:

„Ich bin untröstlich, aber ... "

Weiter kam er nicht, denn Walter von Waasner fiel ihm ins Wort.

„Danke, ich finde den Weg allein."

Noch während er dies sagte, sprang er auf und eilte zur halb geöffneten Tür des Salons, die er blitzartig hinter sich schloss. Weiter ging es zum größten Sessel im Zimmer, wo er sich siegesgewiss niederließ. Nun betrachtete er den stattlichen, grauhaarigen Herrn, der vor der Fensterfront stand und verdrießlich nach draußen starrte.

„Ist er endlich weg, Hermann?"

„Nein, ist er nicht. Ich bin noch da", antwortete Walter von Waasner. „Sie haben übrigens einen wunderbaren Garten. All das ganze Unkraut, einfach herrlich!"

„Was erlauben Sie sich! Machen Sie, dass Sie rauskommen, aber sofort!", brauste der Hausherr auf.

Die Tür zum Salon ging auf und Hermann trat ein.

„Bitte entschuldigen Sie, Herr von Hirschfeld. Er ist einfach an mir vorbeigestürmt."

„Bitte entfernen Sie unverzüglich diese unverschämte Person aus meinem Salon", wies Ferdinand von Hirschfeld, der sich nun wieder in der Gewalt hatte, leise, aber bestimmt seinen Diener an.

Dieser fuhr sich verlegen durchs schüttere Haar, doch nun mischte sich der ungebetene Gast ein.

„Es gibt da nur eine Kleinigkeit, die zwischen unseren Familien noch zu regeln ist, Herr von Hirschfeld."

„Und was sollte das wohl sein?", erwiderte der Hausherr eisig.

Dann gab er seinem Diener ein Zeichen, sich zurückzuziehen. An der Tür stieß Hermann fast mit Conrad von Hirschfeld zusammen, dem vom unerwünschten Besuch seines Vaters berichtet worden war.

„Vater, was ist hier los?"

„Unser lästiger Nachbar ist gekommen", meinte der Hausherr frostig.

„Ich habe nur versucht, mit Ihrem Vater zusammen eine kleine Angelegenheit zu regeln."

„Und was liegt Ihnen denn auf dem Herzen?", fragte Conrad.

„Du wirst dich nicht einmischen, Conrad", wies der Alte zornig seinen Sohn zurecht. „Ich verbiete dir, mit ihm zu reden. Worum geht es denn?", fragte er dann Walter von Waasner.

„Ich vermisse eine goldene Familienbrosche mit drei Diamanten in einer Mondsichel. Sie ist seit dem Feuer auf Gut Rieseby verschwunden. Gemäß des Polizeiprotokolls ist der Brand wahrscheinlich auf der Südseite des Hauses unterhalb des Elternschlafzimmers ausgebrochen. Dort gab es einen kleinen hölzernen Pavillon. Vielleicht hat der Blitz ins Dach eingeschlagen, möglich aber auch, dass etwas anderes das Feuer verursacht hat."

Nach einer kleinen Pause fuhr der Gast fort:

„Die Familienbrosche war mit Sicherheit in einem Tresor im Arbeitszimmer eingeschlossen. Zwischen dem Brandherd auf der Südseite und dem Arbeitszimmer, das im Norden des Hauses liegt, befinden sich drei dicke Steinmauern und der Tresor ist aus Eisen gefertigt. Die Goldmünzen, die ebenfalls in diesem Schrank waren, sind nicht einmal geschmolzen. Es hätten also zumindest noch Überreste der Brosche gefunden werden müssen, wenn sie dort gewesen wäre."

Conrad von Hirschfeld öffnete den Mund, um etwas zu sagen, doch sein Vater kam ihm zuvor.

„Herr von Waasner geht jetzt besser und deine Meinung, Conrad, ist im Moment nicht erwünscht", sagte er gelassen in einem ruhigen Tonfall. Sein Sohn schwieg mit säuerlicher Miene und beugte sein Haupt.

„Nun, falls Ihnen vielleicht doch noch etwas einfällt, verehrter Herr von Hirschfeld, lasse ich Ihnen meine Karte da."

Walter von Waasner legte eine goldumrandete Karte auf einen kleinen, zierlichen Beistelltisch, wo der Freiherr sie keines Blickes würdigte. Sein Gast lächelte süffisant und bemerkte:

„Passen Sie gut darauf auf, es ist ein Einzelstück!"

Der Sohn sah ihn beunruhigt an, dann nahm er die Karte vom Beistelltisch und steckte sie ein.

Walter von Waasner durchquerte bereits die große Eingangshalle, als Conrad von Hirschfeld ihn schließlich einholte.

„Mein Vater ist manchmal schwierig", sagte er. „Aber eins sollten Sie noch wissen: Meine Schwester machte sich nichts aus der Brosche, sie hat sie nie getragen. Aber die kleine Elisabeth war ganz vernarrt in dieses Stück. Und die Kinderfrau leider auch."

Conrad machte eine Pause.

„Maria hat mir damals erzählt, dass Bertram nachlässig mit dem Schlüssel für den Schrank umging. Er versteckte ihn in einer Holzschatulle, die sich ebenfalls im Arbeitszimmer befand und nicht abgeschlossen war. Also, konnte jeder ihn im passenden Moment nehmen. Und dieses Zimmer war meistens offen. Ich kann nicht ausschließen, dass Luise Inien, die Kinderfrau, am Abend des Brandes die Brosche an sich genommen hat, weil sie kurz zuvor wegen einer Kleinigkeit gefeuert worden war."

Walter von Waasner hatte aufmerksam zugehört.

„Ich hatte diese Idee auch schon in Erwägung gezogen. Deshalb habe ich bei Juwelieren in Schleswig, Eckernförde, Kiel, Rendsburg, Neumünster und sogar in Hamburg Erkundigungen eingezogen: ohne Ergebnis."

Dann zog er eine Schachtel aus seinem Jackett und öffnete sie. Darin war eine goldene Brosche in Form einer Mondsichel gebettet.

„Diese hier gehört meinem Familienzweig der Waasners. Sie hat nur zwei Diamanten in der Mondsichel, wie Sie sehen. Die von Bertram hatte aber drei Diamanten. Wenn sie nicht bei einem Juwelier gelandet ist, wo ist sie dann geblieben? Ich kann mir nicht vorstellen, dass ein Kindermädchen das wertvolle Stück für sich behält!"

Conrad von Hirschfeld schaute dem Gast in die Augen.

„Aber sie könnte doch einen Komplizen gehabt haben. Maria wollte an dem Abend mit Bertram und noch jemandem wegfahren, dann kam das Verschwinden Elisabeths ihr dazwischen. Allerdings ist es undenkbar, dass … "

Der Gedanke blieb unvollendet. An wen hatte der junge von Hirschfeld gedacht? Etwa an Baron Winterfeld, der als letztes Bertram von Waasner besucht hatte. Der alte Herr sah Conrad nachdenklich an. Offenbar war ihm daran gelegen, dass dieser alte Streit endlich beigelegt werden konnte. Er nickte und meinte:

„Das denke ich auch nicht, aber es ist eine Möglichkeit. Ich habe schon versucht, zu dem Baron Kontakt aufzunehmen. Leider hat er mir bisher nicht auf meine Briefe geantwortet."

Der Sohn des Freiherrn schwieg und schien nachzudenken.

„Nun, dann werde ich wohl selber noch einige Nachforschungen anstellen müssen", sagte der Gast.

Er verließ das Haus und stieg auf sein Pferd, das ein Knecht wartend am Zügel hielt. Als er schon vom Hof ritt, vernahm er hinter sich Conrads Stimme: „Halt, warten Sie!" Von Waasner hielt sein Pferd an und wandte sich um. Der Sohn eilte auf ihn zu.

„Der Baron hat seinen Gutshof verpachtet. Er besitzt ein neues Haus in Rabenkirchen. Ich sage einem der Knechte, dass er Sie zum Bahnhof in Rieseby fährt. Ihr Pferd können Sie selbstverständlich bei uns lassen. Mit der Eisenbahn sind Sie dann in einer Viertelstunde in Süderbrarup und von da sind es nur ein paar Kilometer."

Nach einem kurzen Moment des Überlegens nickte der alte Gutsherr und stieg wieder vom Pferd. Der Gedanke schoss ihm durch den Kopf, warum Conrad von Hirschfeld ein so großes Interesse an der Aufklärung der Frage hatte, was aus der Brosche geworden war. Wieso nur?

5

Schlei-Bote

Angeln, den 12. Oktober 1902

Das dritte und letzte Abonements-
Konzert, welches am Donnerstag-Abend in
Wendt's Tivoli in Süderbrarup von der Kapelle
des Kaiserlichen ersten Seebataillons aus Kiel unter
Leitung des Stabshoboisten Herrn Pelz aus Kiel
gegeben wurde, hatte sich eines recht zahlreichen
Besuches zu erfreuen. Das sehr sorgfältig ausgewählte
Programm, das Schöpfungen der bedeutendsten
Komponisten, wie Wagner, Strauß u.a. enthielt, ließ
einen sehr genußreichen Abend erwarten und wir
wurden nicht enttäuscht.

Rabenkirchen, September 1902

Die Bahnfahrt von Rieseby nach Süderbrarup über die
Drehbrücke von Lindaunis hatte etwas länger gedauert,
als er gedacht hatte. Doch nun stand er vor dem Haus,
das dem Baron von Winterfeld gehörte. Ein schöner
moderner Steinbau. Seine Geschäfte schienen gut zu
gehen. Verschiedenen Zeitungsberichten hatte Walter
von Waasner entnommen, dass er die Flensburger
Schiffbaugesellschaft und einige kleinere Werften mit
Spezialrohren und Ventilen sowie Manometern für
Dampfmaschinen belieferte. Gemunkelt wurde auch,
dass er ein Zulieferer für Apparate in den neuen Torpe-

dos der Marine sei. Die Schornsteine qualmten jedenfalls gewaltig.

Es dauerte nur ein paar Sekunden, nachdem er geklopft hatte, bis ein Diener öffnete und ihn nach seinem Anliegen fragte. Dann bat er ihn hereinzukommen. Es schien Walter von Waasner fast so, als ob der Baron von seinem Kommen schon erfahren hätte. Unmöglich, dass es in dieser entlegenen Gegend schon Telefone gab!, dachte er.

Er wurde in den Salon geführt. Dort stand ein stämmiger Mann, der vielleicht 40 Jahre alt sein mochte. Auf einem Schreibtisch lag ein riesiger Bogen Papier, eine komplizierte Zeichnung zahlreicher technischer Apparaturen, die mit großer Sorgfalt ausgeführt worden war. Der Baron lächelte seinen Gast an, als er dessen staunenden Blick sah, und sagte entspannt:

„Ja, in unserer Zeit gibt es eine Menge Wunderwerke! Aber Sie versuchen mich wahrscheinlich aus einem anderen Grund schon längere Zeit zu sprechen. Ich muss mich entschuldigen, dass ich Sie vor einem Monat nicht in meinem Werk in Flensburg empfangen konnte. Zu dieser Zeit musste ich mich leider dringend um andere Angelegenheiten kümmern. Man sagte mir, dass Sie auf der Suche nach einer Familienbrosche seien. Ist das richtig?"

Der Hausherr deutete auf einen schweren, dunklen Ledersessel. Walter von Waasner nahm dort Platz. Er war außerordentlich überrascht, dass der Baron nicht nur über seine Besuchsabsichten in dessen Haus in Rabenkirchen unterrichtet war, sondern auch darüber, dass er schon sein genaues Anliegen kannte. Wie war das möglich?

„Das ist richtig", erwiderte er.

Dann erklärte er ihm die beiden Möglichkeiten, die es für das Verschwinden der Brosche gäbe:

„Das Familienerbstück muss am Tag des Brandes verschwunden sein oder davor. Wenn es früher war, dann kann die Brosche nur vom Kindermädchen entwendet worden sein. Und ansonsten können nur Sie sie am Nachmittag, bevor Sie zur Auktion weiterfahren wollten, an sich genommen haben, Herr von Winterfeld."

Winterfelds Lächeln gefror. Das war eine schwere Anschuldigung, die ihm sein Gast soeben vorgetragen hatte. Die beiden Männer taxierten sich, ein kaltes, bedrohliches Schweigen füllte den Raum zwischen ihnen.

Schließlich stand der Hausherr auf und ging zu einem dunklen Eichenschrank, an dem er eine Schiebetür öffnete. Einige Flaschen und Gläser wurden sichtbar.

„Möchten Sie etwas trinken?"

„Das gleiche wie Sie!"

Der Gastgeber griff nach zwei Flaschen und mixte zwei Drinks. Dann näherte er sich Walter von Waasner und gab ihm eines der Gläser, kehrte zu seinem Sessel zurück und nahm einen Schluck.

„Ich kann leider nicht lückenlos beweisen, dass ich die Brosche nicht an mich genommen habe. Aber jeder, der an dem Tag auf dem Hof war, kommt für den Diebstahl in Frage, wenn es denn überhaupt einer war: Die Pferdepfleger, die Haushälterin, die Köchin, das übrige Gesinde, natürlich das Kindermädchen und selbst ein Landstreicher hätten es tun können. Die Tür zum Arbeitszimmer Ihres Neffen Bertram war tagsüber immer offen. Nur wenn er schlafen ging oder außer Haus unterwegs war, verschloss er sie meistens."

„Ja, Bertram war nicht der gewissenhafteste", seufzte sein Gast. Er hatte aber noch andere Gedanken zu den damaligen Ereignissen:

„Ich habe mit dem Pastor von Rieseby geredet, und er ließ die Bemerkung fallen, dass die Beziehung zwischen Bertram und Maria zwar nicht unglücklich gewesen sei, aber bisweilen doch etwas schwierig. Wissen Sie, worauf der Pastor damit anspielt? Immerhin haben Sie viele Pferde von meinem Neffen gekauft und waren wohl auch darüber hinaus gut mit ihm bekannt."

Der Baron schaute in sein Glas und schwenkte es ein wenig, bevor er sagte:

„Ich kann dazu nur sagen, dass der alte Ferdinand von Hirschfeld das Zustandekommen der Ehe mit Ihrem Neffen Bertram mehr gefördert hat als seine Tochter selbst."

Walter von Waasner lag die Frage auf den Lippen, an wem denn Maria von Hirschfeld ein Interesse gehabt hatte, wenn es nicht Bertram war. Gab es da überhaupt jemanden? Und war es etwa der Baron?

„Nun", meinte er schließlich, „wenn es denn jemanden gegeben hätte, der stark an Maria interessiert gewesen wäre, dann hätte dieser Jemand möglicherweise einen Grund gehabt, meinen Neffen Bertram zu beseitigen oder ihm zumindest zu schaden – also, auch den Brand zu legen."

„Schwerlich", sagte der Gastgeber. „Dann würde er ja den Tod der Tochter seiner Geliebten in Kauf nehmen. Außer ... wenn er die Tochter an jenem Abend fortgebracht hätte."

Eine Pause folgte, in der von Waasner überlegte, ob er das eben Gehörte als heimliches Liebeseingeständnis des Barons zu Maria bewerten sollte. Da fuhr von Winterfeld jedoch fort:

„Ich kann mich erinnern, wie Luise Inien mit der kleinen Elisabeth abends in der Haustür stand und gewinkt hat. Für mich ist es undenkbar, dass sie ihren Schützling am Abend nach dem Ins-Bett-bringen im Stich gelassen hat."

Er räusperte sich und erzählte dann weiter:

„Sie soll ja mit jemandem ins Dorf gefahren sein. Möglicherweise zu einer Verwandten oder Freundin, die damals in Rieseby wohnte."

Der Gast sann über das Gesagte nach. War der Baron möglicherweise unbemerkt am Abend zum Gutshof zurückgekehrt?

„Und wenn Sie damals zurückgekehrt wären, weil Sie Kunde von dem Feuer erhalten hätten, und dann das Gut zu dritt in Ihrer Kutsche verlassen hätten?"

Sein Gegenüber wurde kurz blass, ehe er sich wieder fing.

„Ich bin an diesem Tag erst um 18 Uhr aus Süderbrarup in Rieseby angekommen. Die Familie von Waasner hatte mich zu einem Abendessen eingeladen. Wir hatten noch etwas zu besprechen, bevor wir am Sonntag zusammen nach Rendsburg aufbrechen wollten. Dort sollte eine Pferdeauktion stattfinden. All das habe ich auch der Polizei mitgeteilt ... Moment mal! ... Warten Sie! ... ", er überlegte, „da war noch etwas: Ich weiß noch, dass ich am Bahnhof in Rieseby sah, wie Sebastian sich am Bahnhof mit seinem Pferdepfleger Kindler traf. Ihr Neffe kam gerade mit dem Zug aus Richtung Eckernförde an. Ich sah ihn sogar aussteigen. Um etwa 20 Uhr habe ich das Gut wieder verlassen. Ich habe das damals nicht zu Protokoll gegeben, weil ich es in keinen Zusammenhang mit dem Brand gebracht habe, der für mich wie ein Unglücksfall aussah. Außerdem brach das Feuer erst um etwa 22 Uhr aus. Wenn Sie wirklich meinen, dass es damals nicht mit rechten Dingen zuging, dann halte ich folgende Fragen für wichtig."

„Und die wären?"

„Hat Luise Inien möglicherweise das Kind gar nicht zu Bett gebracht, sondern mitgenommen? Was hat sie an diesem Abend sowie an den folgenden Tagen wirklich gemacht? Und waren ihre Gefühle der Familie von Waasner gegenüber vielleicht gar nicht so freundlich? Darüber hinaus würde ich der Frage nachgehen, wie Sebastian von Waasner seinem Bruder Bertram gesonnen war. Hatte er möglicherweise ein Motiv und womöglich sogar einen willigen Helfer?"

Walter von Waasner seufzte.

„Wenn man Sie so reden hört, könnte man meinen, dass Sie selbst schon Nachforschungen über diese Angelegenheit angestellt haben."

Der Baron nickte und trank einen Schluck.

„Ich habe tatsächlich viele Anstrengungen unternommen, um herauszufinden, was wirklich geschehen ist."

„Und was ist dabei herausgekommen?"

„Zu jener Zeit hatte ein gewisser Stefan Kindler eine Liaison mit Luise Inien. Er hat schon damals nebenbei für ihren Neffen Sebastian gearbeitet und ist jetzt oberster Bereiter auf Gut Rieseby. Sein Ruf war denkbar schlecht, mehrfach wurde er des Diebstahls beschuldigt. Es konnte ihm jedoch nie etwas nachgewiesen werden. Außerdem hielt er in Eckernförde Kontakt zu einem zwielichtigen Geschäftsmann, der des Schmuggels verdächtigt wurde."

„Sehr interessant. Ist das alles?"

„Von meiner Seite ja, ich kann Ihnen leider nicht mehr erzählen", erwiderte der Baron höflich.

„Dann verraten Sie mir doch bitte, ob es stimmt, dass ihre Firma Zünder an die Marine liefert, die Granaten verzögert explodieren lässt?", fragte von Waasner. „Kann man mit solchen Dingern nicht vielleicht auch ein Feuer verzögert ausbrechen lassen?"

Baron Winterfeld erhob sich langsam und zeigte mit der rechten Hand zur Tür. „Sie wissen, wo es hinausgeht!", sagte er ruhig, ohne sich seinen Zorn anmerken zu lassen.

*

Zwei Tage später saß Walter von Waasner abends im Salon mit seinem Stiefsohn zusammen und überlegte, wie er weiter vorgehen sollte. Der Gutsherr war gerade aufgestanden, um einige Flüssigkeiten in zwei Gläsern zusammenzumischen, und kehrte nun zu den beiden bequemen Sesseln zurück. Nachdem er Augustin ein Glas gereicht und selbst einen Schluck genommen hatte, begann er im Zimmer auf- und abzugehen.

„Es ist besser, wenn du zunächst erzählst, Stin. Ich muss etwas mehr Blut in meinen müden Kopf bekommen. Deshalb die Unruhe", sagte der Hausherr.

Also stellte sein Stiefsohn das Glas auf den Glastisch und begann zu reden:

„Vorgestern ist der junge Herr Silban zunächst nach Geltorf gefahren, wo er bei einem Schäfer genächtigt hat, und dann weiter nach Westen zu einem Dorf namens Lottorf. Dort hat er einigen Bauern seine Wolle angeboten. Sein Zuhause scheint eine kleine Kate ein paar Kilometer östlich von Kropp zu sein. Sie gehört einem Johannes Silban. Winziges Häuschen, kärgliches Land, nur Schafe – alles sieht nach bitterer Armut aus."

„Und sonst? Hat er Freunde oder eine Verlobte?"

„Er war wohl in eine Schlägerei in Klein Himmelsee verwickelt, angeblich wegen einer Frau. Mehr hab ich aus diesen verschlossenen Leuten nicht herausbekommen."

„Also trifft er sich mit Halunken?"

„Ja natürlich, aber ich weiß nicht, wer sie sind!", antwortete Stin.

Sein Adoptivsohn sah überall Schurken. Der Gutsherr durchschaute ihn auch diesmal und stellte nicht einmal die Frage, welche Art von Gaunerei sie denn betrieben. Er schüttelte einfach nur den Kopf.

Dann berichtete Walter von Waasner von seinen Besuchen bei Ferdinand von Hirschfeld und dem Baron von Winterfeld.

„Mit dem Baron komme ich im Moment nicht weiter. Es bleibt nur die Spur der Luise Inien. Da machst du weiter. Versuche das Dorf in der Nähe von Neumünster, aus dem sie kommt, ausfindig zu machen. Dann reist du mit einem kleinen Geldbetrag dorthin und gibst dich gegenüber der Familie als Nachlassverwalter aus. Angeblich hat das Kindermädchen die Summe geerbt. Du bestehst darauf, ihr das Geld persönlich zu übergeben oder lass dir zumindest ihre Geburtsurkunde zeigen. Wenn es keine mehr gibt, dann sollen sie eine neue oder einen anderen Nachweis besorgen. Und falls Luise Inien wirklich ausgewandert ist, fragst du nach ihrem derzeitigen Aufenthaltsort. Du bestehst darauf, einen

Brief von ihr zu sehen. Derweil beschäftige ich mich mit Herrn Kindler, dem obersten Bereiter von Sebastian. Angeblich hatte der nämlich damals eine Liebschaft mit dem Kindermädchen. Das zumindest hat der Baron behauptet und Langbeen hat etwas Ähnliches erwähnt."

Augustin reckte sich und nickte dann zustimmend. Sein Stiefvater trank sein Glas aus und bestimmte:

„Packe schon einmal deine Reisetasche, während ich dir die Testamentsvollstreckungsurkunde über einen Betrag von 150 Reichsmark anfertigen lasse. Da wird drin stehen, dass dieser Betrag nur Frau Luise Inien oder ihren Erben auszuhändigen ist. Daran ist die Bedingung geknüpft, dass es in den zehn Jahren nach Elisabeths Verschwinden kein Lebenszeichen mehr von meiner Nichte gegeben hat. Ferner sollen Luise Inien oder ihre Erben nachweisen, dass selbige Person nach dem Brand auf Gut Rieseby noch am Leben war."

Walter von Wassner überdachte erneut sein Vorgehen.

„Und wenn es ein Foto des Kindermädchens geben sollte, was leider sehr unwahrscheinlich ist, dann bringe es mir bitte." Er seufzte. „Und damit bitte ich nun um meine Nachtruhe."

Der Stiefsohn schmunzelte und meinte: „Ich wünsche dem Herrn einen erholsamen Schlaf."

„Du Schelm", gähnte der Herr.

6

Schlei-Bote

Schwansen, den 11. November 1902

Nachdem erst etliche Wochen seit dem letzten
Brandschaden verflossen sind, erklangen heute
vormittag wieder die dumpfen Töne der Feuerhörner.
Das Wohnhaus des Landmannes Matthias Friedrich-
sen zu Haselmark, Gemeinde Holzdorf, stand in
Flammen. In kurzer Zeit war das mit Stroh gedeckte
Gebäude niedergebrannt. Von den Moblien konnte
nur ein kleiner Teil gerettet werden. Fünf fette
Schweine fanden ihren Tod in den Flammen; Auch
ein Teil der diesjährigen Ernte wurde ein Raub derselben.

Seehof, September 1902

Am nächsten Tag brachen Walter von Waasner und
Augustin gemeinsam auf. Der Stiefsohn, um vom Lot-
torfer Bahnhof nach Neumünster zu reisen. Der Gutsherr, um wieder nach Rieseby zu reiten. Er richtete es so
ein, dass er in der Mittagszeit in der Dorfkneipe eintraf.
Dort bestellte er sich eine Mahlzeit und las die Zeitung,
die er mitgebracht hatte. Japan und Russland stritten
sich um Holz und um die Vorherrschaft in Korea. Ob da
bald ein Krieg ausbrechen würde?

Und hier tobt ein stiller Streit um das Erbe meines
Neffen Bertram, dachte der alte Mann. Da ging die Tür
auf und Arthur Langbeen trat ein. Sein Blick schweifte

über die Gäste und blieb beim Besitzer des Seehofes hängen. Schnellen Schrittes näherte er sich dem Tisch:

„Darf ich mich zu Ihnen setzen, Herr von Waasner?"

Dieser lächelte. Immer neugierig, der alte Arthur, dachte er.

„Ich lese gerade über internationale Verwicklungen. Da können wir armen Landbesitzer in Schleswig Holstein nicht mithalten. Der japanische Kaiser sucht anscheinend ein Stückchen erdbebensicheres Land. Gut, dass das Deutsche Reich keine gemeinsame Grenze mit Japan hat."

Mit einer weit ausholenden Geste deutete er dann auf einen leeren Stuhl neben sich. Langbeen setzte sich und sagte gelassen:

„Und gut, dass der Hof Ihres Neffen nicht an Ihren grenzt. Sonst wäre vielleicht schon eine Feuersbrunst bei Ihnen ausgebrochen und das Herrenhaus womöglich abgebrannt."

„Nun ja. So schlimm wäre das denn auch nicht. Mein Herrenhaus ist schon recht altmodisch."

„Das hört sich nach Unannehmlichkeiten an, die in der nächsten Zeit auf Sie zukommen könnten. Schon eine Idee, wie das Problem gelöst werden kann?"

Von Waasner blätterte eine Seite in der Zeitung um und tat so, als ob er einen überaus interessanten Artikel lesen würde.

„Ideen habe ich viele, Langbeen. Ich weiß nur noch nicht, mit welcher ich anfangen soll. Gestern habe ich übrigens tatsächlich ausführlich mit dem Baron von Winterfeld über die Vergangenheit gesprochen. Er hat angedeutet, dass Stefan Kindler, der oberste Bereiter auf Gut Rieseby, eine Liebschaft mit Luise Inien hatte. Wissen Sie zufällig etwas darüber?"

Langbeen nickte und sagte:

„Auf dem Gut taten die beiden so, als ob sie sich nicht kennen würden. Aber in der Dienerschaft und unter den Pferdeknechten wurde natürlich darüber getuschelt. Und einmal hat meine Frau die beiden bei einem Techtelmechtel im Heu überrascht … "

Nun berichtete Walter von Waasner auch die anderen Dinge, die der Baron erwähnt hatte: die Diebstähle, die Kindler zur Last gelegt worden waren, und die Bekanntschaft zu einem Hehler in Eckernförde.

„Haben Sie davon gewusst?"

Sein Gegenüber schüttelte den Kopf.

„Wenn Ihr Herr Neffe damals davon gewusst hätte, dann hätte er ihn doch niemals eingestellt!"

„Bertram wohl nicht, aber vielleicht hat Sebastian ihn gerade deshalb beschäftigt. Er konnte ja nie gut mit Pferden umgehen, obwohl er jetzt der Chef-Bereiter auf dem Gut ist. Vielleicht hat er sich diesen Posten aufgrund von kriminellen Aufträgen verdient."

„Nun ja, Kindler ist schon ein zwielichtiger Typ und Diebstahl passt zu ihm. Aber Brandstiftung, bei der jemand zu Tode kommt, ist etwas ganz anderes", erwog Langbeen.

„Eben!", sagte der alte Herr. „Ich möchte wissen, wie weit Kindler geht, wenn er in die Enge getrieben wird, und habe dazu auch schon einen Plan. Aber für diesen Plan brauche ich jemanden, der Mut hat."

Er blickte seinen Gesprächspartner fragend an. Der schüttelte erschrocken den Kopf.

„Ich war einmal in meinem Leben mutig, und das ist dabei herausgekommen", sagte der treue Pferdeknecht und deutete nacheinander auf seine Stirn mit der Narbe und den Arm, der ihm nicht mehr so recht gehorchte.

„Hören Sie es sich doch erst einmal an!"

Er erhob sich und bedeutete Langbeen, ihm nach draußen zu folgen.

*

Am Abend des nächsten Tages kehrte Augustin von seinem Besuch in dem kleinen Dorf Inien bei Neumünster zum Seehof zurück, wo sein Stiefvater Walter von Waasner ihn schon ungeduldig erwartete.

Nun saßen sie bei einem Schluck Portwein im Salon beisammen, der noch düsterer wirkte, weil die schweren samtenen Vorhänge bereits zugezogen waren. Dafür verbreitete das Feuer im Kamin eine gemütliche Atmosphäre, die noch durch die ausladenden, bequemen Sessel davor und das dunkelrote Sofa unterstrichen wurde. Stin begann zu erzählen:

„Die Familie Inien besteht aus fünf Personen, ein altes Ehepaar, zwei Söhne und eine Tochter. Die Mutter arbeitet in einer Weberei in Neumünster, der Vater lebt von Gelegenheitsarbeiten. Der ältere Sohn leistet gerade seinen Wehrdienst ab, der andere geht noch zur Schule. Die Tochter macht eine Lehre als Näherin. Luise Inien scheint tatsächlich vor zehn Jahren nach Amerika gegangen zu sein. Ich konnte zunächst nichts über ihren derzeitigen Wohnort erfahren. Als ich den Eltern jedoch von der Erbschaft erzählte, wurden sie sehr redselig. Sie haben mir sogar den vom Pfarrer beglaubigten Auszug aus dem Taufregister für weitere 5 Reichstaler überlassen. Außerdem bestand ich darauf, alle ihre Briefe mitnehmen zu dürfen und ein weiteres, sehr interessantes Dokument. Darin steht nämlich, dass ihr eine Erbschaft von 200 Reichstalern vier Jahre nach dem Tod von Bertram zusteht, die ihr offenbar auch übergeben worden sind."

Damit schob er seinem Vater einen zusammengeschnürten Packen Papiere hinüber. Der sah sie eines nach dem anderen durch. Dabei wurde er durch ein Klopfen an der Tür unterbrochen. Auf sein „Herein" erschien die Haushälterin mit einem Kännchen Tee und zwei Gedecken. Sie stellte das Tablett auf einem Tischchen ab und servierte dann mit einem Lächeln den beiden Herren. Wohlriechende Dunstschwaden zogen durch den Salon.

Als sie den Raum wieder verlassen hatte, schaute Stin neugierig auf das weiß-blaue Service, das er noch nicht kannte. Vorsichtig hob er seine Tasse soweit an, bis er den Boden sehen konnte. „Hutschenreuther 1814", las er, neugierig wie er war. Dann stellte er sie wieder auf den Tisch und nippte an dem heißen Getränk. Es war das fünfte Service, das Frau Johannsen seit ihrer Ankunft auf dem Seehof aus den Schränken gezaubert hatte. Dort lagerten etliche Porzellan-Sammlungen, die der Vorbesitzer des Gutes erworben und die Erben und Verkäufer nicht hatten übernehmen wollen.

Walter, der seinen Stiefsohn beobachtet hatte, schmunzelte und fasste das Ergebnis seiner Durchsicht zusammen:

„Zuerst landete Luise Inien in New York. Dann ging sie nach Boston und da enden ihre Briefe auch."

Stin schob ihm noch zwei Fotografien hin, die er im Lichtschein des Feuers betrachtete.

„Dieses hier ist kaum zu gebrauchen."

Er legte das Bild weg und nahm sich das andere vor.

„Aber das zweite zeigt Luise auf Gut Rieseby zusammen mit meiner Nichte. Sehr schön. Da war Elisabeth bestimmt schon sieben Jahre alt. Die junge Frau hinter ihr ist sicherlich das Kindermädchen. Gut, jetzt wissen wir wenigstens, wie sie aussah."

„Wozu brauchst du diese Fotos und die Briefe?", fragte Stin neugierig. „Wir wissen ja nicht mal, ob diese Luise überhaupt noch lebt. Und selbst wenn, die würde doch niemals wieder aus Amerika hierher zurückkommen!"

„Schon möglich", stimmte der Gutsbesitzer ihm zu. „Aber ich will herausbekommen, was damals geschehen ist, Stin. Ich habe meinem Vater an seinem Sterbebett versprochen, auf seine Enkel aufzupassen. Du bist jetzt einer davon. Ich muss klären, was mit Elisabeth geschehen ist!"

Er nahm seine Tasse und betrachtete nachdenklich die dunkle Flüssigkeit, ehe er einen Schluck trank. Dann fuhr er fort:

„Mindestens drei Menschen wissen etwas über die damaligen Ereignisse: Baron von Winterfeld, mein Neffe Sebastian und Stefan Kindler, sein Reitlehrer. Sie wollen nur nicht reden. Sebastian behauptet zum Beispiel, dass er an dem Tag gar nicht in Rieseby gewesen sei. Nun erfahre ich, dass der Baron ihn damals am Bahnhof gesehen hat. Weiter benennt mir mein Neffe einen Zeugen, den er abends um acht Uhr in Eckernförde getroffen habe. Doch als ich nachforsche, stelle ich fest, dass dieser Zeuge in kriminelle Machenschaften verwickelt war, also kaum glaubwürdig ist."

„Und was willst du nun machen?", erkundigte sich sein Sohn.

„Ich muss noch etwas über die Sache nachdenken, Stin. Allerdings habe ich schon eine Idee, die allerdings noch nicht richtig ausgegoren ist."

*

Einige Tage später unternahm Rune einen fast acht Kilometer langen Fußmarsch. Er hatte sich in Owschlag mit einem befreundeten Schäfer aus der Nähe von Lottorf verabredet. Sie wollten sich in der Gaststätte „Miesepeters Bonhof" treffen, die vor dem Bahnhof in Owschlag lag.

Torben Hennigsen gehörte zur dänischen Minderheit im Bezirk Schleswig und kam ursprünglich aus Eckernförde, wo sein Vater Fischer gewesen war. Aber wegen der kriegerischen Auseinandersetzungen von 1848 und 1864 zwischen Dänen und Deutschen hatte seine Familie dort verschwinden müssen. Rune hatte von seiner Großmutter ebenfalls etwas Dänisch gelernt. Vor allem hatte er Torben in einer Notsituation unterstützt, als ein wildernder Hund die Herde des Dänen in der Nähe des Dorfes Lottorf zerstreut hatte. An jenem Abend hatten sie ihr Nachtlager zusammen aufgeschlagen.

Rune erzählte ihm von seiner Begegnung mit dem neuen Besitzer des Seehofes. Es stellte sich heraus, dass Torben auch so einiges über das Waasnersche Gestüt bei Rieseby gehört hatte. Am wichtigsten war jedoch eine Bemerkung, mit der er andeutete, dass seine Mutter mit der Großmutter von Luise Inien befreundet gewesen sei. Den Rest des Abends hatten sie sich über ihre Schafe unterhalten und beschlossen, sich noch einmal zu treffen, um die Details eines Geschäfts zu klären, das Rune Torben vorgeschlagen hatte.

Jetzt saßen sie gemütlich in „Miesepeters Bonhof" bei einem Bier zusammen und besprachen sich. Qualm und Alkoholdunst waberten durch den holzgetäfelten Schankraum und die allgemeine Stimmung war gut.

Rune wollte für die Vermittlung eines Geschäftes die Hälfte des Gewinns bekommen. Es ging um den Verkauf von Schafen samt eines ausgebildeten Hütehundes an Walter von Waasner. Außerdem erzählte er Torben von seiner Brautwerbung und den damit verbundenen finanziellen Problemen. Der Däne lächelte verständnisvoll und willigte ein, die Sache mit ihm gemeinsam zu machen.

Nachdem sie sich über die finanzielle Seite des Geschäfts einig geworden waren, brachte Rune das Gespräch noch einmal auf die Ereignisse von vor zehn Jahren zurück, die mit dem Tod der Eheleute von Waasner endeten. Er erfuhr von Familienstreitereien, bei denen es nach Torbens Erinnerung vor allem um Geld ging. Sebastian von Waasner spielte gerne und lebte über seine Verhältnisse. Außerdem hatte es Streit wegen Maria von Hirschfeld gegeben, denn außer Bertram hatte sich noch ein weiterer Bewerber um die Gunst der adeligen Dame bemüht: der Baron von Winterfeld, Eigentümer des kleinen Gutes Felsenstein, das im Kreis Angeln auf der anderen Seite der Schlei lag. Der Baron war am Abend des Brandes zufällig auf dem Gut der Waasners zu Besuch gewesen. Das erzählten sich zumindest die Leute im Dorf. Auch die Rolle des Kindermädchens konnte Torben etwas beleuchten:

„Luise hat sich die nächsten beiden Tage nach dem Feuer bei einer Freundin ihrer Großmutter versteckt und dann fuhr sie mit einem Begleiter in dessen Kutsche hierher nach Owschlag und von da mit dem Zug nach Hamburg."

Torben sah Rune triumphierend an, bevor er weitersprach:

„Sie hatte einen Haufen Geld dabei. Später hat sie ihrer Großmutter aus Amerika geschrieben. Tolle Postkarten. Hab sie selbst gesehen."

„War es denn Brandstiftung oder ein Blitzeinschlag?", fragte Rune.

Torben legte nachdenklich seinen Kopf schief.

„Meine Mutter hat nur erfahren, dass sich jemand bei dem Pavillon aufgehalten habe, kurz bevor das Gewitter kam. Aber keiner habe sich getraut, das der Polizei zu sagen."

„Und warum nicht? Das wäre doch wichtig gewesen!"

„Na hör mal!", sagte Torben entrüstet. „Wenn du so was sagst, dann musst du es auch beweisen können, sonst hängt die Polizei es noch dir das an."

„Und wer hat das gesehen?"

„Das weiß ich auch nicht. Aber dem damaligen Dorfklatsch zufolge muss es jemand von der freiwilligen Feuerwehr in Rieseby gewesen sein. Angeblich habe derjenige auch gesagt, dass sie an jenem Abend schon die hofeigene Feuerwehrspritze aus dem Schuppen ins Freie geschoben und für einen Einsatz bereit gemacht hätten."

Rune wusste nicht recht, was er davon halten sollte. Vielleicht war das so üblich, dass man bei Gewitter die Löschgeräte bereit macht.

„Also ich bin auch bei der freiwilligen Feuerwehr in Lottorf und wir machen uns erst bereit, wenn es brennt.

Es sei denn, es herrscht eine Dürre und die Brandgefahr ist wegen der Trockenheit zu groß", lieferte Torben die Antwort.

Rune versuchte sich an damals zu erinnern. Hatte es in jenem September viel geregnet? Er war sich nicht sicher und dann konnte es in Rieseby ja auch ganz anders gewesen sein.

7

Schlei-Bote

Schwansen, den 11. November 1892
Das Gut Hemmelmark hat nunmehr seine eigene Schule.
Bisher mussten die dortigen Kinder nach Barkelsby zur Schule, was bei der weiten Entfernung den schlechten Wegen mit vielen Beschwerden verbunden war. Zum Lehrer der dortigen Schule wurde der erst seit einem Monat in Breckendorf angestellte Lehrer Horsst ernannt.

Rieseby, September 1902

Die Tür der „Dörpgaststuv" in Rieseby ging auf und eine bildschöne Frau betrat die kleine, finstere Rezeption mit der hölzernen Theke, hinter der eine steile Treppe nach oben führte. Die kleine Pension lag gegenüber vom Bahnhof, und gerade war die Fremde aus dem Dreiuhrzug von Kiel nach Flensburg ausgestiegen und hatte sie zielstrebig aufgesucht. Nun klingelte sie und nach kurzer Zeit kam die Wirtin, eine füllige Person in den 40ern mit einer geblümten Schürze, aus dem Schankraum hinüber, wo sie bis vor einer Minute in der Tageszeitung geblättert hatte. Sie blickte die elegante Erscheinung neugierig an. Die Unbekannte trug ein altrosafarbenes Kostüm und eine marineblaue Jacke. Ihren Kopf bedeckte ein ausladender, asymetrischer Sommerhut, den einige Strohblumen zierten. Es war ein perfekt aufeinander abgestimmtes Arrangement, einfach, aber wirkungsvoll. Die fremde Frau stellte ihren kleinen Koffer neben die Theke auf den Boden. Dann sagte sie mit einem müden, aber entspannten Lächeln:

„Guten Tag, ich möchte für ein paar Tage ein Zimmer haben."

„Dann bräuchte ich Ihren Ausweis", sagte die Hausherrin.

„Der ist mir leider vorgestern auf dem Bahnhof in Hamburg gestohlen worden, aber ich habe meine Geburtsurkunde dabei", erklärte die junge Dame.

„Das geht auch."

Die schöne Fremde holte ein Papier aus ihrer Tasche, das sie der rundlichen Matrone übergab. Diese studierte es eingehend und deutete dann auf einen Schriftzug.

„Das ist ja kaum zu lesen. Was soll denn das heißen?"

„Luise Inien, das ist mein Name."

Die Wirtin schüttelte etwas unwillig den Kopf und schob ihr dann das Buch zur Registrierung der Gäste zu. Doch sie bat darum, eine neue Zeile auszufüllen. Die Frau nickte und tat, wie sie es gewünscht hatte.

„Wir hatten hier mal eine Luise Inien, die Kindermädchen auf Gut Rieseby war", bemerkte die Wirtin nachdenklich beim Lesen des Eintrags. „Und außerdem lebte in einem Nachbardorf, nicht weit von hier, eine Henriette Inien. Die ist aber vor zwei Jahren gestorben."

„Ja, das Kindermädchen war ich", erwiderte die Fremde. „Ich hab hier früher mal für Herrn Bertram von Waasner gearbeitet. Ist lange her. Und nun hat man mir auf einem anderen Gut in der Nähe eine Stelle als Gouvernante angeboten. Dort fange ich allerdings erst in ein paar Tagen an. Ich bin also nur auf der Durchreise und wollte mich hier etwas umschauen, weil ich lange Zeit weg war, in Amerika."

Die Alte hatte bei diesen Neuigkeiten hörbar die Luft eingesogen und ihren Gast neugierig angestarrt. Zu gern hätte sie Luise Inien wohl noch ein paar Fragen gestellt. Doch sie gab ihrem Gegenüber nur das Dokument zurück und holte einen Schlüssel von einem Haken.

„Wenn Sie wollen, dann können Sie im Gastraum noch etwas essen und trinken. Frühstück ist zwischen 7 und 9 Uhr."

Damit reichte die Wirtin der jungen Frau den Schlüssel, den diese dankend entgegennahm. Dann stieg sie in den ersten Stock hinauf, um sich etwas frisch zu machen und von der Reise zu erholen.

Zwei Stunden später kam Luise Inien herunter und begab sich in den Wirtsraum, wo sie sich ein Abendessen bestellte. Kurz nachdem sie fertig war, trat ein alter Mann ein, ließ seinen Blick über die Gäste schweifen und blieb an dem Gesicht der jungen Frau hängen. Er nickte ihr kurz zu und sie erwiderte sein Nicken. Dann deutete der Mann kurz zur Tür.

Plötzlich öffnete sich die Tür zum Schankraum erneut und ein mittelgroßer Mann kam herein. Er hatte sicherlich schon die Dreißig überschritten und sah erschöpft aus. Suchend blickte er um sich und ging schließlich zielstrebig auf einen freien Tisch am Fenster zu, den er in Besitz nahm. Eifrig bemühte er sich, die Aufmerksamkeit des Wirts auf sich zu ziehen, was ihm auch prompt gelang. Dann wanderte sein Blick durch den Raum und blieb ebenfalls an Luise Inien hängen, die ihre Mahlzeit kurz zuvor beendet hatte. Sie streifte ihn kurz aus dunkelbraunen Augen, ehe sie sich auf die Zeitung vor ihr auf dem Tisch konzentrierte. Nach kurzer Zeit schaute sie jedoch erneut auf und wieder traf sich ihr Blick mit dem Mann am Fensterplatz. Kurz entschlossen stand die junge Frau auf und ging zu ihm hinüber.

„Darf ich mich setzen?"

Der Mann nickte staunend und sie nahm ihm gegenüber Platz.

„Ich hatte den Eindruck, als ob ich Sie kennen würde? Sind Sie vielleicht Stefan Kindler?"

Die Verwunderung ihres Tischnachbarn wurde immer größer. Es schien ihm nun gänzlich die Sprache verschlagen zu haben. Nur ein Nicken und ein schwach gemurmeltes „Ja" brachte er zustande.

„Ich bin Luise Inien und habe hier vor zehn Jahren für Bertram von Waasner und seine Familie gearbeitet. Erinnerst du dich noch?"

Das Gesicht des Reitlehrers verfärbte sich. Die Röte wich langsam einer Blässe. Luise Inien lächelte. Oder war es mehr ein Grinsen?

„Ich weiß, du liebst keine Überraschungen. Aber ich bin es wirklich!"

Sie kramte in ihrer kleinen Tasche herum und holte ein Dokument hervor.

„Hier, das ist meine Geburtsurkunde."

Stefan Kindler nahm das Schriftstück zitternd in die Hand und las es. Wieder und wieder. Dann betrachtete er eingehend die Frau am Tisch ihm gegenüber. Die schmale Figur, die feingliedrigen Hände, die Stupsnase, die dunklen Augen, die hohe Stirn und schließlich die braunen Haare, die locker zusammengesteckt waren. Endlich legte er das Dokument auf den Tisch zurück. Sicherheitshalber steckte Luise es schnell wieder ein. Dann wurde ihr Mund schmal und ernst.

„Die Urkunde ist doch gefälscht", sagte der Mann nun leise und trotzig.

Luise Inien sah ihn verächtlich an und holte eine Fotografie aus ihrer kleinen Tasche. Es zeigte sie zusammen mit Elisabeth von Waasner und war vor zehn Jahren aufgenommen worden, wie ein Stempel auf der Rückseite bezeugte. Wieder wurde Stefan Kindler kalkweiß im Gesicht.

„Das ist bestimmt nicht gefälscht, mein Lieber", zischte sie. „Ich habe mich etwas verändert, aber ich bin immer noch die gleiche."

„Was willst du?"

Die Frau nahm ihm das Bild wieder aus der zitternden Hand und lehnte sich entspannt gegen die Rückseite des Stuhles.

„Ich finde, dass ich damals recht mäßig entlohnt worden bin. Das Leben in Amerika war teuer und hart."

Sie forschte kurz in seinen graublauen Augen, bevor sie fortfuhr.

„500 Reichstaler. Dann bin ich wieder weg und werde für immer schweigen."

Der Reitlehrer sah sie mit wachsendem Zorn an. Die Lippen waren nur noch ein langer, schmaler Strich und es fiel ihm sichtlich schwer, sich zu beherrschen. Besonders, da Luise Inien immer noch hochmütig lächelte. Schließlich atmete er einmal tief durch und begann wieder zu sprechen, gefährlich leise.

„Was willst du denn schon groß sagen? Die Sache ist zehn Jahre her. Niemand wird dir zuhören!"

„Oh doch! Ich war schon bei einem Rechtsanwalt in Kiel und hab mich erkundigt. Dort ist auch ein Brief hinterlegt für den Fall, dass mir etwas passiert. Und in dem Brief habe ich eidesstattlich erklärt, dass Elisabeth von Waasner noch am Morgen nach dem Brand gelebt hat und dass du, Stefan Kindler, weißt, was mit ihr damals geschehen ist."

Dieser blickte die junge Frau nun voller Hass an. Seine Stimme zitterte, als er sagte: „Ich glaub dir kein Wort, du verfluchtes Miststück!"

„Das brauchst Du auch nicht", erwiderte Luise Inien strahlend.

Der Mann schwieg, schaute auf die Tischplatte und dachte nach. Ihm schwante, dass sie die Wahrheit gesagt hatte.

„Ich habe keine 500 Reichstaler, selbst wenn sie noch leben würde", sagte er schließlich beherrscht.

„Oh, ich bin sicher, dass du das Geld auftreiben kannst, mit deinen Beziehungen", meinte das ehemalige Kindermädchen. „Vielleicht ist deinem Herrn, Sebastian von Waasner, mein Schweigen doch mehr wert, als du dir vorstellen kannst."

„Du hast dich ganz schön verändert, Luise, nicht nur äußerlich", stellte ihr Gesprächspartner grimmig fest.

„Ja, das kann man so sagen. Aber das Leben ist eben hart, nicht nur zu dir, Stefan, auch zu mir. Ich arbeite demnächst hier in der Nähe als Gouvernante bei einer Herrschaft. Davon werde ich bestimmt nicht reich", sagte diese und schien aufstehen zu wollen.

„Lass uns die Sache draußen nochmal in Ruhe bereden, Luise. Es ist hier drinnen so stickig, da kann ich kaum einen klaren Gedanken fassen", erwog der Reitlehrer nervös.

Seine Hände wanderten langsam über den Tisch in Richtung der jungen Frau und er beugte sich vertraulich zu ihr hinüber. Doch ihre Augen begannen, ihn wütend anzufunkeln, und ihre Finger fingen an, einzeln auf der

Holzplatte hin- und herzutanzen. Als die Finger des Mannes nur noch ein paar Zentimeter von ihren entfernt waren, griff sie blitzschnell nach seinen beiden Handgelenken und hielt sie fest.

„Ich will das Geld, Stefan, oder der Brief geht an die Polizei" zischte sie nun wütend.

Überrascht von ihrer Entschlossenheit sah er sie einen kurzen Moment an. Dann befreite er sich mit einem energischen Ruck und schimpfte nun seinerseits zornig.

„Frag doch selbst den Gutsherrn!" Und nach einer Pause fügte er hinzu:

„Oder den verrückten Baron." Wieder Schweigen. „Die waren beide hinter Maria von Waasner her."

Seine Augen suchten nun forschend im Gesicht seines Gegenübers.

„Du hast dich nicht zu deinem Vorteil verändert, Luise. Bist 'ne richtige Suffragette geworden!"

Die junge Frau lachte auf:

„Ein schönes Kompliment, Stefan! Ich lass mich eben nicht mehr ausnutzen. Denk an das Geld! In einer Woche bin ich wieder hier."

Dann nickte Luise Inien ihm zu, erhob sich und ging auf ihr Zimmer.

*

Im Herrenhaus des Seehofes betrat Walter von Waasner sein Arbeitszimmer und schaute zu einer jungen, hübschen Frau, die vor einem großen, dunklen Schreibtisch auf einem mit Leder bezogenen Stuhl saß und aus einem Fenster hinaus in den Hof blickte. Die Pferde der Kutsche, die sie abgeholt hatte, wurden draußen gerade abgeschirrt und in den Stall geführt. Die Frau lächelte still vor sich hin. Sie hatte den Gutsbesitzer offenbar noch nicht bemerkt. Als er nun geräuschvoll die Tür zuzog, drehte sie sich um und erhob sich. Während er näher kam, knickste sie und sah ihn erwartungsvoll an. Er deutete ihr, sich wieder zu setzen, und meinte dann freundlich:

„Setzen Sie sich bitte wieder! Ich bin diese Förmlichkeiten schon lange nicht mehr gewöhnt und habe mir auch früher nie sehr viel aus ihnen gemacht, Fräulein von Breitenfeld."

„Meine Eltern sind tot und dann hat auch noch mein guter Ruf sehr gelitten, als mein Onkel mich ungerechtfertigterweise verstoßen hat. Deshalb bin ich Ihnen sehr dankbar, dass ich diesen Auftrag für Sie übernehmen konnte, Herr von Waasner."

„Das müssen Sie gar nicht. Ich bin froh, dass eine Frau mit Ihren Fähigkeiten sich überhaupt dazu bereit erklärt hat, eine solch gefährliche Aufgabe für mich auszuführen. Arthur Langbeen hat Sie in den höchsten Tönen gelobt: Schönheit, Anmut, Intelligenz, Selbstbewusstsein und offenbar auch Wagemut."

Die Frau errötete anmutig.

„Ich danke Ihnen für Ihre gute Meinung von mir, aber Sie sollten die Menschenkenntnis von Herrn Langbeen nicht überschätzen."

Der Gutsbesitzer nickte lächelnd und setzte sich auf einen Sessel ihr gegenüber. Er fragte sie nach ihrem Eindruck von dem Gespräch, das sie mit dem Reitlehrer Stefan Kindler gehabt hatte. Und so berichtete Antonia von Breitenfeld ihm davon, während Walter von Waasner hin und wieder bedächtig nickte. Schließlich ging die Tür auf und Augustin betrat zusammen mit der Haushälterin den Raum. Letztere stellte ein Tablett mit drei Gedecken für Kaffee sowie einer Kanne auf das kleine Tischchen. Ein wohliger Geruch verbreitete sich im Salon und das Gespräch zwischen dem Gutsherrn und der jungen Dame verstummte. Als der Stiefsohn sich in einem weiteren Sessel niedergelassen hatte und Frau Johannsen gegangen war, räusperte sich der Hausherr kurz und sagte zufrieden:

„Fräulein von Breitenfeld hat mit Stefan Kindler gesprochen und herausbekommen, dass die kleine Elisabeth einen Tag nach dem Brand möglicherweise noch gelebt hat. Außerdem hat ihre Drohung gewirkt, alles ans Licht zu bringen, wenn er nicht zahlt. Beim nächsten Treffen will er ihr 500 Reichsmark übergeben. Das spricht doch sehr stark für ein schlechtes Gewissen!"

Stin blickte aus dem Fenster auf den Hof, ab und zu streifte sein Blick bewundernd die schöne Antonia von Breitenfeld, die so mutig und erfolgreich aufgetreten war. Doch er schwieg und schien noch zu überlegen, was er sagen sollte. Schließlich meinte er an seinen Vater gewandt:

„Fräulein von Breitenfeld sollte sich nicht noch einmal mit Kindler treffen, es scheint mir zu gefährlich für eine Frau zu sein. Dieser Kerl ist ein Halunke, und Sebastian ist noch schlimmer, wenn du mich fragst."

Erstaunt wandte die junge Frau ihren Kopf dem Stiefsohn zu und bedachte ihn mit einem eiskalten Blick aus funkelnden, dunklen Augen. Walter von Waasner beobachtete die Szene und urteilte lächelnd:

„Ich fürchte, Fräulein von Breitenfeld, dass Stin recht hat. Wenn Sie am nächsten Dienstag den Gasthof in Rieseby aufsuchen, dann brauchen Sie jeden Schutz, den Sie nur bekommen können. Nehmen Sie also bitte meinen Sohn mit!"

„Aber wenn ich dort in Begleitung erscheine, wird es vermutlich ein recht einseitiges Gespräch", erklärte diese überzeugt.

„Dann ist es eben so", bestimmte der alte Herr mit einer Stimme, die keinen Widerspruch duldete.

Die Frau fuhr sich mit einer Hand über das Haar, überlegte kurz und wandte ein:

„Ihr Neffe Sebastian kann sehr gut mit dem Degen umgehen habe ich gehört. Er war doch Offizier in der kaiserlichen Armee?"

„Deshalb werden Sie keinesfalls mit ihm reden. Nur mit Kindler! Meinetwegen können Sie mit Kindler die Straße entlanggehen. Wenn der Reitlehrer aber versucht, Sie zu einer Kutschfahrt zu überreden, steigen Sie auf keinen Fall ein. Bitte halten Sie sich an unsere Abmachung!" Antonia von Breitenfeld sah nun doch etwas verunsichert aus. Sie nickte zustimmend.

„Ihnen wird nichts geschehen. Wir werden Sie beschützen", sagte Walter von Waasner.

8

Schlei-Bote

16. November 1902

Kleine Mitteilungen.
Erbschaft aus dem Grabe.
Herzog Ernst Günther von Schleswig-Holstein ist dieser Tage in den Besitz einer interessanten Erbschaft gelangt. In der Fürstengruft der Kreuzkirche zu Dresden wurden vor drei Jahren wertvolle alte Schmucksachen gefunden, welche zum Teil dem Sarge des im Jahre 1613 verstorbenen Herzogs Albrecht von Schleswig-Holstein stammten. Herzog Ernst Günter erhob als Haupt des Hauses Schleswig-Holstein Anspruch, worauf ihm nach langen Verhandlungen im Wege des Vergleichs die Schmucksachen zugefallen sind.

Rieseby, September 1902

Am folgenden Dienstag traf ein Zug um kurz vor sieben Uhr abends in Rieseby ein und drei Reisende stiegen aus. Eine davon war Antonia von Breitenfeld, die sich erneut als Luise Inien ausgab. Sie ging geradewegs zur Gaststätte „Dörpgaststuv" und betrat den Schankraum, der recht voll und ziemlich verraucht war. Ihr Blick glitt suchend über die Gäste und fand schließlich Stefan Kindler. Er saß am gleichen Tisch wie eine Woche zuvor. Ein fast leerer Krug Bier stand vor ihm. Zielstrebig ging die junge Frau zu dem Platz am Fenster hinüber und setzte sich auf den freien Stuhl.

„Ich hoffe, du hattest eine gute Reise, Luise", sagte der Reitlehrer.

„Und ich hoffe, du hast genug Geld mitgebracht, Stefan."

„Es gibt da leider ein Problem. Der Gutsherr ist dir gegenüber im Moment nicht so großzügig, wie du es gerne hättest", erklärte dieser und grinste anzüglich.

Er zog einen Umschlag aus seiner grünen Jackentasche und schob ihn langsam über den Tisch. Antonia von Breitenfeld legte zwei Finger auf den Umschlag, hob das Verschlussblatt kurz an und stellte fest, dass er fünf Geldscheine je 10 Reichsmark enthielt. Ihr Gesichtsausdruck wurde hart.

„Was soll das?"

„Ich erklär's dir draußen, Luise", antwortete Stefan Kindler und stand auf. Er ging langsam zum Ausgang. Die junge Frau nahm das Kuvert, erhob sich ebenfalls und folgte ihm zögernd.

Vor der Tür zischte sie den Reitlehrer an: „Wann krieg ich das Geld?"

„Du kriegst es ja! Aber der Herr will mit dir reden. Hinter der Gaststätte wartet eine Kutsche. Damit fahren wir nach Gut Rieseby und wenn das Gespräch so läuft wie erwünscht, dann bekommst du die Hälfte der Summe. Das ist der Vorschlag von Sebastian von Waasner. Wie sieht's aus?"

„Ohne mich! Ich will das ganze Geld. Sonst gehe ich zur Polizei und erzähle denen alles, was ich weiß!"

Zornig warf sie Stefan Kindler den Umschlag vor die Füße, ging die zwei Stufen hinunter auf die Straße und dort in Richtung Bahnhof davon. Doch sie kam nicht weit. Nachdem der Reitlehrer sich blitzschnell gebückt hatte, um das Geld einzustecken, war er mit zwei kurzen Sätzen bei Antonia und packte sie mit festem Griff am linken Handgelenk. Mit einem Ruck riss er sie dicht an sich heran.

„Bleib gefälligst hier!", flüsterte er ihr bedrohlich ins Ohr und zog sie mit sich in den Schatten eines Baums.

Ein Gertenhieb ertönte in einiger Entfernung. Ein Pferd wieherte, und kurz darauf war das Getrappel des Tieres zu hören, das sich rasch näherte. Erschrocken starrte die junge Frau in die Dunkelheit, wo sich eine Sekunde später im Lichtschein der Fenster des Gasthauses die Umrisse eines großen Pferdes abzeichneten. Immer noch hielt Stefan Kindler ihr Handgelenk fest, obwohl sie mit aller Kraft versuchte, sich von ihm loszureißen und wegzulaufen. Er schob sie noch einen Schritt weiter auf die Straße und hielt dabei ihren rechten Arm mit seinem linken umklammert, sodass sie sich nicht rühren konnte. Das Pferd hielt mit vollem Galopp auf sie zu.

Da schoss ein Schatten aus der Finsternis über die Straße und rammte mit voller Wucht den Körper des Reitlehrers. Der Reitlehrer, die Frau und der Fremde stürzten auf den sandigen Streifen neben der Straße. Dann raste das Pferd mit dem unbekannten Reiter genau dort entlang, wo eben noch Antonia von Breitenfeld gestanden hatte. Nur Sekundenbruchteile später hatte sich der oberste Bereiter von Gut Rieseby aufgerappelt und verschwand in die entgegengesetzte Richtung.

„Das war knapp", stellte der Fremde fest, der sich als Augustin von Waasner entpuppte. Er zog seinen Arm zurück, den er eben noch um die junge Frau geschlungen hatte.

„Wollten die mich umbringen?", fragte Antonia ihren Retter entsetzt.

„Auf jeden Fall wollten die Sie einschüchtern", meinte Stin. „Aber ein paar Knochen wären sicherlich beschädigt worden, wenn das Pferd sie umgerannt hätte, Fräulein von Breitenfeld."

Diese klopfte sich wütend den Sand von ihrem Kleid.

„Können Sie mir eine Waffe besorgen?", sagte sie nun energisch. „Ich will mich das nächste Mal wenigstens wehren können."

Grinsend zog der junge von Waasner ein recht großes Messer aus seinem Hosenbund, das im Mondschein silbern leuchtete. Er hielt ihr den Knauf hin.

„Das ist sehr gut!", strahlte sie und zwinkerte ihm zu, „aber halb so groß reicht auch. Ich will ja schließlich niemanden schlachten!"

„Tut mir leid, dass Ihnen meines nicht gefällt", gab der Stiefsohn zurück und lächelte verschmitzt. „Ich werde Ihnen ein passenderes besorgen."

In diesem Moment erschien der Gutsbesitzer des Seehofs. Er hielt einen Revolver in der Hand, schien allerdings einigermaßen außer Atem zu sein.

„Sind Sie verletzt? Stin, steck doch bitte das Messer weg! Das Fräulein bekommt sonst noch Angst."

Der Angesprochene ließ die Waffe geschickt unter seiner Jacke verschwinden.

„Ich habe jetzt tatsächlich etwas Angst, Herr von Waasner", bestätigte Antonia von Breitenfeld. „Und leider hat Ihr Plan nicht geklappt! Wir haben das Geld nicht bekommen, Stefan Kindler ist entwischt und ich konnte bedauerlicherweise auch nicht den Reiter in der Dunkelheit erkennen."

„Ich habe nie damit gerechnet, dass Sie das Geld bekommen würden. Das war ein gezielter Einschüchterungsversuch, aber der Betreffende weiß jetzt, dass sie nicht allein sind. Und ich weiß nun, dass Stefan Kindler eine härtere Nuss ist, als ich gedacht habe. Ich frage mich, für wen er arbeitet, denn es gibt meiner Meinung nach mehrere Möglichkeiten."

Walter von Waasner machte eine Pause und fragte dann nachdenklich:

„Konntest du den Reiter erkennen, Stin?"

Doch der schüttelte nur den Kopf, worauf der Gutsherr sagte:

„Ich möchte mich bei Ihnen in aller Form entschuldigen, Fräulein von Breitenfeld. Ich wollte Sie nicht dieser großen Gefahr aussetzen. Das war so nicht beabsichtigt und wird nicht wieder geschehen."

Alle schwiegen. Dann schüttelte der alte Gutsherr bedächtig seinen Kopf.

„Kindler ist offenbar ein größerer Spitzbube, als ich es bisher für möglich gehalten habe. Sogar zu einer Entführung ist er bereit, was kaum zu glauben ist. Ich muss jetzt erst einmal einige genauere Erkundigungen über ihn einziehen."

*

Nach diesem Ereignis war Walter von Waasner verunsichert. Unruhig wanderte er am späten Nachmittag des nächsten Tages durch sein Arbeitszimmer im Seehof. Er hatte seinen Neffen Sebastian als weit schlechteren Reiter in Erinnerung als jenen, der gestern fast Antonia von Breitenfeld über den Haufen geritten hätte. Wenn sich Sebastian wirklich von der jungen Frau bedroht gefühlt hätte, hätte er dann nicht zunächst versucht herauszufinden, wie viel sie wusste? Und ein Gespräch an einem neutralen Ort wäre dafür weit passender gewesen. Falls sie sich tatsächlich als Bedrohung erwies, hätte er immer noch die Möglichkeit gehabt, sie auf eine sichere Weise zu erledigen. Stattdessen spielte er nur mit ihr, versuchte sie einzuschüchtern. Offenbar fühlte er sich sehr sicher. Was war nur vor zehn Jahren geschehen? Gab es noch eine andere Erklärung für alles? Hatte womöglich der Baron damals versucht, die achtjährige Elisabeth zu entführen? Aber warum? Und steckte er dann auch hinter diesem Angriff auf Antonia von Breitenfeld, weil er sie für Luise Inien hielt und sie in seine Gewalt bekommen wollte?

Zur selben Zeit machte Stefan Kindler einen längeren Ausritt. Er befand sich in der Nähe von Lindaunis, wo die Eisenbahn die Förde namens Schlei überquerte. Die kleine Ortschaft Sieseby war sein Ziel.

Die Sonne verschwand gerade am Horizont, als er schließlich den Stein erreichte und vom Pferd stieg. Er nahm einen kleinen Schluck aus seinem Flachmann. Von seinem Platz aus konnte er in nördlicher Richtung die Schlei erkennen. Eine Förde, die sich quer durch das Land zog und deren Wasserfläche das letzte Licht des Tages widerspiegelte.

Der Schatten eines kleinen Ruderbootes durchbrach die wellige Oberfläche der Schlei, die an dieser Stelle nur einen halben Kilometer breit war. Das Boot näherte sich dem Ufer, wo zwei Männer ausstiegen. Einer ging auf Kindler zu.

„Was gibt es denn."

Er zündete sich eine Zigarre an und wartete.

„Es ist etwas vorgefallen. Eine Frau versucht, den Gutsherrn zu erpressen. Und dann wollte jemand diese Person in Rieseby töten."

„Wirklich?", sagte der Mann aus dem Boot.

Daraufhin schilderte ihm der Reitlehrer den Vorfall im Dorf.

„So, die Frau will also 500 Reichsmark, und Sie waren der Mittelsmann, der mit ihr verhandeln sollte. Und nach dem Gespräch hat ein Unbekannter es darauf abgesehen, die Erpresserin einzuschüchtern oder zu töten. Und das soll ich glauben?"

Stefan Kindler nickte.

„Und womit hat die Frau dem Gutsbesitzer gedroht?"

„Sie will zur Polizei gehen und denen alles erzählen, was sie weiß", erwiderte der Angesprochene.

Der Mann mit der Zigarre nickte nachdenklich und sagte gelassen:

„Dann kann ich ja wieder gehen. Wenn Sie Genaueres wissen, können wir uns erneut hier treffen. Aber für so vage Informationen bezahle ich Ihnen gar nichts."

Er ließ die Zigarre fallen, trat die Glut aus und wandte sich dem Boot zu. Langsam ging er davon.

„Die Frau gibt sich als Luise Inien aus", sagte Stefan Kindler.

Ersterer änderte seine Meinung und ging nun doch wieder ein paar Schritte auf ihn zu.

„Als Luise Inien?", fragte er ungläubig.

9

Schlei-Bote

Satrup, 28. Februar 1903

In Satrup hat die 2. Schulklasse geschlossen werden müssen, weil in der Familie des 2. Lehrers Scharlach ausgebrochen ist. Die Krankheit grassiert schon ½ Jahr in der Schulgemeinde. Sie trat bisher sehr gutartig auf, scheint jetzt aber etwas ernsteren Charakter anzunehmen.

Seehof, Oktober 1902

Am nächsten Tag trat Antonia von Breitenfeld ihre neue Stelle als Gesellschafterin auf dem Seehof an. Sie sollte den Sohn des Hauses, Augustin von Waasner, der ursprünglich aus einfachen Verhältnissen stammte, mit adligen Umgangsformen und klassischer Bildung bekannt machen. Am Mittag beendete sie ihre erste Lektion und erhielt viel Lob von ihrem Schüler, obwohl der sich insgeheim eigentlich ziemlich gelangweilt hatte.

Am Nachmittag wurden die Rollen dann vertauscht, weil der Gutsherr darauf bestanden hatte, dass Stin der jungen Frau die Handhabung von Schusswaffen beibringen sollte und zwar sobald als möglich. Also begaben sich die beiden zur Schlei hinunter. Schon bald stellte sich heraus, dass Antonias Vater seine Tochter bereits mit zwölf Jahren im Umgang mit einem Revolver und einem Gewehr unterrichtet hatte. Jedoch zeigte sie nun lediglich ein größeres Interesse an letzterem.

Der Revolver sei nichts für sie, meinte sie, der sei zu schwer. Stin musste später seinem Vater eingestehen, dass Antonia bedauerlicherweise besser mit dem Gewehr umgehen könne als er selbst.

Am Nachmittag trafen sich die drei zu einer gemütlichen Kaffeerunde, zu der die Haushälterin Frauke Johannsen auch noch einen sehr schmackhaften Kuchen servierte. Es wurden intensive Gespräche geführt und Antonia erzählte Begebenheiten aus ihrem Leben. Im Alter von nur fünf Jahren hatte sie ein Ganter über den Platz vor dem bescheidenen Gutshof ihres Vaters gejagt, was für das kleine Mädchen ein unauslöschliches Trauma blieb. Doch ihr achtjähriger Bruder erlöste sie mit einem Stock, mit dem er das ungehörige Tier verjagte. Es verzog sich in die Büsche und verharrte dort schnatternd. Dann hatte der große Bruder die Schwester gebührend getröstet.

Ihr älterer Bruder war nach dem Tod der Eltern und des Verlusts des Gutes nach Deutsch-Südwestafrika ausgewandert und arbeitete dort auf einer großen Farm als Verwalter. Sie selbst musste zu ihrem Onkel ziehen, wo sie nach einem Vorfall mit einem Freund ihres Cousins ihren guten Ruf verloren hatte. Doch sie wollte darüber nichts Näheres sagen. Nur, dass ihr Wort gegen seines gestanden habe und dass der Onkel wegen der guten geschäftlichen Verbindungen zu der Familie des jungen Mannes ihre Ehre nicht verteidigt habe.

Der Hausherr erzählte von seiner Zeit in Südamerika. Namen wie Venezuela, Kolumbien, Brasilien und Bolivien fielen. Erlebnisse mit Indios, die versuchten, Handel mit den „Weißen" zu treiben, gab er zum Besten. Glas, das sich in Gold verwandelte, und Messer, die so wertvoll wie Diamanten wurden, beschrieb er. Auch seltene Pflanzen verwandelten sich bei Tauschgeschäften in Kleidung oder Schuhe.

Nur Stin war verschwiegen und behauptete, dass ihm nichts Rechtes einfiel. Viel lieber sah er Antonia von Breitenfeld an und manchmal huschte dabei ein Lächeln über sein Gesicht. Einmal geschah es an diesem Nachmittag, dass ihr der Löffel auf den Boden fiel. Als sie sich herunterbeugte, um ihn aufzuheben, griff er im selben Moment ebenfalls danach und stieß dort unten sehr ungeschickt mit ihrer Hand zusammen. Sein Blick traf auf die überraschten, gefährlich funkelnden Augen der jungen Frau. Sofort wurde er knallrot, ließ ihre Hand los und entschuldigte sich sodann.

In der Abenddämmerung wollte Antonia von Breitenfeld noch einen kleinen Spaziergang über das Gelände machen. Das Wetter sei so herrlich, meinte sie. Walter von Waasner nickte und sagte:

„Vielleicht wäre ein Spaziergang durch den Wald zur Förde hinunter die beste Wahl. Er ist zwar etwas länger, aber viel schöner, und er endet am Schloss des Herzogs."

Nach einem Lächeln fügte er besorgt hinzu:

„Und versuchen Sie bitte zurückzusein, ehe die Sonne ganz untergegangen ist."

Antonia von Breitenfeld nickte und beschloss, nun neugierig geworden, den Rat des Gutsherrn zu befolgen. Sie legte sich ihr bunt gemustertes Tuch um die Schultern und zog dann leise die Tür hinter sich zu. Unbemerkt hatte Stin sie beobachtet und beschlossen, ihr zu folgen. Es war nicht nur, weil ihm sein Vater ans Herz gelegt hatte, unbedingt auf sie aufzupassen, sondern auch er selbst wollte sie keiner Gefahr aussetzen. Der Zwischenfall in Rieseby hatte ihm gezeigt, dass es für sie gefährlich werden konnte, solange man sie für Luise Inien hielte. Da er das Risiko nicht einschätzen konnte, nahm Augustin neben seinem Messer ein paar sehr nützliche kleine Werkzeuge mit. Sie hatten ihm in Südamerika dazu gedient, jene verschlossenen Türen und Fenster zu öffnen, hinter denen die sozial höheren Kreisen ihr wertvolleres Hab und Gut aufzubewahren pflegten.

Stin folgte also der jungen Frau in passabler Entfernung. Die Sonne stand schon tief im Westen, und er sah sie im dunklen Wald im Nordosten verschwinden. Sofort beschleunigte er seine Schritte, denn der Abstand zwischen ihnen sollte ja nicht zu groß werden. Kaum hatte er die ersten Bäume erreicht, schon hörte er ein paar Äste brechen und sah sie auf einer Lichtung kaum fünfzig Meter entfernt einige dunkelblaue Beeren pflücken. Fliederbeeren hatten es ihr anscheinend angetan. Da Antonia ihm den Rücken zugekehrt hatte, fiel es ihm leicht, sich schleunigst zu verstecken und sie unbemerkt zu beobachten. Er liebte ihren grazilen Körper und ihr freundliches, offenes und stolzes Gesicht. Nichts wünschte er sich sehnlicher, als sie vielleicht bald erneut in seinen Händen halten zu können, wie es bei diesem Angriff durch den Reiter in Rieseby geschehen war. Der Gedanke daran erregte ihn und er lächelte versonnen bei der Vorstellung, wie schön es sich angefühlt hatte, als sie unter ihm gelegen hatte und er einen Arm um ihren Körper geschlungen hatte.

Plötzlich sah er, wie die junge Frau mit dem Pflücken der Fliederbeeren aufhörte und zum Waldweg hinüberschaute. Irgendetwas hatte ihre Neugier geweckt. Nein, es war mehr als das. Sie machte einige Schritte auf eine besonders dicke Eiche zu und ging in die Hocke. Wollte sie sich verstecken? Sie hatte auf jeden Fall Angst! Bei aller Anstrengung konnte Stin aber zunächst nicht sehen, was den Schrecken verursacht hatte. Dann kamen zwei Männer den Weg entlang. Sie trugen Schlapphüte und Umhängetaschen. Schnell verschwand er hinter einigen undurchdringlichen Büschen, durch deren Blätterwerk er den Fortgang der Ereignisse unbemerkt mitverfolgen konnte. Noch ein paar Schritte, dann würden die beiden Fremden die junge Frau sehen. Stin registrierte, wie Antonia sich umblickte und nach einer geeigneteren Deckung suchte. Zehn Meter entfernt von ihr standen drei Fichten dicht zusammen. Sie bewegte sich darauf zu, als plötzlich ein Zweig unter ihren Füßen zerbrach. Erschrocken hielt sie inne.

Der jüngere der Männer blieb stehen. Er schaute in Antonias Richtung und erblickte sie. Lächelnd holte er eine Karte aus seiner Umhängetasche und winkte ihr Hilfe suchend zu.

„Ich glaube, mein Freund und ich haben uns verlaufen", rief er. „Vielleicht kennen Sie sich aus und können uns sagen, wo wir uns hier befinden. Wir wollten zum Seehof. Dort arbeitet eine Frau Johannsen. Sie ist eine Tante von mir."

Stin spürte, wie sich seine Nackenhaare sträubten, denn die Haushälterin hatte keine Verwandten in Schleswig-Holstein. Lauf weg!, wollte er Antonia zurufen. Doch das wäre töricht gewesen, weil der Überraschungsmoment, den er vielleicht noch brauchte, weg gewesen wäre.

Die junge Frau zögerte, dann lächelte sie ebenfalls und machte einige Schritte auf den Fremden zu. Dieser zeigte ihr die Karte, doch in der zunehmenden Dunkelheit ließ sich kaum etwas erkennen.

„Kommen Sie bitte mit auf den Weg. Dort haben wir etwas mehr Licht als hier zwischen den Bäumen."

Die beiden gingen zu dem zweiten Mann, der auf dem Weg geblieben war. Ein Gespräch entspann sich, das Stin aber nicht mithören konnte, weil die Gruppe zu weit entfernt war.

Stin wollte sich gerade einmischen, um Antonia in Sicherheit zu bringen. Doch da zog der ältere Mann, der seine Mütze tief über seine roten Haare gezogen hatte, einen Revolver aus seiner Umhängetasche.

Die Situation hatte sich innerhalb einer Minute total gewandelt. Er erkannte sofort, dass er unbewaffnet keine Chance hatte. Stumm und hilflos musste er mitansehen, wie der jüngere ein Seil aus seiner Tasche holte und es der wütenden Antonia um die Handgelenke band. Dann nahm er ihr die Tasche mit den Fliederbeeren ab und warf sie weg. Anschließend verschwand die Gruppe auf dem Waldweg in Richtung Herzogsschloss.

Stin folgte den Dreien mit etwas Abstand. Sie nahmen den Pfad entlang des Baches hinunter zur Förde. Er war mitunter kaum einen halben Meter breit und verlief in einer Art Schlucht, die das Wasser im Laufe der Zeit tief eingegraben hatte. Stin lief immer ein paar Schritte hinter ihnen, so geräuschlos es eben ging. Dann verharrte er, weil die Männer plötzlich vor ihm stehen geblieben waren. Sie mussten das Ufer erreicht haben. Jetzt vernahm er auch Antonias Protest.

„Ohne mich. Ich komme nicht mit!", schrie sie.

Ein wilder Streit entbrannte, dann hörte Stin zwei dumpfe Schläge und Antonias Stimme verstummte.

„Du verdammter Trottel! Warum hat du sie geschlagen?"

„Die verdammte Hure bringt das Boot zum Kentern mit ihrer Aufsässigkeit!"

„Du lässt sie gefälligst in Ruhe! Der Alte will mit ihr reden, hat er gesagt."

Getrieben von seiner Sorge um Antonia stürmte Stin augenblicklich den Pfad hinunter. Hoffentlich hatten sie ihr nichts getan. Hoffentlich! Warum hast du bloß nicht früher eingegriffen?, warf er sich vor. Dann hatte er die Mündung des Baches erreicht. Kaum fünfzig Meter weiter sah er drei Gestalten in einem Boot, das sich schnell immer weiter von seinem Standort entfernte.

„Siehst du, wir sind doch verfolgt worden, Erik", sagte eine der beiden Männer.

„Ist egal. Er hat kein Boot und bei der Dunkelheit kann er uns nicht gut erkennen", erwiderte der andere.

Stin schwieg. Er beobachtete, wie das Boot jetzt auf die andere Seite der Förde zuhielt. In diesem Moment brach der Mond durch die Wolken. Das ist gut, dachte er. Er merkte sich die Richtung, in die das Gefährt allmählich verschwand und wartete. Als es einen halben Kilometer entfernt war, begann er zu rennen, denn nun konnten ihn die beiden Männer nicht mehr sehen. Und somit wüssten sie auch nicht, dass er sie verfolgen würde.

*

Antonia erwachte davon, dass ihr ein beißender Geruch in die Nase stieg. Dann spürte sie die Fesseln an ihren Handgelenken. Es war stockdunkel. Der Seewassergeruch von der Schlei war immer noch da, aber ein neuer Geruch war dazugekommen. Pferde, durchzuckte es sie, und tatsächlich vernahm sie in diesem Moment ein unverkennbares Schnauben. Und ein paar Augenblicke später hörte sie auch wieder die Stimmen der beiden schrecklichen Männer.

„Sie ist wieder wach", sagte der jüngere.

„Wird auch Zeit", meinte der Rothaarige.

Sein Kumpan betrachtete wohlwollend die junge Frau, die sich leicht bewegt hatte.

„Sie brauchen keine Angst zu haben. Niemand wird Ihnen etwas tun."

Antonia hasste diese widerlichen, verlogenen Versprechungen.

„Stehen Sie auf, Frau Inien. Wir machen jetzt eine kleine Kutschfahrt, dann sind wir an unserem Ziel. Dort müssen Sie nur noch ein paar Fragen beantworten und dann können Sie nach Hause zurück. Und Morgen früh haben Sie alles vergessen."

Die Angesprochene versuchte sich aufzurichten. Ihr linkes Jochbein schmerzte fürchterlich. Vorsichtig befühlte sie den Oberkiefer mit der Zunge. Der Schmerz blieb. Egal, wie sie die Kiefermuskulatur auch bewegte, es änderte sich nichts. Der junge Halunke schien ihre Gedanken zu erraten.

„Keine Angst! Der Kiefer ist nicht gebrochen. Ich kenne mich mit Verletzungen aus", beruhigte er sie.

Diese Typen können genauso hart zuschlagen wie mein Onkel, dachte Antonia. Leider hatte ihr Stin noch kein Messer besorgt. Was würden diese Schurken bloß mit ihr machen, wenn sie herausfanden, dass sie nicht Luise Inien war? Oder wäre es schlimmer, wenn sie es glaubten? Sie ärgerte sich über sich selbst, dass sie diesen blöden Auftrag für Walter von Waasner angenommen hatte. Nur der unverschämt hohen Bezahlung wegen hatte sie Ja gesagt. Dass es so gefährlich werden könnte, hatte sie niemals für möglich gehalten. Schon nach dem Angriff in Rieseby hätte sie den Kram am liebsten hingeworfen. Aber dieser gut aussehende und liebenswürdige Stin mit seinen wundervollen Augen hatte sie schließlich bewogen, die Sache für den Gutsherrn des Seehofes weiter zu betreiben.

„Los, hoch mit dir, du faules Weib!", fuhr der ältere der Männer sie nun an.

„Lass sie in Ruhe, du Grobian! Geh lieber zur Kutsche und mach sie bereit für die Abfahrt."

Doch kaum war der andere verschwunden, stülpte er ihr der jüngere einen schmutzigen Sack über den Kopf, sodass sie fast nichts mehr sehen konnte.

Fünf Minuten später fuhren sie eine Straße entlang von Dorf zu Dorf. Immer mal wieder konnte sie einen Lichtschein wahrnehmen. Der Rothaarige saß oben auf dem Kutschbock, während sein Kumpan auf sie aufpasste. Zum Glück schwieg er. Sie hörte nur, wie er die Gardinen zuzog.

Dann ertönte in der Ferne das Schnaufen und Rattern einer Lokomotive, das langsamer wurde und schließlich erstarb. Nur der Dampf entwich zischend aus der Maschine. Ein Bahnhof muss in der Nähe sein, dachte Antonia und versuchte sich vergeblich zu orientieren. Einige Zeit später blitzte wieder ab und zu ein heller Lichtschein durch das grobe Leinen. Sie durchquerten erneut ein Dorf und tatsächlich erklang in diesem Moment eine Kirchenglocke. Vier helle Schläge und neun tiefe. Neun Uhr abends. Fast drei Stunden waren sie nun unterwegs. Wie weit mochten sie wohl noch fahren? Vielleicht fünf Minuten danach blieb die Kutsche stehen.

„Wir sind da, Frau Inien", sagte ihr Bewacher, „ein alter einsamer Bauernhof. Wenn Sie also schreien, wird Sie niemand hören. Ich werde jetzt den Herrn benachrichtigen, dass Sie da sind, und Sie dann abholen."

Er öffnete eine der beiden Türen, stieg aus und verschwand. Einen Augenblick später nahm Antonia den Pfeifentabak wahr, den der ältere Mann mit den roten Haaren und der tief nach unten gezogenen Kappe geraucht hatte. Er sollte sie demnach bewachen. Na, das kann ja heiter werden, dachte sie. Immerhin öffnete er nicht die Tür, doch er zerrte an dem Vorhang. Wollte er sie betrachten?

Schließlich näherten sich wieder Schritte. Die Tür wurde geöffnet und jemand befahl: „Steigen Sie aus!"

Gleichzeitig packte der Mann ihren Arm, um ihr das Aufstehen zu erleichtern. Sie schwankte etwas, weshalb nun auch der andere Arm ergriffen wurde. Tastend suchte sie mit einem Fuß nach dem Tritt und taumelte dabei fast gegen ihren Begleiter, ehe sie unten den harten Boden erreichte.

„Du kümmerst dich um die Kutsche und die Pferde. Wahrscheinlich wird es heute nichts mehr mit der Heimfahrt."

Dieser Satz traf sie wie ein Stich und Verzweiflung überkam sie. Das konnten sie doch nicht machen!

„Kommen Sie!" Ein neuerlicher harter Griff um ihren Oberarm, bevor sie grob einen Weg entlang gezerrt wurde.

„Vorsicht, es geht jetzt drei Stufen hinauf."

Erneut konzentrierte sie sich mit all ihren Sinnen darauf, den Weg nach oben zu finden. Dann roch es nach frischem Gips und Seife. Eine Tür wurde geöffnet. Wein und Schnapsgeruch, gemischt mit einem anderen milderen Tabakgeruch.

„Ich brauche Sie heute nicht mehr", sagte nun eine Stimme, die sie bisher noch nicht gehört hatte. Sie klang ruhig und bestimmt. „Kommen Sie morgen Abend wieder, falls ich Ihnen nicht vorher eine Nachricht zukommen lasse."

„Sehr wohl", erwiderte der jüngere Mann unterwürfig.

Antonia stellte sich vor, wie der Halunke sich verbeugte und dann den Raum verließ. Zumindest das Schlagen der Tür beim Öffnen und Schließen konnte sie deutlich wahrnehmen.

„Fräulein Inien, ich werde Ihnen jetzt vorsichtig den Sack abnehmen und dann beantworten Sie mir bitte einige Fragen. Außerdem möchte ich Sie höflichst bitten, in jedem Fall auf ihrem Stuhl sitzen zu bleiben. Es ist zu meiner und auch zu Ihrer Sicherheit, dass Sie nicht aufstehen und versuchen herauszufinden, wer ich bin oder wo Sie sind. Haben Sie das verstanden?"

Die junge Frau nickte.

„Gut!" Der Mann war scheinbar zufrieden, aber sie registrierte den Zweifel in seiner Stimme. Er glaubte ihr nicht. Kein Wunder, sie hätte es an seiner Stelle auch nicht getan. Am liebsten wäre Antonia geflohen.

Ihr Gesprächspartner bereitete nun offenbar Getränke zu, denn eine gläserne Karaffe klirrte und eine Flüssigkeit lief in zwei Gläser. Dann kam er zu ihr und stellte einen Drink vor ihr auf etwas Hölzernes. Einen Tisch, wie sie vermutete. Die Schritte entfernten sich wieder, um das zweite Glas zu einem anderen Platz zu bringen. Schließlich trat der Mann hinter sie, seufzte und zerrte den Sack von ihrem Kopf. Erleichtert atmete sie auf.

„Sehen Sie bitte einfach nur geradeaus und versuchen Sie nicht den Kopf zu drehen! Falls Sie es trotzdem tun, kann ich nicht garantieren, dass Sie jemals Ihr Zuhause wiedersehen. Haben Sie das verstanden?"

Antonia wagte zunächst nicht, den Kopf auch nur zu bewegen. Doch dann nickte sie einmal.

„Trinken Sie ruhig einen Schluck. Es ist ein sehr guter französischer Weinbrand."

Er klopfte gegen das Glas, damit sie wusste, wo es stand. Dann fuhr er fort:

„Einer meiner Männer hat Sie geschlagen. Das entsprach nicht meinen Anordnungen und es tut mir sehr leid."

Antonia griff nach ihrem Drink und nahm gierig einen Schluck. Ah, das tut gut!, dachte sie. Sie leerte das Glas zur Hälfte und stellte es zurück auf den Tisch. Die Lampe vor ihr leuchtete ihr dabei ins Gesicht und blendete sie. Ihre Situation war zum Verzweifeln, musste sie sich eingestehen. Doch die aufgestaute Wut über die selbst verschuldete Lage machte sie wagemutig.

„Ich verlange, dass Sie mich unverzüglich freilassen! Sie haben mich entführen lassen, obwohl ich nichts getan habe. Das ist ein Gewaltverbrechen!"

Der Mann zündete sich eine Pfeife an. Völlig unbeeindruckt entgegnete er:

„Gesetze sind eine komplizierte Sache, Frau Inien. Sie gelten immer nur unter bestimmten Bedingungen. Ich habe starke Zweifel, dass Sie sich jemals etwas aus Gesetzen gemacht haben. Wenn Sie meine Fragen zufriedenstellend beantworten, dann können Sie Ihres Weges gehen. Wenn nicht, dann werde ich dafür sorgen, dass Sie ins Gefängnis kommen und auf ewig dort bleiben. Ich habe gute Beziehungen zur Polizei und einem hochrangigem Richter."

Antonia bekam Angst, wie sie sie noch nie vorher gekannt hatte. Was mochte diese Luise Inien verbrochen haben, dass ihr so eine Drohung ins Gesicht geschleudert wurde? Es gab nur eine Möglichkeit, die Sache abzuwenden.

„Ich bin nicht – ich wiederhole – ich bin nicht Luise Inien."

Dabei betonte sie jedes Wort. Ihr Widersacher schnaubte nur kurz.

„Sie haben der Wirtin der Dörpgaststuv in Rieseby ihre Geburtsurkunde gezeigt!", konterte er.

Antonia stöhnte auf. Nun musste sie zu ihrer Entlastung die Geschichte erzählen, die Walter von Waasner für den Fall ausgeheckt hatte, dass ihre Tarnung aufflog. So gestand sie dem Unbekannten, dass ihre Aufgabe nur gewesen sei herauszufinden, ob jemand aus dem Dorf Rieseby, womöglich der Reitlehrer Stefan Kindler oder ein anderer, die kleine Elisabeth von Waasner nach dem Brand entführt oder das Verschwinden des Kindes veranlasst hätte. Als die junge Frau schließlich schwieg, legte sich für einen Moment Stille über das Zimmer. Dann war im Hintergrund ein undeutliches Flüstern von einer dritten Person zu hören, die Antonia bisher noch nicht wahrgenommen hatte. Jemand erhob sich und verließ den Raum.

„Was Sie erzählen, Fräulein Inien, klingt wirklich sehr unglaubwürdig. So eine Fantasiegeschichte, wie Sie sie schildern, ist doch etwas zu absurd."

Allerdings schien er verunsichert zu sein, denn er wartete. Wieder füllte Schweigen das Zimmer. Schließlich öffnete sich die Tür erneut und ein intensives Parfüm breitete sich im Raum aus. Nelken und Rosen, überlegte Antonia. Plötzlich sah sie dicht neben der Lampe, die sie anleuchtete, den schemenhaften Umriss eines Huts mit einem Schleier. Das Gesicht der Person blieb in der Dunkelheit. Könnte es sich hier um eine Frau handeln?, grübelte sie. Kurz danach setzte das Gemurmel im Hintergrund ein weiteres Mal ein. Dann sprach der Mann sie an:

„Bitte sprechen Sie dreimal folgenden Satz: Spiel nicht so dicht am Wasser, Lizzy."

Antonia atmete hörbar aus, so erstaunt war sie. Doch sie tat, was ihr die Stimme befohlen hatte. Die beiden anderen schienen ihr intensiv zu lauschen und schwiegen nachdenklich. Schließlich bestimmte ihr Widersacher:

„Für heute ist das Gespräch beendet. Wir schauen morgen, wie es weitergeht. Wie ist denn ihr richtiger Name, Fräulein?"

Die junge Frau nannte ihren Namen.

„Heute Nacht sind Sie mein Gast, Frau von Breitenfeld. Deshalb müssen wir Ihnen jetzt leider noch einmal die Augen verbinden."

Kurz darauf führte sie jemand aus dem Zimmer, dirigierte sie eine Treppe hinunter und brachte sie in einen Keller. Dort wurde ihr das dicke schwarze Tuch wieder abgenommen, bevor ihr Bewacher verschwand und sie einschloss.

Antonia sah sich um. Der Raum war kalt und feucht und roch nach Kartoffeln und Zwiebeln. Ein altes Bettgestell mit einem halben Dutzend Decken sollte ihr Nachtlager werden. Durch ein kleines Fenster strömte kühle Herbstluft herein. Die junge Frau stöhnte auf, ihr war zum Weinen zumute. Was mochte der Unbekannte mit ihr vorhaben? Ob ihm etwas an ihrem Leben lag? Sie griff seufzend nach den Decken und versuchte sie, so gut es ging, auf der hölzernen Unterlage zu verteilen. Zwei schlang sie um sich.

Lange fand sie keine Ruhe und als sie endlich einschlief, ließ die Kälte sie zittern. Im Schlaf griffen unruhige und wilde Träume nach ihrer Seele und sie wälzte sich nervös von einer Seite auf die andere.

10

Schlei-Bote

Eckernförde, 1. März 1903

Die hiesigen Wochenmärkte zeigen mit Einkehr der milderen Witterung wieder einen regeren Verkehr. So war der gestrige Markt sehr gut beschickt, speziell mit Butter, Eiern und sonstigen Erzeugnissen, sowie auch mit Ferkeln. Der Preis für Butter betrug 1,15 – 1,20 Mk. Pro Pfund, (...)

Angeln, unbekanntes Dorf, September 1902

Stin fühlte sich erschöpft, als er endlich ein größeres Dorf erreichte. Er blickte hoch zur Kirchturmuhr. Im Mondlicht erkannte er, dass es fast Mitternacht war. Insgeheim dankte er dem Mond, der in dieser Nacht mit seinem Licht sein mächtigster Verbündeter war.

Der Besitz des Seehofes reichte zwar bis zur Schlei hinunter, doch Walter von Waasner besaß kein Boot. Allerdings hatte er mit dem Verwalter des Nachbargutes ausgehandelt, dass er eines seiner Boote ausleihen dürfte. Sein Sohn Augustin hatte daraufhin das Rudern erlernt und schon einige Male die Förde, die an dieser Stelle mehrere Kilometer breit ist, überquert.

Heute Nacht hatte sich Stin wieder einmal dieses Boot ausgeliehen, um die Entführer zu verfolgen. Nachdem die Kerle in die Kutsche umgestiegen und verschwunden waren, hatte er trotz der Dunkelheit nur wenige Augenblicke gebraucht, bis er ihr Boot im Schilf entdeckte. Er war ebenfalls an Land gegangen und den Spuren im Gras und auf dem Sandweg gefolgt. Im Schein des Mondlichts konnte er sie gut erkennen. Zum Glück hatte eines der beiden Kutschpferde ein kaputtes Hufeisen, sodass kaum eine Verwechslungsgefahr mit anderen Zugtieren bestand. Bei jeder Wegbiegung suchte der junge von Waasner nach diesem speziellen Abdruck. Trotzdem hatte er sich zweimal geirrt und dadurch insgesamt über zwei Stunden verloren.

Auch hier in diesem Dorf hatte er den defekten Hufeisenabdruck noch nicht gesehen. Jetzt war er wieder einmal ratlos. Der Durst nach dem anstrengenden Marsch zog ihn zur Kirche des Dorfes. Er hoffte, dort einen Brunnen zu finden. Als er um die Kirche herumgehen wollte, fiel sein Blick auf eine Inschrift neben der Tür des Gotteshauses: Rabenkirchen. War das nicht der Ort, zu dem sein Stiefvater gereist war, um mit dem Baron über die Vergangenheit zu sprechen? Er hatte ihm erzählt, dass dieser in einer großen, neu erbauten Villa wohnte. Ein neues, großes Haus!

Stin erinnerte sich, dass ihm am Dorfeingang etwas Entsprechendes aufgefallen war. Er kehrte um, verließ die Kirche mit dem Friedhof und ging die Straße bis zum Ende des Dorfes zurück. Da stand tatsächlich ein großes, repräsentatives Herrenhaus am Ende einer Sackgasse, das weiß im Mondlicht schimmerte. Und tatsächlich fand er in der Gasse endlich wieder die Spur der Kutsche, die er suchte. Mit dem beschädigten Hufeisen des rechten Zugtieres!

Er folgte dem Weg weiter bis zum Ende. Hinter einem herrschaftlichen, eisernen Tor, gab es ein Rondell mit roten Rosen und einer Sonnenuhr. Dahinter führte eine zweiläufige Treppe hinauf zum Eingang. Im Haus brannte kein Licht mehr. Alles schien dort zu schlafen. Er wartete noch einen Moment. Zum Glück schlug auch kein Hund an.

Stin drückte vorsichtig die Klinke an der Pforte hinunter. Mit Erleichterung stellte er fest, dass sie sich öffnete. Das Hindernis habe ich schon einmal genommen, dachte er. Dann eilte er leise in geduckter Haltung zum Rondell. Plötzlich blieben seine Augen an einem kleinen Stückchen weißen Stoffs hängen. Er bückte sich, um es genauer zu betrachten. Da entdeckte er das kleine, zierlich gestickte „A" .

Sein Herz machte einen Sprung. Antonia musste hier gewesen sein. Die Müdigkeit, die eben noch so schwer auf ihm gelastet hatte, war verflogen. Stins Hand wanderte zum Griff des Messers. Dann entschied er sich anders. Erst musste er herausfinden, wo sie war.

Während seiner Zeit in Südamerika hatte er sich für seine kleinen Gaunereien ein Werkzeug gebaut, dass einem Stethoskop ähnelte und mit dem er Walter von Waasner seinerzeit schwer beeindruckt hatte. Mit diesem neuartigen Instrument konnten Ärzte die Herztöne ihrer Patienten abhören, er belauschte damit die Gespräche seiner „Klienten".

Zunächst war das Glasfenster neben der Eingangstür dran. Eine Uhr tickte in der Diele laut vor sich hin. Dann schlich er einen Raum weiter, wieder nichts Besonderes. Direkt daneben schnarchte eine Person vernehmlich. Also weiter zum nächsten Zimmer. Und so umrundete der junge Mann langsam die Villa.

Dann wäre er fast eine Kellertreppe hinuntergefallen. Er befand sich gerade auf der Rückseite des Hauses. Gar keine schlechte Idee, die Kellerfenster genauer zu untersuchen, überlegte er. Zunächst konnte er nichts

Beunruhigendes feststellen, doch eine Ecke weiter vernahm er ein unruhiges Atmen. Er versuchte, in den Raum hineinzuschauen. Tiefste Dunkelheit. Wer schlief schon gerne im Keller?, fragte er sich. Selbst ein Hund tat das nicht gern.

Er bewegte sich behutsam und langsam zurück zur Kellertür. Glücklicherweise spendete der Mond etwas Licht. Und es gab noch mehr gute Neuigkeiten, denn der Türgriff war nur notdürftig mit einem Draht an einem Maueranker befestigt. Trotzdem brauchte Stin all seine Kraft, um den verdrillten Draht zu lösen. Stin holte eine Zündholzschachtel aus der Tasche seiner Jacke und entzündete ein Streichholz. Dann tastete er sich den Gang in den Keller hinein bis zu der Tür, hinter der jemand unstet atmete.

Hier gab es ein Schloss, doch das stellte für den jungen Mann kein Problem dar. Mühelos hatte er es mithilfe eines Drahts innerhalb von Sekunden geöffnet. Leise stieß er die Tür auf. Kartoffel- und Zwiebelgeruch schlug ihm entgegen. Doch da war auch dieser sanfte, zimtähnliche Geruch, der Antonia immer umgab. Seine Augen starrten zu dem Bettgestell hinüber, auf dem eine Gestalt lag und rastlos zu träumen schien.

Mit zwei Schritten war Stin bei ihr und kniete sich neben sie. Seine rechte Hand legte sich sanft über ihren Mund. Antonia wachte auf. Als sie die fremde Person spürte, zuckte sie zusammen. Er drückte sie sanft nieder und machte beschwichtigende Geräusche.

„Bitte erschrecken Sie nicht, Antonia! Und bitte schreien Sie nicht!", flüsterte er ihr zu.

Diese erkannte Walter von Waasners Stiefsohn und hörte auf, sich mit aller Macht gegen die Hand vor ihrem Mund zu wehren. Es waren Stins vertraute

117

Stimme und auch seine Hand, die nach Schweiß roch. Was für ein Glück, dass er mich in diesem verfluchten Verlies entdeckt hat!, dachte sie und Freude rauschte durch ihre Sinne.

Währenddessen hatte der junge Mann seine Hand von ihrem Gesicht zurückgezogen und wartete nun einen Moment, damit sie sich noch etwas sammeln konnte. Antonia richtete sich auf und schälte sich aus den beiden Decken. Kaum hatte sie sich befreit, ergriff er ihren rechten Arm. Er zog sie vom Bett und wandte sich zur Tür.

„Wir müssen sofort verschwinden! Bitte seien Sie vorsichtig, wo Sie hintreten und fallen Sie nicht hin", flüsterte er.

Gemeinsam tasteten sie sich langsam aus dem Raum hinaus und den Flur entlang. Vor der Kellertür verharrte er und horchte. Nichts, kein Geräusch störte die Stille. Leise und vorsichtig ging es die Treppe hinauf, dann eng an die Hausmauern gedrückt zum Haupteingang mit dem Rosen-Rondell.

Erst als sie die Dorfstraße mit der Haltestelle für die Postkutsche erreicht hatten, ließ die Anspannung der beiden etwas nach. Stin merkte, dass er immer noch Antonias Hand festhielt und ließ sie Die Frau fiel auf die Knie und schöpfte Wasser aus dem Brunnen neben der Station, welches sie gierig trank. Auch Stin konnte jetzt endlich seinen Durst stillen. Doch die Angst steckte der jungen Frau immer noch in den Knochen. Kaum war sie fertig, schaute sie sich um, um sicherzugehen, dass ihnen niemand gefolgt war. „Wir müssen weiter. Der Kerl, der mich hat entführen lassen, steckt mit der Polizei unter einer Decke. Er hat gedroht, mich ins Gefängnis zu stecken!"

Stin sah Antonia ungläubig an und stand langsam auf. Er schüttelte nachdenklich seinen Kopf. Dann machte er sich von ihr frei.

„Sie haben recht", stimmte er ihr zu. „Der Baron wird sicherlich wütend sein, wenn er merkt, dass Sie geflohen sind. Aber ich glaube nicht, dass er mit der Polizei unter einer Decke steckt. Vielleicht kennt er hier einige einflussreiche Personen, aber in Kiel würde er sicherlich alleine dastehen, Antonia."

Bei der Nennung des Titels Barons zuckte sie zusammen. Er war also der Übeltäter. So eine mächtige Persönlichkeit, durchfuhr es sie erschrocken. Sie dachte an ihren Onkel, der aus egoistischen Gründen so nachdrücklich ihren guten Ruf zerstört hatte. Leider war er immer noch ihr Vormund und bestimmte ihr Leben. Sie wollte sich lieber nicht vorstellen, was passieren würde, wenn er erfuhr, was hier los war: Hausarrest oder eine erzwungene Heirat? Der Gedanke daran ließ sie erschauern.

„Wir müssen hier schnellstens weg, Stin. Zu Ihrem Stiefvater. Er ist ein angesehener Mann und hoffentlich kann er dem Baron die Stirn bieten."

Sie hastete los und ihr Retter folgte ihr schweigend.

Etwa eine Viertelstunde später hatte sich der Himmel komplett bezogen, die dunklen Wolken hingen bedrohlich tief. Dann zuckte in der Ferne ein Blitz, leises Grollen ertönte. Ein Gewitter. Auch das noch, dachte Antonia. Stin hatte ebenso sorgenvoll den Himmel beobachtet.

„Es ist auf dieser Seite der Förde. Vielleicht haben wir noch eine halbe Stunde, dann ist es hier", erwog er.

Augenblicklich beschleunigte Antonia ihre Schritte, aber Walters Sohn behielt dennoch recht. Eine knappe halbe Stunde später blitzte es in immer kürzeren Abständen.

„Wir müssen eine Zuflucht finden, einen Schuppen oder etwas Ähnliches", rief Stin ihr zu.

Sie eilten weiter. Einige dicke, große Tropfen fielen schon vom Himmel herab. Nur noch wenige Minuten, dann würde das Unwetter losbrechen.

„Dahinten ist ein Schuppen", schrie Antonia.

Links, auf einer Weide, stand ein kleiner, hölzerner Unterstand, der für die Tiere errichtet worden war und sich in einem halbwegs guten Zustand befand. Er würde ihnen Schutz vor dem Gröbsten bieten.

Sie begannen zu rennen, doch das Gewitter war schneller. Auf den letzten fünfzig Metern prasselte der Regen erbarmungslos auf sie nieder, Blitze erleuchteten im Minutentakt den nachtschwarzen Himmel und die andauernd wiederkehrenden Donnerschläge sorgten für eine höllische Geräuschkulisse. Mit letzter Kraft erreichten sie den rettenden Unterschlupf.

Das Wasser war kalt und hatte ihre Kleidung völlig durchweicht. Mühsam zerrte sich Antonia ihre nasse Jacke vom Körper und wrang sie aus. Das Kleid, das sie darunter trug, klebte an ihren Schultern, Hüften und am Bauch. Schützend umfasste sie ihren Körper mit beiden Händen, doch trotzdem begann sie vor Kälte und Müdigkeit zu zittern.

Stin sah es. Er hatte mehr Glück gehabt, weil seine Jacke wachsbeschichtet war. Deshalb war sie wesentlich trockener geblieben, ebenso seine Weste und sein Hemd. Als er bemerkte, wie sehr die junge Frau zitterte, zog er sofort seine Jacke aus und legte sie ihr um die Schultern. Dankbar wickelte sie sich darin ein. Dann standen sie verlegen voreinander auf dem weichen

Stroh und blickten sich an. Stin fing sich als Erster und sprach:

„Ich fürchte, wir müssen den Rest der Nacht hier verbringen. Aber keine Sorge, Antonia, ich werde nichts Unehrenhaftes versuchen."

Erleichtert lächelte sie ihn an und legte kurz ihre Hand auf seinen Arm.

„Vielen Dank, dass Du mich gerettet hast. Ich weiß nicht, was sonst passiert wäre. Wenn mir bloß nicht so kalt wäre … "

Sie brach ab, weil sie so stark bibberte.

„Ich könnte Sie ein bisschen wärmen, wenn Sie einverstanden sind."

Er öffnete einladend die Arme. Antonia zögerte. Wörter wie Anstand und Ehre wirbelten durch ihren Kopf, aber die Kälte in ihren Gliedern war zu stark. Dankend flüchtete sie in seine Arme und er presste sie zärtlich an sich.

Stin war völlig überwältigt von dem Moment, drängte sich noch näher an die junge, wunderschöne Frau und bemerkte nicht den Stein, der versteckt unter dem Stroh lag. Er stolperte und verlor das Gleichgewicht. Verzweifelt rollte er sich seitlich ab, um nicht auf Antonia zu stürzen, aber er konnte nicht verhindern, dass er sie mitriss. Nebeneinander fielen sie ins weiche Stroh.

Sie spürte seinen Kopf neben ihrem, fühlte seinen Atem an ihrem Ohr und roch den Schweiß, den sein Körper ausströmte, vermengt mit der Nässe des Regens. Und es gefiel ihr. Nun endlich versuchte sie, ihn von sich wegzuschieben. Doch als er sich aufrappeln wollte, verhedderten sich seine Hände in ihrem nassen Kleid, sodass sie unfähig war, sich zu bewegen. Verunsichert grinste er sie an, aber als er das Feuer in ihren dunklen Augen sah, beugte er sich hinunter und küsste sie. Nur zu bereitwillig öffnete sie ihm ihre Lippen. Hitze flutete in ihren Körper.

Vorsichtig und gierig zugleich fuhren seine Hände unter ihren Rock. Sie erstarrte, während sie über ihren Leib und dann über ihre entblößten Beine wanderten. Doch seine zärtlichen und leidenschaftlichen Liebkosungen ließen sie ihre Furcht vergessen und sie entspannte sich. Ihr Kleid rutschte bis zu ihrer Taille hoch. Plötzlich drückte sein Geschlecht genau da auf ihren nackten Körper, wo es niemals bei einer unverheirateten Frau liegen durfte. Er begann heftiger zu atmen, dann zu keuchen. Ihre Augen trafen sich und sie sah Sehnsucht und Begierde in seinem Gesicht. Nun erloschen ihre letzten Hemmungen. Lust durchflutete ihren Unterleib. Sie zog ihre Beine immer höher und spürte endlich, wie er langsam in sie eindrang.

Wie von selbst öffneten sich ihre Beine noch weiter und umklammerten seinen Körper. Er begann sich zu bewegen. Sie spürte ihn in sich und es war ein so schönes Gefühl, dass sie immer lauter keuchte und stöhnte und schließlich zu zittern und zu zucken anfing. Am Ende nahmen sie nicht mehr das Prasseln des Regens wahr. Ihre beiden Körper schienen zu glühen. Im gleichen Moment zuckte ein Blitz in der Ferne und sein Licht erhellte für ein paar Sekunden die Dunkelheit.

Dann wurden sie still. Erschöpft kuschelte sich Antonia in Stins Arme und schlief erlöst ein.

11

Schlei-Bote

5.Oktober 1902

Die Kartoffelernte, mit der man jetzt überall beschäftigt ist, fällt in diesem Jahr sehr gut aus. Trotz der nassen Witterung hat die Kartoffelfäule keine große Ausdehnung genommen, meistens sind nur die edlen Sorten von derselben befallen. Dieselben werden daher auch immer weniger angebaut. Magnum bonum und blaue Kartoffeln liefern in diesem Jahr besonders hohe Erträge. Über Kartoffelpreise verlautet noch nichts.

Seehof, Oktober 1902

Gegen Mittag waren Antonia und Stin wieder zurück auf dem Seehof.

„Ich habe mir Sorgen gemacht", beklagte sich Walter von Waasner. „Ihr hättet mir sagen sollen, dass ihr über Nacht wegbleibt."

„Wir sind nicht ganz so freiwillig über Nacht weggeblieben, wie es den Anschein haben mag", erwiderte sein Stiefsohn trocken.

Dann berichtete er ausführlich, was geschehen war. Dieses Mal hörte Antonia genauer hin als am heutigen Morgen. Da waren die beiden mit dem Zug von Süderbrarup nach Eckernförde gefahren und hatten von dort die Postkutsche nach Schleswig genommen. Bald stellte sie jedoch fest, dass sie zu müde war, um irgendeinen klaren Gedanken zu fassen. Deshalb bat sie darum, sich an diesem Tag ausruhen zu dürfen.

Dem Gutsbesitzer war sehr schnell aufgefallen, wie vertraut sein Stiefsohn und dessen Gesellschafterin miteinander umgingen. Immer wieder tauschten sie verstohlen intensive Blicke und kleine Berührungen aus. Doch im Moment vermied er es, Stin darauf anzusprechen.

Er wollte zunächst darüber nachdenken, was Stin ihm berichtet hatte. Der Baron von Winterfeld steckte hinter Antonias Entführung. Es war offensichtlich, dass er ein weit stärkeres Interesse am Schicksal der kleinen Elisabeth hatte, als er bisher angenommen hatte. Aber warum? Welches Motiv brachte den Baron dazu, unbedingt herausfinden zu wollen, was damals geschehen war? Ebenso beschäftigte ihn diese unbekannte Person, die der Baron hinzugezogen hatte und bei der es sich wahrscheinlich um eine Frau handelte. Wer mochte das sein? Woher kannte sie Luise Inien? Er musste dringend mit Arthur Langbeen sprechen. Der musste diese Frau doch auch kennengelernt haben. Wieso hatte er bisher nichts von ihr erzählt?

*

Einen Tag später fuhr ein Einspänner auf dem Seehof vor. Pastor Hofmann von der Gemeinde Rieseby bat, den Gutsbesitzer sprechen zu dürfen. Er eröffnete Walter von Waasner, dass der oberste Bereiter des Guts Rieseby von zwei Unbekannten bedroht und fürchterlich verprügelt worden sei. Sie hätten ihm vorgeworfen, Luise Inien ermordet zu haben und schuldig am Verschwinden von Elisabeth von Waasner zu sein. Bis hierhin hatte Walter von Waasner höflich interessiert zugehört, nun aber zog er eine Augenbraue leicht nach oben.

Denn Stefan Kindler hatte ihn beschuldigt, von seinen Leuten bedroht worden zu sein. Vorerst verzichte der Reitlehrer darauf, polizeiliche und gerichtliche Schritte gegen Herrn von Waasner einzuleiten. Er fordere aber, dass dieser sich öffentlich bei ihm entschuldige und ihm ein saftiges Schmerzensgeld zahle.

„Ich nehme eine Klage von Herrn Kindler gegen mich gerne in Kauf. Ich glaube kaum, dass ein Untersuchungsrichter sich näher mit einem solch absurden Vorwurf gegen mich beschäftigt. Falls ja, besuche ich den Herzog. Die Folge wird sein, dass Herr Kindler seine Arbeit bei meinem Neffen verliert", sagte der Gutsherr gutgelaunt zum Pastor.

Stin, der neben Antonia auf dem Sofa saß, nickte wohlgefällig. In dem Moment erschien Frauke Johannsen, die Haushälterin des Seehofs, mit vier köstlich aussehenden Gedecken und einem herrlich duftenden Nachmittagskaffee. Der Pastor wartete, bis sie das Tablett abgestellt hatte, ehe er mit einem Vorschlag fortfuhr:

„Ich kann verstehen, dass Sie die Schicksalsschläge, die Ihre Familie infolge des schlimmen Brands erlitten hat, immer noch bedrücken, Herr von Waasner, aber manchmal sind die Wege des Herrn unergründlich. Deshalb rate ich allerdings dazu, die Ereignisse von damals ruhen zu lassen."

Er räusperte sich.

„Gleichwohl möchte ich Ihnen jetzt eine kurze, aber wichtige Geschichte erzählen, die etwas Licht ins Dunkle bringt. Mein Vorgänger, Pastor Phillipsen, hat sie mir vor acht Jahren anvertraut, ehe er starb."

Pastor Hofmann machte eine bedeutungsvolle Pause. In der Nacht des Feuers eröffnete der Reitlehrer demnach Pastor Phillipsen, dass Luise Inien zu ihm gekommen sei und ihm berichtet habe, dass die kleine Elisabeth von Waasner einen Unfall gehabt habe und dabei gestorben sei. Sie habe Kindler zu dem toten Kind geführt und beide zusammen seien dann zu seinem Vorgänger gefahren. Dieser habe den Puls überprüft, konnte aber auch nur noch den Tod des Kindes feststellen. An jenem Abend wurde er kurz darauf zu einem sterbenden alten Mann in ein anderes Dorf gerufen und musste seinen Besuch übereilt verlassen. Allerdings bat der Pastor darum, die Leiche in der Kirche zu lassen. Als er jedoch spät in der Nacht zurückkehrte, war sie verschwunden. Von dem Reitlehrer fehlte die nächsten drei Tage jede Spur und auch das Kindermädchen war am nächsten Morgen unauffindbar und tauchte nie wieder auf.

Die Frage, warum die Leiche plötzlich spurlos verschwunden sei, konnte oder wollte Kindler bei späteren Verhören nicht beantworten. Nach der Art des Unfalls befragt, den das Kind erlitten habe, erwiderte er damals stets, sie sei beim Verlassen der Kutsche gestürzt und habe sich das Genick gebrochen. Und Luise Inien habe sich schuldig gefühlt, nicht gut genug auf das Kind aufgepasst zu haben. Dabei sei Elisabeth von Waasner leichtsinnig gewesen. Kindler habe der jungen Frau daraufhin geraten, mindestens die Gegend zu verlassen, am besten sogar das Land. Sie könne sicherlich in ein paar Jahren zurückkehren, wenn sich die Gemüter beruhigt hätten. Er habe seinerzeit Mitleid mit dem Kindermädchen gehabt und ihr deshalb etwas Geld für die Reise gegeben. Danach sei er zwei Tage bei einem Bekannten in Eckernförde geblieben, weil ihn die Sache auch sehr belastet habe.

Walter von Waasner war baff. Fassungslos starrte er Pastor Hofmann an, der seelenruhig an seinem Kaffee nippte.

„Wenn das Ihr eigenes Kind gewesen wäre, Herr Pastor, hätten Sie diese Handlungsweise und erst recht diese merkwürdige Erklärung akzeptiert?"

Der Angesprochene schüttelte den Kopf.

„Aber mein Vorgänger, ein gottesfürchtiger Mann, hatte doch den Tod festgestellt", rechtfertigte er sich und fuhr fort: „Es geht nicht darum, was damals richtig gewesen wäre. Diese Dinge lassen sich nicht mehr ändern. Aber das arme Kind – Ruhe es in Frieden! – wird durch was auch immer nicht wieder lebendig. Und die Brosche, nach der Sie suchen, ist es sicherlich nicht wert ist, so viel Unruhe in unsere Gemeinde zu bringen."

Der Gutsherr dachte aber gar nicht daran, die Dinge ruhen zu lassen. Er hatte noch einen anderen Einwand.

„Nein, nein, verehrter Herr Pastor, so einfach ist die Angelegenheit nicht. Ich frage Sie: Was, wenn dieser Unfall nun keiner war, sondern das Kind absichtlich getötet wurde? Und wo ist Elisabeths Leiche? Und vor allem: Warum hat jemand all diese Dinge getan: den Brand gelegt, meine Nichte ermordet, die Brosche gestohlen und den Leichnam verschwinden lassen?"

„Ich verstehe ja Ihre Erregung, aber ich halte den Reitlehrer keinesfalls für einen Mörder, Herr von Waasner", entgegnete der Pastor nur. „Und ihren Neffen auch nicht."

„Ich danke Ihnen für Ihre Meinung, Herr Pastor, aber mein Neffe hatte damals Geldprobleme und die

Gelegenheit für einen Mord, bei dem er viel gewinnen konnte."

Der Gottesmann überlegte kurz, zuckte jedoch am Ende nur mit den Schultern und sagte:

„Wenn der Mensch vom Tod überrascht wird, dann hört er auf, vernünftig zu denken und zu handeln. Hier hilft nur Gottvertrauen!" Und nach einer Weile erkundigte er sich: „Was werden Sie jetzt also tun?"

„Ich weiß noch nicht. Vielleicht ist es am besten, wenn Sie noch einmal mit Stefan Kindler reden würden", sagte der alte Herr.

„Ich bin weder Richter noch Polizist. Solange Sie nichts Handfestes haben, kann ich ihre Handlungsweise nicht billigen, auch wenn ihre Motive vielleicht ehrenhaft sein mögen."

Walter von Waasner dachte eine Weile nach, bis er schließlich sagte:

„Ich werde nichts gegen den Bereiter meines Neffen unternehmen, Herr Pastor. Aber Sie sollten auch wissen, dass ich erstens mit dem Angriff auf Herrn Kindler nichts zu tun habe. Und zweitens weise ich Sie daraufhin, dass eben jener gerne selber handgreiflich wird. Er hat versucht, meine Gesellschafterin gegen ihren Willen in seine Kutsche zu zerren. Sagen Sie ihm, dass er dafür eine weit schlimmere Strafe verdient hätte und auch bekommen wird, wenn er sich Fräulein Antonia von Breitenfeld auch nur ein einziges Mal noch auf weniger als 50 Meter nähert."

Nach einer kurzen Pause, in der der Pastor die junge Frau mit hochgezogenen Augenbrauen musterte, fügte er:

„Und ich hoffe, dass sie noch 20 Jahre bei uns bleibt. Vielleicht erzählen Sie meinem Neffen auch einmal von dieser wunderschönen, jungen und mutigen Frau."

Der Gottesmann lächelte Antonia nach diesen warmen Worten nun zu. Dann erhob er sich, klagte noch etwas über das unbeständige Wetter, ermahnte den Gutsbesitzer zu einem standhaften Glauben an Gott und wünschte eine gute Ernte für das Getreide, ehe er sich wieder auf den Weg zurück nach Rieseby machte.

„Und was meint ihr zu dieser seltsamen Wendung? Offenbar will von Winterfeld Stefan Kindler einschüchtern und mein Neffe Sebastian hält schützend die Hand über ihn. In Zukunft werde ich wohl besser eine Begleitung mitnehmen, wenn ich den Baron oder meinen Neffen besuche."

Nachdenklich trank er einen Schluck Tee und fügte dann hinzu:

„Wenn Sebastian etwas mit dem Verschwinden der kleinen Elisabeth zu tun hat, dann fühlt er sich offenbar sehr sicher, dass er niemals mit der Sache in Verbindung gebracht werden kann. Und ich finde es besonders verwerflich, dass dieser Pastor Phillipsen erst auf dem Sterbebett erzählt hat, was in jener Nacht vor zehn Jahre passiert ist. Das ist wirklich unglaublich!"

Doch er hatte nicht mehr die Aufmerksamkeit der beiden jungen Leute. Stins Hand bewegte sich langsam über den geblümten Stoff des Sofas auf Antonias Unterarm zu, erreichte ihn und legte sich auf ihr hübsches, blaues Kleid. Sie warf ihm einen unwilligen Blick zu, ließ es aber geschehen. Lächelnd sagte der junge Mann:

„Wenn das so ist, dann könnten wir vielleicht einen Spaziergang zur Schlei machen. Die Gegend ist ja wieder friedlich geworden. Hätten Sie vielleicht Lust, mit mir zu kommen, Fräulein von Breitenfeld?"

Diese schüttelte nun jedoch den Kopf und machte ihren Arm los, bevor sie energisch sagte:

„Nur wenn Sie vorher mit mir eine Geschichte im griechischen Sagenbuch studieren, Herr von Waasner. Aber zuerst benötige ich noch einen Eimer Wasser für den Abwasch in der Küche. Hätten Sie vielleicht die Güte zum Brunnen zu gehen?"

Stins erstaunten Blick erwiderte Antonia mit einem schelmischen Lächeln. Dann erklärte sie ihm:

„Elfriede Nissen, unsere Köchin, hat sich den Magen verdorben. Deshalb muss Frauke heute für sie einspringen und ich habe ihr versprochen, sie dabei zu unterstützen."

Antonia blickte Stin streng an und wartete. Dessen Augen flehten sie erst an und funkelten dann zornig, als er feststellen musste, dass sie sich nicht erweichen ließ. Schließlich erhob er sich vom Sofa. Fragend stand er vor ihr, als ob er hoffte, sie würde ihre Meinung doch noch ändern. Doch sie nickte mit dem Kopf nur einmal zur Tür, die in die Eingangshalle führte. Ein paar Sekunden verharrte der junge Mann, dann seufzte er, drehte sich kopfschüttelnd um und trottete mit hängendem Kopf zur Tür. Antonia folgte ihm lächelnd.

Als die Tür der Bibliothek sich hinter den beiden schloss, stand Walter von Wassner auf und lachte schallend. Dann klopfte er Antonia auf die Schulter.

„Sie entschuldigen mich bitte. Ich gehe noch in mein Arbeitszimmer, um etwas zu trinken und zu lesen. Viel Glück beim Abwasch!

*

Ein paar Tage später saßen der Gutsbesitzer und sein Stiefsohn beim Frühstück zusammen, als Antonia mit dem „Schlei-Boten" hereinkam und sich zu ihnen gesellte. Walter von Waasner bat sie, am Frühstück teilzunehmen, denn er wollte etwas besprechen und meinte, ihre Meinung dazu sei ihm auch wichtig.

Erstaunt und neugierig setzte sie sich auf den freien Platz mit dem Gedeck und goss sich eine Tasse Kaffee ein. Einige Zeit später hatten die drei das Frühstück beendet und zogen in den Salon um. Dort holte der Hausherr seine Pfeife hervor, die er in aller Ruhe stopfte und anzündete. Nach drei Zügen begann er zu reden.

„Es geht zunächst um den jungen Schäfer Rune Silban. Ich hatte den Pfarrer der Gemeinde angeschrieben, in der der junge Mann jetzt wohnt. Rune heißt eigentlich Trautner mit Nachnamen und stammt aus einem Dorf in der Nähe von Flensburg. Er verlor seine Eltern bei einem Brand vor vielen Jahren. Mit 12 Jahren nahm ihn sein heutiger Stiefvater, Johann Silban, auf. Dieser beabsichtigt auch, ihm seinen Hof später zu übertragen."

Walter von Waasner lehnte sich genüsslich in seinem Sessel zurück und paffte ein paar Mal. Er blickte erwartungsvoll in die Runde. Antonia räusperte sich.

„Ich verstehe nicht, was der junge Silban mit ihrem Neffen und dem Baron zu tun hat", sagte sie.

Stin sah seine Gesellschafterin vorwurfsvoll an, doch der Gutsherr nickte verständnisvoll.

„Es gibt etwas, was mein Neffe Sebastian, Baron von Winterfeld und ich gemein haben: Wir alle hätten uns sehr gerne mit Luise Inien unterhalten. Mein Neffe will sie wahrscheinlich einschüchtern. Die Gründe des Barons kenne ich noch nicht und ich hätte gerne von ihr erfahren, was damals genau geschehen ist. War es ein Unfall oder doch ein Mord? Wenn mein Neffe an irgendeinem Verbrechen beteiligt war, dann ist Stin in höchster Gefahr, wenn es mich nicht mehr gibt. Und wenn der Baron involviert war, dann gibt es vielleicht ein Geheimnis in unserer Familie, von dem ich nichts weiß und das ebenfalls gefährlich sein könnte."

Sein Stiefsohn rutschte stirnrunzelnd auf dem Sofa hin und her. Als Antonia ihm beruhigend eine Hand auf den Unterarm legte, sah er sie dankbar an und wurde still. Dann beugte er sich wieder interessiert nach vorn und lauschte seinem Vater, der in seinen Überlegungen fortfuhr:

„Leider war Bertram nicht sehr gut darin, das Gut zu bewirtschaften. Ich weiß, dass größere Schulden auf dem Gestüt Rieseby lasten, aber ich kenne nicht den genauen Umfang und die Details. Vielleicht hat der Baron Schuldscheine erworben, weil er in Maria verliebt war und sie vor dem finanziellen Ruin schützen wollte. Und nun bekommt er sein Geld nicht mehr zurück, weil Sebastian noch einen Kredit aufgenommen hat und die Zinsen nicht zurückzahlen kann."

Er machte eine Pause.

„Das sind leider alles nur Spekulationen, Herr von Waasner", wandte Antonia ein.

Der Gutsherr legte die Pfeife aus der Hand. Er streckte sich kurz und nickte.

„Das ist richtig. Aber fest steht, dass der Baron Sie, Fräulein von Breitenfeld, entführen ließ. Und Stefan Kindler wollte Sie in Rieseby zu meinem Neffen Sebastian verschleppen. Darüber hinaus sind Sie bei diesem Zwischenfall nur mit Mühe einem schweren Unfall entgangen." Er sah die junge Frau herausfordernd an.

„Es ist nur ärgerlich, dass der einzige Zeuge von damals dieser Reitlehrer ist und der will oder kann nicht reden. Arthur Langbeen hat mir berichtet, dass Kindler neuerdings nicht mehr in die Dörpgaststuv einkehrt, sondern sich Schnaps beim Krämer kauft und ihn im Gestüt säuft. Außerdem hat er jetzt sogar ein schönes Zimmer im Herrenhaus bekommen. Mein Neffe ist offenbar erstaunlich freundlich und wohlwollend."

Walter von Waasner rieb sich die Schläfen und seufzte.

„Und wie soll es jetzt weitergehen?", fragte Stin.

Nachdenklich griff der Hausherr wieder zu seiner Pfeife. Er musste an seinen Neffen Sebastian denken. Es gab da eine Sache, die in Südamerika geschehen war. Irgendetwas. Was war es bloß. Und warum kam er gerade jetzt nicht darauf?

„Ich muss noch mal zu Sebastian", sagte er in Gedanken versunken.

12

Schleswiger Nachrichten 4. Juli

Schleswig Missionsfest Juli 1902
Auf dem St. Johannis-Kloster am Sonntag den 6. Juli
Festgottesdienst in der Klosterkirche um 8 ½ Uhr.
Nachfeier im Klostergarten. Redner Herr Missions-
Inspektor Pastor Hansen, Missioner Pohl, Pastor An-
dersen-Flensburg und die Herren Domgeistlichen.
Jedermann ist freundlich eingeladen, Kinder nur in
Begleitung von Erwachsenen.

Am nächsten Tag ritt der Gutsbesitzer schon früh am
Vormittag auf seinem weißen Lieblingshengst Attila
weg. Er wollte seinen Neffen Sebastian von Waasner
besuchen. Obwohl die Sonne schien, waren die Tempe-
raturen empfindlich gefallen. Am späten Vormittag
erreichte er Rieseby und kurz darauf das Gut seines
Neffen.

Die Haushälterin, Mathilde Stenhardt, öffnete ihm
und führte ihn nach einer kurzen förmlichen Begrüßung
in den Salon, wo der Hausherr Sebastian von Waasner
den „Schlei-Boten" las. Er war ein großer, gut ausse-
hender Mann mit einem gewinnenden Lächeln, das er
aufsetzte, als sein Onkel eintrat. Dann begrüßte er ihn
freundlich.

„Nun, Walter, was verschafft mir die Ehre deines
Besuches? Nimm doch bitte Platz."

Er wandte sich an seine Haushälterin und befahl ihr:

„Mathilde, könnten Sie uns etwas Tee zubereiten? Mein Onkel wird sicher recht durchgefroren sein. Bei dem Wetter und dem langen Ritt vom Seehof hierher. Hoffentlich kommt kein Sturm auf. Walter, wärm dich erst mal etwas auf."

Der Besucher lächelte, setzte sich in einen bequemen, mit grünem Samt bezogenen Sessel nahe am Kamin und rieb sich die Hände.

„Das Barometer meint es gut mit mir, die Kälte dagegen nicht. So kalt wie in den Anden kann es hier trotzdem niemals werden."

„Gut, dass wir heute Morgen reichlich eingeheizt haben. Aber ich kann gerne noch etwas nachlegen", erwiderte der Hausherr zuvorkommend.

„Euer Pastor Hofmann war gestern bei mir. Er hat mich gebeten, nichts gegen deinen obersten Bereiter zu unternehmen, obwohl dieser mich fälschlicherweise eines Überfalls auf ihn beschuldigt. Außerdem hat er mir auch dringend davon abgeraten, jetzt nach zehn Jahren eine Strafaktion wegen des Verschwindens der kleinen Elisabeth in die Wege zu leiten."

Das Gesicht des Gastgebers veränderte sich. Das Lächeln verschwand und die eisblauen Augen wurden hart.

„Walter, wenn ich es richtig mitbekommen habe, dann steckst du hinter dem Einfall, dem armen Kindler vorzugaukeln, dass Luise Inien aus Amerika zurückgekehrt sei. Eine ziemlich bösartige Idee! Findest du nicht? Und obendrein hast du auch noch versucht, meinen Bereiter und mich zu erpressen. Was soll das?"

Walter von Waasner sah seinen Neffen nachdenklich an. Offenbar war er sehr gut informiert. Doch er war hier, um Antworten auf drängende Fragen zu bekommen.

„Das ist richtig. In der Tat wollte ich Antworten auf verschiedene Fragen, die mich beschäftigen, bekommen. Aber Kindler hat sich gewunden und stattdessen versucht, meine Gesellschafterin zu entführen. Und dann wäre diese auch noch bei dem Versuch, sie in eine Kutsche zu zerren um ein Haar in der Dunkelheit von einem Unbekannten umgeritten worden. Was sagst du dazu?"

Er blickte Sebastian eindringlich an. Der runzelte allerdings nur die Stirn und fragte dann:

„Eine Reiterattacke? Was genau ist passiert?"

Konnte es sein, dass sein Neffe tatsächlich nichts von diesem Vorfall wusste?, überlegte Walter von Waasner. Er kam zu keiner eindeutigen Entscheidung. Und so beschrieb er seufzend die Ereignisse in jener Nacht so gut und eindringlich, wie er es eben mitbekommen hatte.

„Ach, davon hat mir der Kindler gar nichts erzählt", sagte der Hausherr mit unschuldiger Miene. „Vielleicht war das einer von den Jugendlichen im Dorf, Onkel. Manche von diesen jungen Kerlen versuchen sich mit dummen und gefährlichen Streichen gegenseitig zu übertreffen. Neulich hat sich einer sogar beim Wettreiten ein Bein gebrochen, als er vom Pferd fiel."

Er schüttelte ratlos den Kopf, stand auf und ging zu einem Schrank aus dunkler Eiche neben den Bücherregalen. Hinter einer Schiebetür standen gut ein Dutzend Flaschen mit alkoholischen Getränken und mehrere Gläser. Sebastian nahm eine davon, goss etwas daraus in beide Gläser und fügte aus einer Kristallkaraffe noch Wasser hinzu. Dann kehrte er zu seinem Gast zurück und stellte die Gläser dort auf den kleinen Tisch zwischen ihnen. Gelassen setzte er sich in seinen Sessel zurück.

Da ging die Tür auf und die Haushälterin erschien mit einem Tablett, auf dem zwei Gedecke mit Teetassen und eine Teekanne standen. Fräulein Stenhardt war eine kräftige Person mit dunkelblondem Haar und rosigen Wangen. Als sie kurz darauf den Hausherrn fragend mit dem leeren Tablett anblickte, deutete der nur mit dem Kopf zum Ausgang.

„Wer außer Stefan Kindler könnte denn ein Interesse daran haben, Luise Inien zu schaden, Sebastian?", ergriff der Gast erneut das Wort.

Sein Gesprächspartner zuckte mit den Schultern und nahm selber einen Schluck.

„Vielleicht der Baron von Winterfeld?", erwog er, während er den Rest des Cognacs betrachtete. „Der Kerl ist nach der Brandnacht hier einige Male aufgetaucht. Erst, um natürlich die unglückliche Witwe zu trösten, aber auch um mit meinem Bereiter zu reden. Ich habe die beiden nach dem Unglück einmal zusammen auf dem Bahnhof gesehen. Und dann gab es da ja dieses Gerücht, dass Kindler Geld vom Baron bekommen hätte."

„Ach?", sagte Walter von Waasner. „Davon wusste ich ja gar nichts."

„Ja, zeitweise wurde sogar geredet, dass das Feuer möglicherweise gar nicht durch einen Blitzeinschlag verursacht worden war, sondern dass von Winterfeld dabei seine Finger im Spiel hatte. Aber ermittelt wurde nie in diese Richtung und also gab es deshalb auch keinen Beweis."

„So?", fragte sein Onkel skeptisch.

„Drei unserer Pächter und mehrere Stallburschen haben damals ausgesagt, dass es zwei Blitzeinschläge in der Nähe des Hauses gegeben habe. Außerdem war die Eiche hinter den Pferdeställen angesengt. Dem Inspektor von der Polizei genügte das, um die Akte zu schließen. Ein Unglücksfall! Naja, jetzt ist das ja sowie alles nicht mehr so wichtig. Die Sache ist doch viel zu lange her. Und Gerüchte sind ja wie Schall und Rauch."

Sebastian holte eine Pfeife aus seiner Jackentasche und stand auf. Ein weiterer Gang zu dem großen Eichenschrank. Dort öffnete er eine Schublade unter der Schiebetür mit dem Alkohol und holte eine Packung Tabak hervor. Dann kehrte er zum Tisch zurück, setzte sich in den Sessel und begann, seine Pfeife zu stopfen.

Nun erzählte Walter von Waasner seinem Neffen, was er von Baron von Winterfeld und von Pastor Hofmann erfahren hatte. Und erwähnte auch die unbekannte Kutsche.

„Könnte der Baron damals vielleicht sogar nur wegen Maria nach Gut Rieseby gekommen sein?"

Sein Gesprächspartner stopfte ein letztes Stück Tabak in seine Pfeife und meinte dann ruhig:

„Jeder wusste, dass der Baron damals doch auch hinter Maria her war. Angeblich hatten die drei geplant, an dem Abend noch nach Rendsburg zur Pferdeauktion zu reisen. Die Übernachtung dort war schon angemeldet. Doch es gab Streit. Bertram war wohl zu Ohren gekommen, dass es ein ‚tete a tete' zwischen Maria und dem Baron gegeben hatte. Vielleicht wollte sie ja an diesem Abend meinen Bruder verlassen und Winterfeld sollte ihr dabei helfen. Vielleicht hat sie selber Luise Inien dazu angestiftet, Elisabeth am Abend ins Dorf mitzunehmen, und dann überredet sie auch noch den

Baron dazu, heimlich, ohne dass Bertram etwas davon weiß, zurück nach Rieseby zu fahren."

Sebastian griff zu seinem Glas und nahm einen Schluck, ehe er fortfuhr:

„Aber irgendetwas geht schief, das Kind verunglückt und bricht sich den Hals. In seiner Verzweiflung holt das Kindermädchen Stefan Kindler, beide bringen die tote Elisabeth zum Pastor. Inzwischen treffen Maria und Winterfeld in Rieseby ein und begeben sich zum verabredeten Treffpunkt, doch niemand ist dort. Maria ist verzweifelt und der Baron bringt sie mit der Mietkutsche zum Gutshaus zurück. Aber weil es heftig gewittert, herrscht dort ein chaotisches Treiben: Die Ställe müssen bewacht, das Futter geschützt und die Pferde in Sicherheit gebracht werden. Keiner hat Marias Tochter in dem Durcheinander gesehen. Diese ist am Boden zerstört und weigert sich nun, mit Winterfeld wegzugehen."

Walter von Waasner überlegte. Er hatte den Baron gar nicht gefragt, ob und wann er in dieser Nacht den Bahnhof in Rieseby verlassen hatte. Ein Zündholz flammte auf. Langsam hielt sein Neffen es an den Tabak und nahm dann einen tiefen, genüsslichen Zug. Er atmete in Richtung seines Onkel aus. Der fing an zu husten. Überrascht fächelte Sebastian mit seiner Hand in der Qualmwolke herum.

„Oh, Entschuldigung! Das wollte ich wirklich nicht."

Der Hausherr lächelte unwiderstehlich und drehte sich höflich in Richtung des Kamins. Dann stellte er weitere Vermutungen an:

„Der Baron wartet auf den nächsten Zug nach Süderbrarup. Er ist immer noch wütend und beschließt sich zu rächen. Aufgebracht kehrt er zum Gutshof zurück und zündet den kleinen, hölzernen Pavillon auf der Südseite neben dem Kaminholzlager an. Oder vielleicht sogar das Lager selbst. Dann verschwindet er wieder. In dem Chaos, das wegen des Gewitters herrscht, fällt er gar nicht weiter auf. Außerdem ist er ein häufig gesehener Gast auf Gut Rieseby. Auf jeden Fall war Bertram zu diesem Zeitpunkt schon betrunken, das Verschwinden seiner Tochter und die Untreue seiner Frau sind zu viel für ihn. Zwar konnte er aus den Flammen, die mittlerweile auf das Herrenhaus übergegriffen hatten, gerettet werden, doch kurze Zeit später stürmte er ins Haus zurück, um Wertsachen oder was weiß ich zu retten, und kam darin um."

Der Gast runzelte die Stirn und ein „Vielleicht" entfuhr ihm. Doch er hatte einen Einwand.

„Aber das Verhalten des Barons wäre recht undurchdacht, Sebastian. Und woher hatte er einen Brandbeschleuniger?"

Sein Neffe nickte nur.

„Für den Brand brauchte man keinen Brandbeschleuniger. In dem Schuppen mit dem Feuerholz wurde auch dürrer Reisig zum Anzünden gelagert. Eine Zigarre und etwas Papier hätten gereicht."

Dann schwieg Sebastian eine Weile, bevor er seinen Bericht fortsetzte.

„Ich hatte Bertram schon ein Jahr zuvor geraten, mehr für den Brandschutz zu tun. Wenigstens hat er daraufhin zwei Brandmauern zwischen den Trakten eingebaut. ,Einen Löschteich musst du anlegen', sagte ich. Aber er meinte, der tiefe Graben sei genug. Wenn es vorher nicht reichlich geregnet hätte, wäre das ganze Herrenhaus abgebrannt."

Vielsagend sah er seinen Onkel an.

Direkt unter dem Salon des Gutshauses lag die Küche. Früher war hier der gleiche Kaminschornstein benutzt worden. Dann hatte man ihn mit einer Metallklappe verschlossen, denn er diente nur noch als Luftabzug. Aber es war immer noch möglich, die Gespräche im Salon zu belauschen.

Mathilde Stenhardt war eine Frau, die gerne wusste, was oben im Herrschaftsbereich vor sich ging. Sie konnte sich dann leichter auf die Stimmungen und Begehrlichkeiten ihres Herrn einstellen. Es war nämlich so, dass sie ihm nicht nur als Haushälterin diente, sondern ihm auch andere Wünsche erfüllte. Und mit der Zeit hatte sie begonnen, davon zu träumen, dass Sebastian von Waasner sie möglicherweise heiraten könnte. Sie hatte sogar einmal diesen Gedanken ihm gegenüber geäußert. Jener hatte freilich ihre Bemerkung ignoriert und sie stattdessen daran erinnert, immer brav und willig ihre Aufgaben zu erfüllen. Sie hatte ihn daraufhin nur angelächelt.

Auch an diesem Tag saß die Haushälterin mit einem Hörrohr unter der Öffnung der Lüftungsklappe in der Küche und lauschte neugierig dem Gespräch ihres Herrn und seines Gastes.

Ihr war klar, dass Walter von Waasner nach der bei dem Brand vor zehn Jahren umgekommenen Tochter von Sebastians älterem Bruder suchte. Und falls diese noch lebte, dann wäre sie selbst chancenlos, die neue Hausherrin dieses schönen Besitzes zu werden. Ihr Herr stünde mittellos da und ihr Dasein als Haushälterin hätte vermutlich ein jähes Ende. Diese Tochter durfte also nicht gefunden werden. So viel stand fest. Sie nahm sich vor, die Unterlagen ihres Herrn durchzusehen, um herauszufinden, was das denn für ein Mädchen gewesen war.

Bevor Walter von Waasner gegangen war, hatte er seinen Neffen noch um einige alte Fotos von Bertrams verstorbener Frau Maria gebeten. Als Grund gab er an, dass die Bilder, die er bisher von ihr gesehen habe, zu fade gewesen seien. So hatte er es gesagt. Darauf habe sie immer nur stumm und lieblos in die Kamera gelächelt. Er könne sich nicht vorstellen, dass diese Frau in der Lage gewesen sei, zwei Männern gleichzeitig das Herz zu brechen. Deshalb wolle er eine Aufnahme, auf der Maria Gefühle zeige. Sebastian hatte daraufhin in seinem Arbeitszimmer die alten Familienfotografien durchgesehen und dabei einige Bilder gefunden, die er dem Onkel zum Abschied anbot. Die meisten hatte dieser abgelehnt, weil es die üblichen steifen und gestellten Aufnahmen waren, die die allgegenwärtige heile Welt bekundeten. Nur zwei von ihnen nahm er mit.

Trotz des schwierigen Gesprächs bedankte sich Walter von Waasner doch recht herzlich für den angenehmen Besuch. Am Ende, als sein Neffe nach den Bildern in seinem Arbeitszimmer gesucht hatte, hatte er zudem noch etwas Interessantes herausgefunden. Er hatte diese Zeit genutzt, um sich im Salon etwas umzuschauen. Dabei glitt sein Blick auch über die Bücherregale, und das Buch eines bekannten deutschen Botanikers, der sich mit der südamerikanischen Pflanzenwelt beschäftigt hatte, fiel ihm auf.

Walter von Waasner erinnerte sich daran, wie Sebastian ihn einmal für ein einige Monate in Südamerika besucht hatte. Es war gleich nach Sebastians Militärdienst gewesen. Damals hatte er sich auffallend intensiv für Gifte der südamerikanischen Indios interessiert.

Besonders Curare hatte es ihm angetan und er hatte sich etwas von dieser tödlichen Substanz beschafft.

Walter zog das Buch aus dem Regal und besah es sich genauer. Offenbar hatte sein Neffe es sehr intensiv studiert, denn mehrere Stellen waren mit Lesezeichen markiert. Besonders interessierte seinen Onkel aber ein kleines Stückchen dünner Pappe, auf das ein dickes Ausrufezeichen gemalt worden war. Auf der betreffenden Seite wurde Curare und seine Wirkungsweisen detailliert beschrieben. Demnach rief das Gift einen scheinbaren Herzstillstand hervor, der dem Tod ähnelte. Doch man konnte diese „Scheintoten" wieder mit einer geringen Menge Belladonna, das aus der schwarzen Tollkirsche gewonnen wird, zum Leben erwecken, wenn der leblose Zustand nicht zu lange andauerte. Es bedurfte deshalb genauer Kenntnisse über die Menge an Curare, die man der Person einflößte, um ihr Überleben zu garantieren.

Als Sebastian von Waasner vor dem Gutshaus stand und seinem Onkel hinterherwinkte, überlegte dieser, ob sein Neffe dieses Wissen in der Vergangenheit wohl angewendet hatte.

13

Schlei-Bote

17.November 1902

Mitl. Angeln,
Ein glücklich verlaufener Eisenbahnunfall trug sich heute auf der Kleinbahn Satrup-Flensburg zu. Der erste von Satrup abgelassene Zug entgleiste bei der Station Dödrup. Schuld an dem Unfall war der Umstand, das die Weiche von Bubenhand in der Nacht umgelegt worden war. Es geriet aus diesem Grunde der Zug auf ein falsches Gleise, rammte den Prellbock um und sprang dabei aus den Schienen, wobei die Lokomotive sich sofort in den Grunde bohrte. Die Fahrgäste kamen mit dem Schrecken davon.

Seehof, Dezember 1902

Es vergingen zwei Monate.

Antonia überkam morgens nun oft eine überraschende Übelkeit. Hin und wieder übergab sie sich sogar. Doch es geschah auch, dass sie nur ein paar Stunden später einem Heißhunger auf Süßes erlag. Dann verrührte sie ein rohes Ei mit einem Esslöffel Zucker und verschlang es als „Zwischenmahlzeit". Sie machte sich schon ein wenig Gedanken darüber, aber leider hatte sie keine Vertraute auf dem Seehof. Und als sie mit Stin darüber reden wollte, winkte der nur ab.

Auch Walter von Waasner war aufgefallen, dass Antonia schon einige Mal verspätet zum Unterricht mit seinem Stiefsohn erschienen war und sich mit Unwohlsein dafür entschuldigt hatte. Er beobachtete die beiden nur um so genauer, seitdem er sie bei einem Kuss überrascht hatte, als er die Tür zum Salon geöffnet hatte. Ob sie nicht Tischmanieren und Konversation hatten üben wollen, erkundigte er sich. Sein Stiefsohn warf ihm einen schuldbewussten Blick zu und Fräulein von Breitenfeld blickte verlegen zu Boden. Eine sanfte Röte überzog dabei ihr Gesicht. Sie bangte um ihre Stellung und nahm sich insgeheim vor, dass es nie wieder zu Zärtlichkeiten mit Stin kommen dürfe.

Heute fühlte sich Antonia besonders unwohl. Als Stin während des Unterrichts wagte, die imaginäre Suppe mit dem Dessertlöffel zu essen, stampfte sie ungehalten einmal mit einem ihrer Füße auf. So unzufrieden war sie mit ihm, dass sie sogar zum Schürhaken griff, mit dem sie allerdings nicht Stin traktierte, sondern das Holz im Kamin, worauf eine Flamme an der steinernen Umrahmung entlang züngelte.

Doch ihre Wut erstarb so schnell wie sie gekommen war, denn plötzlich stützte sie sich auf die Rückenlehne des Stuhls und schluchzte. Eine Träne nach der anderen lief ihr nun aus den Augen. Als Stin das sah, war er mit zwei Schritten bei ihr und umschlang sie von hinten mit beiden Armen.

„Also, … ich … finde das nicht so schlimm", entfuhr es dem Hausherrn. Die Stimmung und das Verhalten der jungen Leute war ihm nicht geheuer. Er wusste, dass er eigentlich streng mit ihnen sein musste und ihr Verhalten verurteilen sollte. Aber die Szene erweichte sein Herz und er hatte Mitleid mit der jungen Frau. Deshalb sagte er nur:

„Wir müssen auf jeden Fall miteinander reden …
aber nicht jetzt."

Damit setzte er sich in seinen Lieblingssessel am
Fenster und nahm sich den „Schlei-Boten"' vom Tischchen.

In den folgenden Wochen verschlechterte sich die
Stimmung im Haus immer mehr, weil das Gespräch
nicht geführt wurde. Man hörte des öfteren Türen zu-
schlagen und knallen, ohne dass ein Fenster auf war.
Sogar die Küchentür schepperte einmal. Die geröteten
Augen der Gesellschafterin und das wütende Schimp-
fen einiger Hausbewohner deuteten auf nicht gelöste
Konflikte hin.

Bis der Hausherr eines Tages nach einem besonders
lauten Geschrei aus dem benachbarten Salon den Entschluss fasste, die Situation ein für alle Mal zu klären.
Doch in dem Moment, in dem er die Tür öffnen wollte,
stürmte sein Stiefsohn aus dem Raum und ignorierte
ihn mit wutverzerrtem Gesicht, sodass er erschrocken
zur Seite springen musste. Im gleichen Moment wurde
die Tür mit barbarischer Brutalität von innen zuge-
knallt. Erstaunt betrachtete Walter von Waasner das
dunkle Eichenholz, ehe er sie wieder zögerlich öffnete.
Das Fräulein von Breitenfeld stand vor dem Fenster und
atmete betont tief ein und aus. Dann schien sie ein
Schmerzensstich zu treffen, denn sie griff sich an ihren
Bauch.

Entsetzt schloss der Gutsherr die Tür so leise und
behutsam wie möglich. Er überlegte, was er nun tun
sollte, als die Klinke erneut heruntergedrückt wurde.
Ratlos drehte er sich um und erblickte die Haushälterin
hinter sich. Sie schaute ihn mit großen und bestürzten
Augen an. Dann raunte sie leise:

„Herr von Waasner, bitte, so kann es nicht weitergehen ... "

Der Angesprochene schüttelte den Kopf.

„Frau Johannsen, bitte sagen Sie nichts, sondern
bringen Sie mir einfach nur einen Kaffee. Vielen Dank!"

„Sehr wohl, Herr von Waasner, sehr wohl!"

Mit diesen Worten verschwand die Haushälterin, gefolgt von Antonia von Breitenfeld, die kurz darauf
ebenfalls den Salon hoch erhobenen Hauptes verließ.
Der Gutsherr seufzte, schüttelte den Kopf und grum-
melte etwas Unverständliches. Schließlich fasste er seine
Missbilligung in dem Satz zusammen:

„Was für eine Aufregung!"

Dann strebte er zu seinem Lieblingssessel am Fenster, blickte hinaus und ließ seine Gedanken treiben. Er
legte sich eine Decke über die Knie, wegen der Kälte,
die durch die nahen Glasscheiben ins Zimmer strömte.
Da klopfte es schon wieder an der Tür.

Es war wieder Frau Johannsen, die den Morgenkaf-
fee schön angerichtet auf einem Tablett brachte. Aber er
vermisste das übliche warme Lächeln. Stattdessen
konnte er ihrem Gesicht die ernsten Sorgen ablesen, die
sie bedrückten. Er seufzte. Als sie ihm den Kaffee ser-
viert hatte und wieder gehen wollte, sagte er:

„Kommen Sie bitte näher und setzten Sie sich, Frau
Johannsen."

Sie lächelte ihn dankbar an und setzte sich in den
Sessel gegenüber von Walter von Waasner. Dann sah
sie ihn erwartungsvoll an.

„Wann es wohl wieder wärmer wird?", sinnierte der
Gutsherr, während er aus dem Fenster schaute.

„Das wird wohl noch dauern", erwiderte sie resigniert und musterte ihn verstohlen, wie seine Augen

müde und halb geschlossen auf den Platz vor dem Herrenhaus schauten und nun, als die Sonne anfing, leicht durch die Wolken zu schimmern, sich wieder ganz öffneten.

„Fräulein von Breitenfeld ist im Moment etwas schwierig und sie streitet ständig mit meinem Sohn. Dabei habe ich beobachtet, dass die beiden sich eigentlich sehr nahestehen. Also sagen Sie mir bitte offen heraus, was los ist", begann Walter von Waasner.

„Es ist ganz einfach, Herr von Waasner: Das Fräulein ist schwanger. Und sie will vermutlich, dass Ihr Sohn mit Ihnen spricht, damit Sie Ihre Einwilligung zu einer Heirat geben."

Der Hausherr beobachtete nun prüfend seine Haushälterin und sah, dass sie lächelte. Sie wusste es also schon eine ganze Weile und freute sich wohl auch, weil sie ahnte, wie er nun reagieren würde.

„Ich hatte so etwas schon vermutet, aber hielt es eigentlich für wenig wahrscheinlich. Nun denn, ist es überhaupt notwendig, dass ich mich dieser Angelegenheit annehme?", erkundigte er sich ausweichend. Doch dabei wandte er ihr seinen Kopf zu, um sie genau im Blick zu haben.

„Mit Verlaub, Herr von Waasner, Ihr Sohn hat seit dem Tag, an dem Fräulein von Breitenfeld hier eintraf, mit ihr geflirtet. Jetzt gibt es zwei Möglichkeiten: Entweder er heiratet das Fräulein oder sie bekommt eine angemessene Abfindung und verschwindet von hier."

Die Haushälterin sah ihn streng an. Normalerweise mochte er ihren praktischen Sinn. Frau Johannsen hatte oft gute Ideen, wenn es um die Organisation der Arbeit im Haus ging. Alltägliche Konflikte und deren Lösung waren ebenfalls etwas, wofür sie ein gutes Händchen hatte. Und obwohl sie keine Ahnung von Stins Vergangenheit hatte, hatte sie auch in diesem Fall leider recht.

Die normale Vorgehensweise in den gesellschaftlichen Kreisen, in denen er sich bewegte, war: Antonia, die schon einmal in dieser Hinsicht aufgefallen war, musste verschwinden, wenn er seinen eigenen Ruf und den seines Sohnes schützen wollte. Um jeden Preis. Die Haushälterin wusste das auch, doch er ließ sie weiter reden.

„Seit Antonia entführt wurde, gibt es eine intime Beziehung zwischen den beiden."

Der Hausherr lächelte traurig und schüttelte müde seinen Kopf.

„Das wird nicht funktionieren, Frau Johannsen. Wenn die Intimität mit der Entführung begann, dann kann ich Antonia nichts vorwerfen. Dann ist es mein Fehler und Stin wird genauso denken. Wir hätten die Entführung und das, was danach geschah, verhindern müssen. Er wird Antonia nicht fortlassen oder sogar mit ihr von hier verschwinden. Diese Lösung ist keine Option für mich."

Er überlegte eine Weile, bevor er fortfuhr.

„Ich könnte natürlich anordnen, dass die beiden heiraten, aber es wäre mir lieber, wenn er selbst darauf käme und mich um die Einwilligung bitten würde. Das wäre die Handlungsweise eines Ehrenmannes!"

Walter von Waasner machte eine Pause und nahm einen Schluck Kaffee.

„Leider kennt Stin noch nicht alle unsere gesellschaftlichen Regeln, nach denen wir leben. Deshalb habe ich Antonia als Gesellschafterin für ihn engagiert, damit er sich eines Tages problemlos in unserer Welt zurechtfindet. Doch jetzt muss er mir und Antonia beweisen, dass er Ehre und Stolz im Leib hat – und das hat er beides. Da bin ich mir sicher! Wenn die beiden heiraten, sollte aber auch Antonia wissen, wen sie heiratet und ob sie mit diesem Ehemann zufrieden und glücklich werden könnte. Für mich ist es das Wichtigste zu sagen: ‚Ich liebe dich.' Aber in unserer heutigen Welt reicht das leider nicht aus. Doch ich bin zuversichtlich, dass Antonia genug Vernunft, Bildung und Stolz hat, wenn es darum geht, das Eis aus unsinnigen gesellschaftlichen Konventionen zu brechen, das zwischen den beiden liegt."

Er brach ab, sah sinnend vor sich hin und fügte dann verschmitzt lächelnd hinzu:

„Wenn nicht so viele Gäste zu Stins Hochzeit kommen, stört mich das herzlich wenig. Im Gegenteil! Dann wird es günstiger."

Die Strenge im Gesicht der Haushälterin hatte sich in Traurigkeit verwandelt. Aufmunternd sah der Hausherr sie an.

„Und jetzt wäre es nett, wenn Sie Antonia zu mir schicken könnten. Ich möchte sie gern sprechen. Und dann hätte ich gerne noch ein Kännchen Kaffee, weil ich so schrecklich müde bin."

Nun lächelte Frau Johannsen endlich wieder, erhob sich und eilte hinaus.

Einige Zeit darauf ging die Tür auf und Antonia trat ein. Sie hatte ein Tablett in den Händen, das ihr die Haushälterin mitgegeben hatte. Darauf standen eine weiß-blaue Porzellankanne mit Kaffee, ein weiteres Gedeck, das leise schepperte, sowie eine kleine Schale mit frischem Gebäck. Ein köstlicher Duft verbreitete sich im Zimmer, als sie damit zu dem Tischchen ging, neben dem Walter von Waasner saß. Sie stellte das Tablett ab und wartete unsicher. Der alte Herr schaute zu ihr auf und sah in das verweinte, angespannte Gesicht.

„Setzten Sie sich bitte einen Moment zu mir, Fräulein von Breitenfeld."

Die junge Frau zögerte kurz, doch dann setzte sie sich auf den Sessel, auf dem eben noch die Haushältern gesessen hatte. Der Gutsherr musterte ihr stolzes Gesicht, ihre Anmut und ihre aufrechte Haltung. Er konnte seinen Stiefsohn gut verstehen, aber er wusste auch, dass sie zutiefst erschöpft war. Deshalb schwieg er und wartete auf ein Zeichen von ihr, dass sie genug Kraft hatte für das Gespräch, das nun geführt werden musste. Endlich seufzte sie kaum hörbar und er begann, ihr seine Gedanken zu darzulegen.

„Antonia, ich weiß, dass ich ein alter Narr bin, der sorglos in der Vergangenheit herumforscht und dabei mit dem Schicksal der Menschen, für die er verantwortlich ist, zu leichtsinnig umgeht. Es tut mir leid, dass ich Sie in zwei sehr gefährliche Situationen gebracht habe. Es tut mir leid, dass Sie in Rieseby angegriffen wurden und erst recht tut es mir leid, dass Sie entführt wurden."

Antonia wandte ihm ihren Kopf zu und ein Staunen lag in ihrem Blick. Walter von Waasner lächelte einen kurzen Moment gequält. Er rieb sich seine Schläfen und blickte aus dem Fenster.

„Ich weiß nun, dass Sie schwanger sind, und ich vermute, dass Stin Ihnen das eingebrockt hat. Deshalb kann ich Ihnen keine Vorwürfe machen … "

Erbost unterbrach ihn die Gesellschafterin seines Sohns an dieser Stelle.

„Stin ist zu feige, Ihnen zu sagen, was geschehen ist. Und er hat auch nicht den Mut, Sie zu bitten, einer Heirat zuzustimmen, obwohl er mich heiraten will. Er ist ein Schwächling. Er hat keinen Charakter. Er ist nicht zuverlässig."

Interessiert beobachtete der Hausherr die junge Frau. Voller Hochachtung sah er sie an. Sie kämpfte! Obwohl sie allein auf der Welt war und Hilfe brauchte – und zwar um jeden Preis –, setzte sie alles aufs Spiel, so wie sie redete. Er bewunderte ihren Stolz und begann zu lächeln.

„In Ihrem Fall stimme ich völlig mit Ihnen überein, Antonia. Er ist ein Halunke, dem man nicht über den Weg trauen kann", pflichtete ihr der alte Herr bei. „Auf dem Papier ist mein Sohn zwar jetzt ein Adeliger, er hatte aber nicht die Erziehung, er kennt die Etikette kaum und er besitzt sehr wenig Bildung. Das wissen Sie und Stin weiß es auch. Ich könnte mir vorstellen, dass er gerade deshalb Bedenken hat, weil er sie liebt. Natürlich wäre er viel zu stolz, um Ihnen dies zu sagen. Aber im Grunde seines Herzens ist Stin ein guter Junge und er hatte es auch nicht immer einfach in seinem Leben."

Jetzt sah er wieder aus dem Fenster in seinen Garten und begann zu erzählen.

„Als er 12 Jahre alt war, verlor er seine Familie, die zwischen die Fronten zweier rivalisierender Banden geraten war. Es ging um den Handel mit Edelsteinen. Da seine Eltern sehr arm waren, musste Stin damals schon als Kurier arbeiten. Daher kannte ich ihn. Nach dem Mord an seinen Angehörigen wandte er sich an mich. Er bot mir an, mich 20 Kilometer durch den Dschungel zu führen, weil mein Leben in Gefahr war. Als Gegenleistung wollte er meine Hilfe. Ich fand das sehr mutig. Und so blieb er bei mir und ich brachte ihm Lesen, Schreiben und Rechnen bei."

Walter von Waasner machte eine Pause.

„Drei Jahre lebten wir in einer ganz anderen Gegend in Südamerika. Ich betrieb erfolgreich Handel, doch dann erkrankte ich an Malaria und bekam hohes Fieber. Es war Stin, der mich auf einem Kanu 90 Kilometer flussabwärts zu einer Mission brachte, wo man mich wieder gesund pflegte. Drei Tage waren wir unterwegs und mein Leben hing am seidenen Faden."

Der Gutsherr seufzte. Die Erinnerung an diese schwere Zeit erschütterte ihn immer noch. Antonia hatte während seiner Erzählung an seinen Lippen gehangen. Jetzt schien es ihr so, als ob sie erwachte. Plötzlich sah sie Stin aus einer anderen Perspektive: als jemanden, der immer kämpfen musste, ähnlich wie sie selbst, und dabei mutig und stark gewesen war.

Walter von Waasner hatte sich wieder zu der jungen Frau umgedreht und die Veränderung in ihrem Gesicht gesehen. Jetzt blickte er ihr direkt in die Augen und sagte:

„Ich verdanke Augustin mein Leben und deshalb habe ich ihn adoptiert. Zugegeben, er kommt nicht immer mit unseren Wertmaßstäben und erst recht nicht mit unseren gesellschaftlichen Regeln zurecht. Sie sind ihm fremd. Aber er hat ein großes, wundervolles Herz, Antonia, und er ist willig, von Ihnen zu lernen."

Walter schaute kurz aus dem Fenster und fuhr dann fort:

Sie, Fräulein von Breitenfeld, und ich sind für ihn Adelige. Wir stehen gesellschaftlich über ihm. Vermutlich glaubt er, dass sein Begehren, Sie als Frau zu bekommen ein absurder Wunsch von ihm sei. Zudem weiß er, dass er viel weniger Bildung hat als Sie. Er ist sich nicht sicher, ob er uns vertrauen kann. Wahrscheinlich versteht er nicht mal, was es bedeutet, dass ich ihn adoptiert habe. Es liegt an seiner Vergangenheit, an der Welt, in der er lange lebte, das Gesetz der Banden und ihre Kriege."

Er machte eine Pause.

„Es gibt deshalb kaum jemanden, dem ich meinen Sohn anvertrauen würden. Bei Ihnen hätte ich allerdings keine Bedenken, da wäre er in guten Händen. Und bitte denken Sie auch daran, dass er eines Tages diesen Gutsbesitz erben wird. Wenn Sie ihn heiraten, besteht allerdings die Möglichkeit, dass er gar nicht mehr von Ihrer Seite weicht."

Zum ersten Mal blickte nun der alte Herr nach seiner Rede die junge Frau an:

„Es ist nicht sehr schwierig, mit ihm einen Kompromiss zu schließen, bei dem man einen Vorteil für sich herausholt. Denken Sie an die Geschichte mit dem Abwaschwasser! Im Notfall ist er für Sie da, wenn vielleicht auch nicht immer mit Begeisterung."

Nun fing Antonia an zu weinen. Walter von Waasner war dieser emotionale Ausbruch schon wieder zu viel. Deshalb ergänzte er schnell:

„Sie müssten allerdings auch, und das ist eine wirklich üble Sache, mit einem Großvater vorliebnehmen, der sich gerne einmischt und an vielen Nichtigkeiten etwas auszusetzen hat, mürrisch ist und gerne Kaffee trinkt."

Aufmunternd sah er sie an, die nur noch ein wenig schniefte, aber vor allem glücklich und verträumt vor sich hin lächelte.

„Ich habe Nachforschungen über Ihren Onkel angestellt, Antonia. Er scheint mir recht eigennützig zu sein. Deshalb könnte es passieren, dass er hier auftaucht und sich mit Ihnen versöhnen will, wenn er erfährt, dass Sie den Erben des Seehofes heiraten. Dann sollten Sie Stin einschärfen, dass er ihn nicht verprügeln darf. Bitte, wären Sie so gut?"

Die junge Frau nickte heftig, sah aber auch etwas entsetzt aus. Der Hausherr griff nach ihrer Hand.

„Keine Sorge, im Allgemein hat er sich sehr gut unter Kontrolle."

Da ging die Tür auf und Stin stürmte ins Zimmer. Er ging zu Antonias Platz und stellte sich neben sie. Dann räusperte er sich und richtete sich auf. Erst schaute er zu Antonia, die ihn erwartungsvoll ansah, und dann zu seinem Vater. Dieser gähnte und murmelte etwas über das ungehörige Benehmen der Jugend. Dann schloss der Hausherr die Augen und es schien so, als würde er dösen. Stin räusperte sich ein zweites Mal. Dann griff er nach einer alten Zeitung, wedelte sich Luft zu und begann zu reden.

„Also, es ist so, dass … " Er brach ab, Stille folgte.

„Also, eigentlich ist es beschlossene Sache, dass … dass Antonia und ich ... also, ich und Antonia … also ... wir wollen heiraten … also … ich liebe dich, Antonia … ich weiß nicht, ob du … "

Stin schaute verzweifelt auf den Boden vor sich und dann zum Bücherregal, aber in seinen Augen spiegelte sich sein Kampfgeist wider.

„Antonia, willst du mich auch … "

Seine Hände knallten die Zeitung auf den Tisch, rieben sich aneinander und griffen nach den Oberschenkeln. Dort drehten sie sich langsam nach oben. Er betrachtete sie intensiv. Als ob er versuchte herauszufinden, ob dort die Antwort geschrieben stand.

Antonia war aufgesprungen und dem jungen Mann um den Hals gefallen. Immer wieder rief sie glücklich

„Ja, ja". Auch der Hausherr öffnete seine Augen und strahlte seinen Sohn lächelnd an.

„Also, ich glaube, dass wir eine Lösung für das Problem gefunden haben", meinte er schmunzelnd. „Dann müssen wir nur noch Frau Johannsen einweihen. Ich erkläre mich bereit, diese wichtige Aufgabe zu übernehmen. Und du, Augustin von Waasner, solltest in der nächsten Zeit beim Pastor in Fleckeby einen möglichst raschen Heiratstermin erbitten. Falls das nicht möglich sein sollte, müsst ihr eben bis zum Frühjahr warten."

Der Hausherr erhob sich und ging langsam zum Büfett aus dunklem Eichenholz, wo die alkoholischen Getränke standen. Bedächtig schenkte er drei Gläser ein und sagte:

„Und jetzt, meine Lieben, müssen wir auf all die guten Neuigkeiten anstoßen."

Als er sich umdrehte, sah er, dass die beiden jungen Leute auf dem Sofa Platz genommen hatten. Stin beugte sich gerade zu Antonia hinüber. Er hatte ihre Hand ergriffen und zog sie an seine Lippen. Dort begann er, einen Finger nach dem anderen zu küssen, während sie ihn glücklich ansah. Die Tränen, die jetzt auch aus seinen Augen liefen, bezeugten ein tiefes Einverständnis. Der Hausherr blieb ratlos am Büfett stehen und überlegte, ob er das verliebte Paar stören sollte. Da hörte er ein leises Klopfen an der Zimmertür und als er sie öffnete, lächelte ihn seine Haushälterin an. Offenbar hatte sie nicht nur die ganze Zeit gelauscht, sondern auch Stin erzählt, dass er und Antonia gerade über ihre Zukunft sprachen.

„Das ist eine gute Lösung, Herr von Waasner."

Frau Johannsen strahlte übers ganze Gesicht. Der alte Herr hielt kurz inne und schaute sie gerührt an. Dann reichte er ihr ein Glas und prostete ihr zu.

„Jetzt bleibt mir nur noch das Arbeitszimmer als Refugium, Frau Johannsen."

Worauf Walter von Waasner seufzte und in den dunkleren und kühleren Raum auf der Westseite des Gutshauses verschwand, der mit Akten, Rechnungsbüchern und Briefen vollgestopft war. Seine Haushälterin folgte ihm, um den altersschwachen Ofen ordentlich anzuheizen.

14

Schleswiger Nachrichten 1902

Stadt-Theater. Am Freitag, den 19. Und Sonntag,
den 21. September: Abends 8 Uhr.
Nur zwei große Spiritistische Vorstellungen
Die geheime Kraft in der Autosuggestion, Selbst-
Hypnose,
Darbietung indischer Fakire. Hochinteressantes Pro-
gramm.
Ohne Konkurrenz! Neu!
Ausgeführt v. dem bekannten russ. Spiritisten
Marco Tertz Aus Petersburg

Seehof, Angeln, Südufer der Schlei, Februar 1903

Zwei Monate vergingen. Im Februar beherrschte starker
Frost das Wetter. Eine dicke Schneedecke hatte die
Landschaft überzogen und die Ufer der Schlei bedeckte
eine dünne Eisschicht. Nichts schien den Frieden auf
dem Seehof zu stören.

Stin saß an diesem Morgen zusammen mit seinem
Stiefvater im Salon und unterhielt sich über die Tages-
politik. Dann kam Antonia und er musste ihr ein Kapi-
tel aus einem Klassiker der Literatur vorlesen. Es klappte jetzt schon besser, auch mit den Benimmregeln, den
Tischmanieren und der Konversation.

Er wusste nicht, wofür das alles gut sein sollte. Aber
immer, wenn er seine Verlobte ansah, lächelte sie so
wundervoll, dass er nicht wagte, ihr einen Wunsch ab-
zuschlagen. Und zur Belohnung gab es stets einen Kuss,

den er nicht missen wollte. Auch das Verhältnis zu Walter, der sich so für ihn bei Antonia eingesetzt hatte, hatte sich verändert. Er hatte ihn immer Stiefvater genannt, doch seit dem Tag, an dem er Antonia seinen Antrag gemacht hatte, war er sein „Vater" geworden. Zum ersten Mal nach dem gewaltsamen Tod seiner Eltern fühlte sich Stin wieder zu Hause. Alle Gefahren schienen verschwunden zu sein.

Walter von Waasner wiederum genoss die Ruhe und Harmonie in seinem Haus. Allerdings ließen ihn die Ereignisse auf Gut Rieseby, die seine Familie vor zehn Jahren so grausam ereilt hatten, immer noch nicht los. Oft wanderten seine Gedanken zurück zu jenen Geschehnissen und er hegte ein tiefes Misstrauen gegen seinen Neffen Sebastian. Besonders, dass seine kleine Nichte Elisabeth seit jener Brandnacht verschollen war, machte ihm schwer zu schaffen.

Alle Geheimnisse rund um das Schicksal des kleinen Mädchens hatte er bisher nicht enthüllen können, sie ruhten tief und fest in der Vergangenheit.

*

Einige Zeit darauf näherte sich eine Kutsche dem Herrenhaus. Der Gutsherr und sein Sohn Stin sahen dem unbekannten Gast mit unverhohlener Neugier entgegen. Ein langer, hagerer Mann mit eisgrauem Haar stieg aus und strebte dem Eingangsportal zu. Kurz darauf betrat Frau Johannsen mit der Karte des Besuchers das Arbeitszimmer und überreichte sie Walter von Waasner, der das Schriftstück mühsam entzifferte.

„Johannes von Breitenfeld", las er. „ Nun denn, Stin, das ist Antonias Onkel. Mal schauen, was der Herr hier zu suchen hat. Vermutlich nichts Gutes, aber wir müssen ihn trotzdem empfangen. Du bringst ihn bitte in mein Arbeitszimmer und gehst dann zu Antonia. Bitte sage ihr, dass sie sich keine Sorgen machen muss. Wir werden dem Onkel verdeutlichen, dass er nicht länger ihr Vormund ist."

Kurz darauf erschien Johannes von Breitenfeld. Er stellte sich der Form halber noch einmal kurz vor und kam dann recht schnell zur Sache:

„Ich erhielt vor Kurzem einen Brief mit besorgniserregendem Inhalt. Meine Nichte Antonia, ein recht eigensinniges Frauenzimmer, sei hier als Gesellschafterin eingestellt worden und habe sich unter falschem Namen an einer Schurkerei beteiligt. Bin ich da richtig informiert, Herr von Waasner?"

Erst einmal mit Dreck werfen und schauen, ob er kleben bleibt, dachte der Hausherr. Statt gleich zu antworten, wies er auf einen der freien Sessel neben sich. Der Gast setzte sich allerdings in den entferntesten, dicht am Fenster.

„Möchten Sie Tee, Kaffee oder vielleicht lieber einen Portwein?", fragte Walter mit müdem Lächeln.

„Es ist kalt draußen, und hier drinnen ist es auch nicht sonderlich warm. Sie sollten dringend etwas mehr heizen, Herr von Waasner", lautete die Antwort, „dann würde sich so mancher Gast nicht bei einem Besuch erkälten."

Der Gutsherr ging zum Kamin und legte demonstrativ das kleinste Stückchen Holz aufs Feuer, das er finden konnte. Boshaft fragte er dann:

„Wird es schon wärmer?"

Der Gast schnaubte ungehalten. Da ging die Tür auf. Stin kam mit Antonia herein. Sein Vater wies mit einer einladenden Geste auf das geblümte Sofa neben sich.

„Setzten Sie sich bitte hierher, Antonia."

Feindselig, jedoch mit blassem Gesicht betrachtete die junge Frau ihren Onkel und ging dann steif zu dem Platz, den der Gutsbesitzer ihr zugewiesen hatte. Unschlüssig schaute Stin zwischen Antonia und dem Gast ein paarmal hin und her. Dann folgte er voller Groll seiner Verlobten und setzte sich neben sie. Er fixierte Johannes von Breitenfeld mit dem Blick einer Raubkatze, die nur darauf wartet, dass ihr Opfer eine falsche Bewegung macht.

„Also, Herr von Breitenfeld, bringen Sie bitte Ihr Anliegen vor!"

Nun begann dieser mit festem Blick auf seine Nichte eine Reihe von Anschuldigungen vorzubringen, indem er deren Charakter in den dunkelsten Farben darstellte. Sie sei faul, träge und hinterhältig. Und kaum habe sie eine Sache auf das Schlechteste verdorben, so mache sie sich aus dem Staube und schrecke dabei auch nicht davor zurück, das Geld anderer Leute zu stehlen. So sei sie unerlaubterweise mit 100 Reichsmark aus seinem Haus geflohen. Dann schwieg er mit einem hochmütigen und anklagenden Blick auf Antonia.

„Ach, das ist ja interessant", bemerkte Walter von Waasner an dieser Stelle scheinbar überrascht. „Fräulein Antonia hat ihre Aufgaben als Gesellschafterin meines Sohnes stets in vorbildlicher Weise erfüllt. Auch Geld ist niemals abhanden gekommen. Dann scheint sie sich bei uns ja recht vorteilhaft verstellt zu haben, Herr von Breitenfeld?"

„Sie dürfen ihr nicht trauen, Herr von Waasner! Lassen Sie sie hier ein paar Tage allein, dann stiehlt sie Ihnen das Porzellan und andere Wertsachen. Sie wird Ihre Haushaltskasse aufbrechen und sich damit davonstehlen. Seien Sie darauf gefasst!"

Der Gast nahm seine Brille ab und putzte sie intensiv. Dann sah er seine Nichte missbilligend an. Nach einem Räuspern fuhr er fort:

„Vielleicht ist es am besten, wenn ich sie heute noch mit nach Sachsen nehme."

„Haben Sie etwas dazu zu sagen, Antonia?" fragte der Gutsherr nach einer Pause.

Antonias Blick, in dem sich tiefste Abscheu widerspiegelte, ruhte auf dem Gesicht ihres Onkels. Einen Moment schwieg sie, dann stellte sie ihre Version der Dinge dar. Es gebe keinen Menschen auf der Welt, der sie schlechter behandelt habe. Ihr Onkel habe sie zu niederen Hausarbeiten gezwungen, um das Geld für das Hauspersonal zu sparen, und er habe sie sogar geschlagen. Und nachdem der Freund ihres Cousins ihr nachgestellt hatte, habe er es zugelassen, dass ihr guter Ruf zerstört wurde, und sie verstoßen, um seine Geschäfte nicht zu gefährden.

Stin war mittlerweile aufgestanden und zum Kamin gegangen, wo er sich den Schürhaken gegriffen hatte. Voller Wut schaute er Johannes von Breitenfeld an. Dieser rutschte nun langsam ungemütlich in seinem Sessel hin und her. Walter von Waasner erhob sich daraufhin und trat zu Stin.

„Stin, sei bitte so nett und sage Frau Johannsen, dass wir noch eine Kanne Kaffee und vier Gedecke brauchen", forderte der Hausherr seinen Stiefsohn auf und klopfte ihm beruhigend auf die Schulter.

Dieser warf den Schürhaken im Vorbeigehen in den Kamin, sodass es ziemlich schepperte. Dann verließ er den Raum. Als die Tür sich hinter ihm geschlossen hatte, ergriff sein Vater erneut das Wort.

„Fräulein Antonia wird in einigen Wochen meinen Sohn Augustin heiraten. Die Sache ist schon abgemacht. Sie sehen also, dass jegliche Fürsorge Ihrerseits gegenüber Ihrer Nichte zu spät kommt, Herr von Breitenfeld."

Walter machte eine kurze Pause und fuhr dann fort:

„Sie können sich in Louisenlund auch selber beim Herzog von Schleswig-Holstein über Ihre Nichte beschweren. Berichten Sie dem klugen Mann, dass Sie meine zukünftige Schwiegertochter auf jede erdenkliche Weise in meinem Haus beleidigt haben. Und mich nicht überzeugen konnten, ihr die Hochzeit mit meinem Sohn auszureden."

Antonia lächelte dankbar ihren Schwiegervater an. Dagegen verschwand die zuversichtliche Mimik des Gastes aus seinem Gesicht. Er überlegte kurz. Dann änderte er seine Taktik.

„Wenn meine Nichte Ihren Sohn heiratet, Herr von Waasner, dann tut sie das ohne meine Einwilligung. Rechnen Sie also nicht mit einer Mitgift! Außerdem behalte ich mir vor, für den Ärger, den ich mit ihr hatte, sowie für den Diebstahl und die Rufschädigung eine Entschädigung von ihrem zukünftigen Ehemann zu fordern. 2000 Reichsmark scheinen mir angemessen zu sein. Ich kann Ihnen sonst auch nicht versichern, ob ich diese Schande für mich behalten kann, dass die Braut offensichtlich schon vor der Heirat schwanger ist."

Wieder trat eine Pause ein.

„Ich bin sicher, dass Sie das für sich behalten können, Herr von Breitenfeld. Andernfalls könnte es nämlich passieren, dass mein Sohn Sie zum Duell fordert, weil Sie seine Verlobte beleidigt haben. Können Sie gut schießen? Augustin ist ein meisterhafter Schütze.

„Mich können Sie nicht einschüchtern?", waren die letzten Worte, die Antonias Onkel sprach. Doch er erhob sich nun recht schnell und verließ das Gut zügig und ohne weitere große Worte.

*

Rune Silban hatte dem Gutsherrn des Seehofes einen Brief geschrieben, dass er eine Brosche gefunden hätte, die derjenigen ähnlich sein könnte, die er suchte. Ob sie sich im Gasthof ‚Fischers Fru' in Klein Himmelsee am zweiten Sonntag des Monats treffen könnten.

Es war tatsächlich die vermißte Brosche. Doch der Gutsherr beharrte darauf, dass der Schäfer die Belohnung von 250 Mark nur dann bekäme, wenn er ihm den Fundort zeigen würde.

So gingen sie gemeinsam zur Halbinsel und von dort zu Fuß weiter über den immer noch vorhandenen Pfad zur Eiche an die Spitze der Landzunge. Der junge Mann wollte zunächst nicht mitgehen. Er habe keine guten Erinnerungen an damals, denn es sei recht dunkel gewesen und ein Gewitter habe getobt. Doch schließlich zeigte er den beiden Waasners die Stelle, an der er die Brosche gefunden hatte.

Auch an diesem Tag war es sehr ungemütlich an dieser Stelle der Halbinsel, denn der Wind blies mit stürmischen Böen über sie hinweg. So hatten alle drei nasse Füße bekommen. Dem Gutsherrn schien dies aber nichts auszumachen. Er blickte trotzdem in die Ferne, wo in etwa zwei Kilometern Land zu sehen war. Endlich kehrten sie ins Dorf Klein Himmelsee zurück, wo Walter von Waasner dem Schäfer die Belohnung gab und versuchte, Rune noch auf ein heißes Getränk einzuladen. „Nein, ich bin bei meiner Verlobten zu Kaffee und Kuchen eingeladen. Dort habe ich es ganz sicher gemütlicher."

Er zögerte kurz, dann griff er in seine Umhängetasche, holte ein Stückchen Stoff hervor und übergab es dem Gutsbesitzer.

„Dieses Taschentuch habe ich damals auch auf der Halbinsel gefunden. Es war völlig verdreckt und ist sicherlich wertlos. Ich hatte es ganz vergessen, bis Sie mich wieder an jene Nacht erinnert haben."

Bevor der Gutsherr etwas sagen konnte, hatte sich Rune Silban schon umgedreht und entfernte sich nun mit schnellen Schritten. Enttäuscht zuckte Walter von Waasner mit den Achseln, dann ging er mit seinem Sohn in das kleine Wirtshaus „Fischers Fru" am Dorfanger.

Nachdem sie Platz genommen hatten, legte der alte Herr das Taschentuch auf die karierte Tischdecke. Schon hatte Stin es in die Hand genommen und auseinandergefaltet. Jetzt sahen die beiden, dass ein Schriftzug in den Stoff eingestickt worden war. Während sein Vater noch nach seiner Lesebrille suchte, las Stin bereits vor: „Elisabeth."

Überrascht griff der Gutsherr nach dem kleinen Tüchlein, dessen zartgelbe Farbe fast völlig verblichen war. Trotz des schlechten Zustands war die feine Qualität noch erkennbar und auch die blauen und roten Buchstaben waren sehr kunstvoll eingearbeitet worden.

Leider hatten auch diese Farben ihre Strahlkraft verloren. Auf dem unteren Stück war zudem ein Emblem zu erkennen.

„Ein Geweih. Das Wappen der von Hirschfelds", sinnierte Walter von Waasner.

„Was sollen wir damit machen?", fragte sein Sohn neugierig.

„Wir müssen das Conrad von Hirschfeld zeigen!" Der alte Herr nahm die Lesebrille wieder ab und klappte das Gestell zusammen. „Aber erst, wenn meine Socken und die Stiefel wieder trocken sind, Stin."

„Aber was nützt uns dieses Taschentuch?"

„Wenn es wirklich Elisabeth von Waasner gehört hat und ein Geschenk ihres Großvaters war, dann kann es ein Hinweis darauf sein, dass sie an diesem Ort war. Natürlich kann das Taschentuch auch rein zufällig dorthin gelangt sein. Ich glaube allerdings, dass Elisabeth es dort verloren hat. Vielleicht brachte man sie gewaltsam zur Halbinsel, um sie loszuwerden. Dann endet ihre Spur hier."

„Dann sind wir keinen Schritt weiter", erwog Stin niedergeschlagen.

„Darüber mache ich mir noch keine Gedanken, Stin. Aber es gibt etwas in diesem Zusammenhang, was sehr wichtig ist: Bertram und vor allem Sebastian haben oft im Himmelsee gebadet, als sie jung waren. Auf der anderen Seite des Sees gibt es einen Gutsbesitz, der der Familie von Falkenhain gehört. Sebastian war mit dem Sohn befreundet, weil sie gemeinsam die Kadettenanstalt in Schleswig besucht hatten. Zwei Sommer hat Sebastian sogar bei den Falkenhains verbracht, denn die Familie hatte zwei nette, unverheiratete Töchter und man dachte an eine Hochzeit. Das Interesse der jungen

Damen und vor allem der Eltern erlosch jedoch, als die Spielsucht von Sebastian bald darauf zu einem offenen Geheimnis wurde."

Der Gutsherr machte eine Pause und schüttelte unwillig den Kopf.

„Es ist ein dummer, unangenehmer Zufall, dass dieses Taschentuch gerade an diesem See auftaucht. Wer weiß schon, wie es hierher gelangt ist. Trotzdem müssen wir die Wahrheit über Elisabeth herausfinden."

Er bestellte noch einen Schnaps.

*

Kaum eine Woche später stand Walter von Waasner vor dem Haupteingang des Herrenhauses der Familie von Hirschfeld. Auch dieses Mal öffnete der Diener die Tür, musterte den Gast und bat ihn zu warten. Dann führte er ihn allerdings in den Seitenflügel mit dem Musikzimmer, den Arbeitszimmern und der Bibliothek.

Schließlich öffnete der Diener eine Tür zu einem Zimmer, in dem der Sohn des Hausherrn, Conrad von Hirschfeld, an einem Schreibtisch vor einer Unzahl von Dokumenten und Papieren saß, die er offenbar gerade durchsah. Als er den Gast erkannte, lächelte er und stand auf. Er bat Walter von Waasner, sich auf einen Stuhl auf der anderen Seite des Schreibtischs zu setzen.

„Herr von Waasner, was kann ich für Sie tun?"

„Mir macht das Schicksal der kleinen Elisabeth noch immer zu schaffen, Herr von Hirschfeld."

Der jüngere Mann seufzte.

„Mir will die kleine Lizzy auch nicht aus dem Kopf gehen. Sie war so ein fröhliches Mädchen und ist nur acht Jahre alt geworden."

Walter von Waasner zog einen kleinen Papierumschlag aus seiner Jackentasche hervor und holte das alte Taschentuch heraus. Er hielt es seinem Gegenüber hin.

„Kennen Sie dieses Taschentuch vielleicht oder glauben Sie, dass Ihr Vater es identifizieren könnte?"

Conrad von Hirschfeld schwieg und befühlte es eine Zeitlang, hielt es gegen das Licht und legte es vor sich hin.

„Wo haben Sie das her?", fragte er mit ernstem Gesicht.

„Also kennen Sie dieses Taschentuch?"

Der andere nickte nur.

„Das hat die kleine Lizzy zu ihrem sechsten Geburtstag bekommen. Maria hatte es extra für ihre kleine Tochter angefertigt."

Walter von Waasner schaute seinen Gegenüber nachdenklich an und schwieg. Dieser stand auf und ging auf einen der Wandschränke zu.

„Möchten Sie vielleicht etwas trinken, Herr von Waasner? Einen Schnaps, Portwein oder Branntwein? Vielleicht etwas Tee? … "

„Einen Branntwein und etwas heißen Tee, bitte. Es ist immer noch viel zu kalt für mich da draußen."

„Natürlich", sagte Conrad von Hirschfeld zu seinem Gast und zog an einem Seil neben der Tür.

Eine Viertelstunde später saßen die beiden Männer in bequemen Sesseln an einem kleinen Tisch neben dem zweiten Fenster und hielten ihre Tassen in den Händen. Walter von Waasner hatte gerade ausgetrunken. Doch noch immer hielt er die zarte Porzellanschale in seinen Händen, und begann nun, seine Gedanken zu entwickeln.

„Ich weiß im Grunde genommen nichts Neues über das Schicksal der kleinen Elisabeth, würde mir aber gerne ein besseres Bild von ihr machen. Wie war ihr Verhältnis zu meinem Neffen Sebastian und besonders zu ihrem Kindermädchen? War sie ängstlich oder leichtsinnig?"

„Das sind viele Fragen. Ich will sie, so gut es geht, beantworten", sagte Conrad.

Demnach hielt er Elisabeth weder für leichtsinnig noch für ungeschickt. Auf die Nachfrage, ob sie beim Aussteigen aus der Kutsche gefallen sein könne, wollte er einen solch unglücklichen Unfall nicht ganz ausschließen, auch wenn er ihn als unwahrscheinlich bewertete.

Auch zum Verhältnis von Elisabeth zu Sebastian äußerte sich Conrad von Hirschfeld. Es sei gut und herzlich gewesen. Ebenso wusste er über das Verhältnis zwischen Luise Inien und Stefan Kindler Bescheid, das damals jedoch schon angespannt gewesen sei. Den Grund dafür kannte er nicht.

Walter von Waasner fand das alles wenig hilfreich. Deshalb bat er seinen Gastgeber noch um ein Foto von Elisabeth.

Conrad von Hirschfeld seufzte, ging aber zu seinem Schreibtisch und holte nach einigem Suchen eine Schachtel mit alten Aufnahmen hervor. Er betrachtete sie eine nach der anderen und wählte ein halbes Dutzend davon aus, die er dann auf den Tisch neben die Teetasse seines Gastes legte.

„Bitte seien Sie vorsichtig! Ich habe die Bilder eigenhändig anlässlich Elisabeths sechstem Geburtstag gemacht."

Sein Besuch sah erstaunt auf.

„Donnerwetter!", sagte er ehrlich bewundernd.

Er nahm sich Zeit, um jedes Bild einzeln zu würdigen. Zwei davon waren Nahaufnahmen und sein Gastgeber reichte ihm mit etwas Mühe extra eine Lupe, mit der er den Kinderkopf noch besser betrachten konnte.

Nach einer Weile deutete er auf einen kleinen Fleck und fragte:

„Ist das da Schmutz?"

Conrad von Hirschfeld nahm das Foto in die Hand und überprüfte die Stelle, auf die sein Gast gezeigt hatte.

„Nein, am rechten Halsansatz hatte das Mädchen ein Muttermal. Maria sagte damals immer: ‚Meine kleine Elisabeth hat einen zunehmenden Mond. Der wärmt den Hals von innen.'"

Er lächelte, als er das sagte. Dann reichte er das Porträt zurück an seinen Gast, der es erneut interessiert anblickte. Er fragte, ob er es mitnehmen könne.

„Ich kann es Ihnen leihen, allerdings nur, wenn Sie mir das Taschentuch überlassen. In einem Monat habe ich dann Zeit, Ihnen eine Kopie davon zu machen."

„Ich werde die Fotografie hüten wie meinen Augapfel."

„Was wollen Sie denn damit?"

„Ich weiß es selber noch nicht."

Conrad von Hirschfeld zog die Augenbrauen hoch und schüttelte den Kopf.

„Machen Sie es sich doch nicht so schwer, Herr von Waasner. Sie ist verschwunden, wahrscheinlich tot."

15

Schleswiger Nachrichten 1902

Rennen zu Schleswig

Am 31. August 1902 von 1 ½ Uhr nachm. an:
Armee-Korps-Jagdrennen. Ehrenpreis und 450 M.
Landwirtschaftliches Gallopreiten. Für Pferde, welche
mindestens seit 1.1.02 im landwirtschaftlichen Betrie-
be verwendet werden. Preis 275 M.
Herzogin Dorothea-Jagdrennen. Preis 2000 M.

Wochenmarkt in Fleckeby, April 1903

Es war Mitte April und Antonia war im sechsten Monat
schwanger. Sie hatteStin mittlerweile geheiratet. Nur
die Hochzeitsfeier sollte erst im Mai stattfinden. Sie war
mit Stin nach Fleckeby gefahren. Das war das nächstge-
legene Dorf, in dem es samstags einen Wochenmarkt
gab. Antonia hatte in letzter Zeit allerlei absonderliche
Wünsche gehabt. Morgens war ihr zu kalt und mittags
plötzlich zu warm. Und hatte sie eben noch unbedingt
Kaffee trinken wollen, verging ihr die Lust darauf,
nachdem sie nur kurz daran genippt hatte. Frau Johannsen hatte ihre eigenen Vorstellungen davon, was
gut für eine junge Schwangere wäre.

   „Sie müssen sich beschäftigen! Stricken Sie dem
kleinen Wesen schon mal Handschuhe, damit es im
nächsten Winter nicht so friert", hatte die Haushälterin
empfohlen.

Antonia war durch diese Anregung auf die Idee gekommen, sich Wolle zu kaufen, um sich eine Jacke oder wenigstens eine Weste zu stricken, mit der sie im Frühsommer nachmittags in der Gartenlaube des Seehofes sitzen und dort ein Buch an der frischen Luft lesen könnte. Die Laube war zwar geschützt, doch wenn der Wind von Norden über die kalte Schlei, die Förde, kam, dann konnte es dort auch ungemütlich kalt werden.

Eine Decke war zwar gut, aber die rutschte ständig herunter. Sie hatte es schon im Salon mit den vielen Fenstern probiert. Kaum hatte sie sich die Decke über die Schultern gehängt, machte sich das kleine Wesen bemerkbar und nur einige Minuten später waren die Schultern wieder frei. Sie ermahnte das Baby zwar immer in Gedanken, sich nicht zu viel zu bewegen, aber genau das Gegenteil passierte dann. Ebenso wenig half es, das kleine Wesen mit einfachen Rechenaufgaben zu beruhigen.

„Wie viel ist eins und eins? Sag es mir bitte", sagte sie dann in Gedanken und antwortete kurz darauf: „Zwei."

Dabei legte sie zwei Finger auf ihren Bauch. Das Kind schien zuzuhören, denn es bewegte sich nicht. Leider wurde Antonia dafür von diesen eintönigen Aufgaben müde. Irgendwann gähnte sie nur noch und wenn ihr dann die Augen zufielen, erwachte das Baby in ihrem Bauch sofort und boxte gegen die Finger seiner Mutter. Aber diese lächelte nur gütig.

An diesem Samstagvormittag lief Antonia mit Stin an ihrer Seite langsam über den Wochenmarkt in Fleckeby. Vorbei an gackernden Hühnern, einem Fass voller Heringe, die sich darin tummelten, und ein paar müffelnden Kaninchen in kleinen Holzställen. Dann kam ein Stand mit sehr hübschen Wollknäueln, neben denen auch einige Wollwesten und Pullover lagen. Interessiert blieb Antonia stehen und schaute sich die Dinge auf der kleinen Theke vor ihr genauer an. Stin, der nicht bemerkt hatte, dass seine Frau angehalten hatte, trottete langsam und gelangweilt weiter. Antonia war inzwischen damit beschäftigt, die Wolle erst einmal gründlich zu befühlen, und dann waren die Westen dran. Sacht strich sie über das wunderbar weiche Material.

„Die Wolle ist erstklassig", sagte die Frau hinter der Theke. „Die habe ich mit meiner Großmutter selbst gesponnen und auch selber gefärbt."

„Ja, und die Farben sind wundervoll", stimmte Antonia zu und sah die Verkäuferin zum ersten Mal bewusst an.

Sie ist wunderschön, dachte sie, und hatte das Gefühl, dass sie die Frau schon einmal gesehen hatte. Die junge Bäuerin war mittelgroß und hatte strahlend blaue Augen. Die blonden Haare waren zu einem Zopf geflochten, der lässig über ihre linke Schulter hing. Sie trug einen einfachen dunklen Rock und einen bezaubernden Wollpullover mit kleinen roten und weißen Sternen im Brustbereich. So gut kriegst du das niemals selber hin, dachte Antonia.

„Was kostet der Pullover, den Sie anhaben?"

„Oh, der ist unverkäuflich. Den hat meine Großmutter extra für mich gestrickt."

„Und wenn mir Ihre Großmutter auch so einen anfertigen würden? Was würde der dann kosten?"

Die Verkäuferin überlegte.

„Da steckt über eine Woche Arbeit drin, also etwa 30 Mark."

„Ich biete Ihnen 25 Mark", schlug Antonia vor.

„Abgemacht!", sagte die Verkäuferin.

„Schön", freute sich Antonia. „Aber wäre es möglich, dass ich einmal sehe, wie der Pullover am Hals gearbeitet ist?"

Die Verkäuferin nickte und sagte:

„Wir sind ja fast gleichgroß, also an der Länge ist kaum etwas zu ändern. Ich müsste nur den Brustumfang einmal messen."

Sie bat Antonia, hinter einen provisorischen Vorhang zu treten. Dann maß sie ihren Brustumfang und die Ärmellänge.

„Die Ärmel müssen drei Zentimeter länger sein und unten etwas weiter." Unsicher trat sie einen Schritt vor und musterte ihre Kundin. „Und vielleicht sollte der Pullover doch etwas länger sein, damit er ganz über Ihren Bauch passt."

„Gut, dann machen Sie ihn eben ein Stück länger."

Nun nahm die Bäuerin den Schal ab, den sie um den Hals geschlungen hatte. Zum Vorschein kam ein runder Ausschnitt mit einem schmalen, dunkelblauen Bündchen, das sich entzückend von der weißen, kragenlosen Bluse abhob. Damit Antonia den Pullover von allen Seiten betrachten konnte, drehte sich die blonde, junge Frau in einem eleganten Bogen langsam einmal um sich selbst. Dabei offenbarte sie ein Muttermal am rechten Halsansatz, das die Form eines abnehmenden Mondes hatte. Einen Moment starrte Antonia darauf, dann tasteten ihre Hände nach ihrem Bauch, wo das Baby heftig strampelte.

Ein paar Augenblicke später traten die beiden Frauen wieder hinter dem Vorhang hervor. Antonia erblickte Stin, der sich suchend auf dem Markt umsah, und rief ihn herbei. Wenig später stand er neben seiner Frau und musterte kurz, aber bewundernd die junge, blonde Verkäuferin, die ihren Schal immer noch in der Hand hielt. Dabei blieb sein Blick ebenfalls am rechten Halsansatz der Frau hängen. Antonia erzählte ihm derweil von dem Pullover, den sie kaufen wollte.

„Der könnte dir gut stehen", sagte Stin lächelnd.

„Und er ist richtig warm und mollig", schwärmte seine Verlobte. Dann wandte sie sich wieder an die Verkäuferin. „Ich habe gedacht, Sie bekommen jetzt eine Anzahlung von 10 Mark und den Rest, wenn der Pullover fertig ist, Frau ... "

„Streitmann. Linda Streitmann."

Stin hatte die Brauen hochgezogen.

„10 Mark? So viel soll der Pullover kosten?"

„25 Mark", mischte sich nun Antonia ein. „Ich finde, dass er das in jedem Fall wert ist, Stin!"

„Aber ... hmm", entfuhr es ihm. Zweifelnd sah er sie an, doch dann suchte er in seinen Taschen nach seiner Geldbörse und zählte der blonden, jungen Bäuerin das Geld auf den Tisch.

„Könnten Sie uns bitte noch eine Quittung über die Anzahlung geben, Frau Streitmann?", fragte Antonia lächelnd.

„Ich habe gar kein Papier dabei, Frau ... "

„Antonia von Waasner", sagte diese stolz und blickte Stin zugleich liebevoll an.

Sie holte einen kleinen Quittungsblock hervor, den sie aufschlug und dort etwas niederschrieb. Schließlich bat sie Linda Streitmann zu unterschreiben. Als die ihre Unterschrift unter die erhaltene Summe gesetzt hatte, riss sie die Durchschrift heraus. Doch sie zögerte noch.

„Ach bitte, eine Sache müssten wir noch klären. Ich habe Sie noch nie auf dem Markt in Fleckeby gesehen. Woher kommen Sie denn? Und könnten Sie mir bitte den Pullover zum Seehof bringen?"

„Wir sind sonst immer auf dem Markt in Eckernförde, aber als wir hörten, dass der Herzog dieses Wochenende einen Reiterwettbewerb in Louisenlund veranstaltet, haben wir uns entschlossen, unseren Stand heute hier aufzubauen. Ich komme nämlich aus Klein Himmelsee."

„Klein Himmelsee?", unterbrach Stin sie staunend aus dem Hintergrund. Die Bäuerin sah ihn fragend an, aber als er nicht reagierte, fuhr sie fort:

„Natürlich bringe ich Ihnen den Pullover zum Seehof. Ist das hier in der Nähe?"

„Ja, etwa 20 Minuten mit der Kutsche von hier. Der Seehof gehört Walter von Waasner, meinem zukünftigen Schwiegervater. Und was meinen Sie, wann er fertig sein wird?"

„In zwei oder drei Wochen", sagte die Verkäuferin.

Zufrieden verabschiedeten sich Antonia und Stin von Linda Streitmann und schlenderten dann weiter über den Markt.

Die beiden hatten nicht bemerkt, dass ihr Gespräch mit der Wollverkäuferin von einer anderen Frau beobachtet worden war, die an einem Stand mit Marmeladengläsern die Preise und Sorten zu inspizieren schien.

Mathilde Stenhardt, die Haushälterin von Sebastian von Waasner, war an diesem Tag extra nicht zum Markt nach Rieseby gefahren, wo es keine vernünftigen Angebote für eine gute Marmelade gab. Sie hoffte auf eine bessere Auswahl auf dem Markt in Fleckeby, eben wegen des geplanten Reiterwettbewerbs des Herzogs. Ihr

Herr Sebastian von Waasner mochte nun einmal Süßes sehr gern.

Zunächst hatte sie dem Gespräch allerdings nur mit halbem Ohr gelauscht, vor allem, weil ihr die schöne, blonde Bäuerin aufgefallen war. Erst als der Name „von Waasner" fiel, war sie sehr neugierig geworden und schaute nun interessiert hinüber. Zunächst auf die Schwangere, die eine tadellose Haltung wahrte, trotz des Zustandes, in dem sie sich befand. Dann ein kurzer, neidischer Blick auf den jungen, exotischen Mann neben ihr. Und schließlich wieder zurück zu der Verkäuferin, die nun ihren Schal abgenommen hatte und einen hübsch geschwungenen Halsansatz sehen ließ. Ein dunklerer Fleck fiel ihr ins Auge. Ein ungewaschener Hals?, überlegte sie schmunzelnd. Aber dafür war die Form zu besonders und als die Frau ihr zufällig das Gesicht zuwandte, kam es ihr so vor, als ob sie sie schon einmal auf dem Gut ihres Herrn gesehen hätte. Aber warum mochte diese Bäuerin wohl dort gewesen sein? Es fiel ihr nicht ein. Auch der Ortsname Klein Himmel-see, den sie nun aufschnappte, sagte ihr nicht viel. Der See lag mindestens 15 Kilometer entfernt von Rieseby, eher mehr. Unmöglich, dass sie in irgendeiner Angelegenheit schon einmal auf dem Gut gewesen war.

Sie suchte sich einige weitere Marmeladengläser zu den acht, die sie schon in einer kleinen Kiste deponiert hatte.

„So, das wäre alles."

Das alte Marktweib nannte ihr den Preis, mit dem Mathilde Stenhardt einverstanden war. Dann zahlte sie den Betrag und bat die Alte, noch etwas zu warten, denn sie würde gleich jemanden schicken, der die Kiste abholen würde. Sie ging zur Kutsche, mit der Stefan

Kindler sie hergefahren hatte. Natürlich war weit und breit nichts von ihm zu sehen. Also suchte sie die einzige Gaststube des Dorfes auf. Dort hockte der Kerl selig vor einem leeren Bierkrug und las Zeitung. Natürlich!, dachte sie. Sie ermahnte ihn, nicht so viel zu trinken. Dann teilte sie ihm mit, dass sie mit den Einkäufen fertig sei und er noch zwei Kisten mit Lebensmitteln zur Kutsche bringen solle. Danach könnten sie zurück zum Gut fahren.

Seufzend trottete dieser los, um die Anweisungen des alten Drachens, wie er sie in Gedanken nannte, zu erfüllen. Erst holte Kindler eine Kiste mit allerlei Gemüse und Obst von einem dickbäuchigen und rotgesichtigen Bauern ab. Dann machte er den letzten Gang zum Marmeladenstand.

Er hatte die Kiste schon hochgehoben und wollte sich zur Kutsche wenden. Da bemerkte er die blonde, junge Frau am Marktstand nebenan. Es durchzuckte ihn wie ein Blitz. Das konnte doch nicht sein! Maria von Waasner, dachte er. Aber sie war doch tot! Hatte sich vor fast elf Jahren das Leben genommen. Schweiß trat auf seine Stirn. Seine Hände begannen zu zittern. Er kniff die Augen zu und machte sie wieder auf. Doch diese schöne Frau war immer noch da.

„Ist Ihnen nicht gut?", fragte die Alte vom Marmeladenstand.

„Nein, es geht schon", sagte Kindler schnell und wandte seinen Blick sofort von der Wollverkäuferin ab, denn die drehte ihren Kopf gerade in seine Richtung.

Er machte zehn langsame Schritte, blieb nachdenklich stehen und wandte sich erneut um. Die junge Bäuerin legte nun geschickt ein Wollknäuel nach dem anderen in einen großen Korb.

Nein, es konnte nicht Maria von Waasner sein. Die wäre doch jetzt über 40 Jahre alt und die blonde Frau war deutlich jünger, überlegte der Reitlehrer. Aber diese Ähnlichkeit. Ein neuer Gedanke durchzuckte ihn. Conrad von Hirschfeld hatte doch nie geheiratet, oder? Aber vielleicht hatte er ja ein uneheliches Kind ... von einer nicht standesgemäßen Liebschaft? Nein, unmöglich!, dachte er. Das hätte der Vater niemals geduldet.

Immer noch in Gedanken versunken stellte Stefan Kindler die letzte Kiste auf den Wagen. Dann unterbrach er das Gespräch, das die Haushälterin mit einer Bekannten geführt hatte.

„Wir können jetzt losfahren."

Als sie bald darauf die Abzweigung bei Kosel erreicht hatten, wo der Weg nach Rieseby begann, brach es aus dem Reitlehrer hervor.

„Wissen Sie, Fräulein Stenhardt, mir ist eben etwas Seltsames passiert."

Seine Begleiterin, die auch auf dem Kutschbock saß, fragte nicht nach dem Warum oder Wieso.

„Ich dachte gerade, ich hätte Maria von Waasner gesehen, in Fleckeby auf dem Markt. Dabei hat sie sich doch vor über zehn Jahren nach dem Brand im Gutshaus das Leben genommen. Und außerdem war die Frau viel jünger und verkaufte Wolle."

Die Haushälterin mochte den Reitlehrer nicht sonderlich. Als sie von dem Gutsbesitzer des Gestüts eingestellt worden war, hatte er ihr zunächst anzügliche Komplimente gemacht. Das hatte sie ihm aber bald ausgetrieben. Mit so ehrlosen Kerlen kannte sie sich aus. Und Stefan Kindler war offensichtlich ein treuloser Versager, der noch dazu mächtige Feinde hatte. Sie dachte an den Baron, dessen Männer ihn so furchtbar verprügelt hatten. Es war ihr ein Rätsel, warum ihr Herr ihm nicht längst einen Tritt in den Hintern gegeben hatte.

Andererseits war das eine interessante Information über die schöne, blonde Frau, die ihr ebenfalls aufgefallen war. Sie wusste noch nicht, was sie damit anfangen konnte, aber Stefan Kindler sollte ihr Interesse keinesfalls bemerken.

„Da Maria von Waasner tot ist, sollten Sie sich keine Gedanken über sie machen, Herr Kindler. Man könnte sonst auf die Idee kommen, Sie wären verrückt."

16

Schlei-Bote

5. Januar 1903

Kirchspiel Rabenkirchen, den 4. Januar. Im verflossenen Jahre wurden im Kirchspiele Rabenkirchen 28 Kinder getauft, 17 Kinder konfirmiert und 8 Paare getraut, Die Zahl der Gestorbnen betrug 15 und die Zahl der Abendmahlgäste belief sich auf 472.

Rieseby, Gutshof, April 1903

Mathilde Stenhardt trug ihre dunkelblonden Haare stets streng zu einem Knoten zusammengebunden. Es war Ausdruck ihres Pflichtbewusstseins. Sie war 35 Jahre alt und schon fast fünf Jahre Haushälterin auf dem Gutsbesitz in Rieseby. Doch insgeheim war sie viel mehr als das, denn sie war auch die Geliebte ihres Herrn Sebastian von Waasner. Für sie war das eine der Pflichten, die sie neben vielen anderen Aufgaben zu bewältigen hatte. Und sie versuchte alle, so gut es ging, zu erfüllen.

An diesem Tag hatte sie zwar recht mühelos einen Großteil der Monatseinkäufe für den Haushalt erledigt. Leichtsinnigerweise hatte sie aber Sebastian von der unbekannten Frau auf dem Markt in Fleckeby erzählt, die dem Kindler zufolge so viel Ähnlichkeit mit Maria von Waasner gehabt hatte.

Sie merkte sofort, dass sie diese Information geschickter hätte einsetzen sollen. Denn nun war sie nicht darauf vorbereitet, die Flut der Fragen, die Sebastian ihr stellte, hinreichend zu beantworten oder zu kontern. Sie beschränkte sich also darauf, das zu wiederholen, was sie bereits gesagt hatte. Wütend verschwand ihr Herr, kehrte jedoch nach einer halben Stunde noch aufgeregter zurück, als er weggegangen war. Offenbar hatte er mit seinem obersten Bereiter geredet.

Mathilde Stenhardt hatte verstohlen im Salon des Gutshauses aus dem Fenster gespäht, um festzustellen, in welcher Stimmung Sebastian zurückkehren würde. Vorsorglich hatte sie eine kleine Kleiderbürste von einem der Haken im Wirtschaftsraum genommen, die sie nun in der Hand hielt. Schließlich sah sie ihn mit seinem Rappen auf den Hof reiten und absitzen. Einer der Knechte nahm die Zügel des Pferdes.

Sie zog die große, weiße Gardine vor die Salonfenster, sodass niemand hineinschauen konnte. Im gleichen Moment hörte sie, wie die Haustür geöffnet wurde und kurz darauf wieder zuknallte. Sie eilte zum Sofa, das mit dunkelgrünem Samt bezogen war, und stellte sich lächelnd davor auf. Sebastian von Waasner stürzte ins Zimmer.

„Lassen Sie mich allein." Er zögerte. „Nein, bringen Sie mir einen Kaffee."

Die Haushälterin nickte ergeben mit dem Kopf und ging auf die Tür zu. Als sie ihren Herrn jedoch erreicht hatte, blieb sie überraschend stehen. Missbilligend betrachtete sie sein Tweed-Jackett.

„Da ist ein kleiner Fleck auf Ihrer Jacke. Bitte warten Sie einen Moment, damit ich ihn entfernen kann."

Sie strich energisch mit der Kleiderbürste über seinen Oberarm und roch dabei seinen Atem. Ein Alkoholdunst traf sie. Vermutlich hatte er einen tiefen Schluck aus seinem silbernen Flachmann genommen, den er immer dabei hatte. Eine Minute ließ der Gutsherr sie gewähren, dann schüttelte er unwillig ihre Hand ab und ging zum Schrank mit den Getränken. Er goss sich ein halbes Glas Absinth ein, mischte etwas Wasser dazu und schüttete ihn in sich rein.

Mathilde Stenhardt hatte Sebastian nicht aus den Augen gelassen, nun forschte ihr Blick in seinen ruhelosen Augen. Sie wollte versuchen, ihn zu beruhigen. Wenn er noch mehr trank, dann bestand die Gefahr, dass er in die Stadt ritt und dort beim Spiel wieder einmal viel Geld verlor.

Deshalb schritt sie nun auf ihren Herrn zu und berührte kurz seine Hand. Er verharrte einen Moment, wandte leicht seinen Kopf zu ihr, sah ihre geöffneten, roten Lippen, ihren leicht verschleierten Blick und roch das Kölnisch Wasser auf ihrer Haut. Dann griff er grob in ihren strengen Dutt und zog die Haarnadeln heraus. Sofort fiel das dunkelblonde Haar engelsgleich auf ihre Schultern und über ihren Rücken. Doch sie drehte ihren Kopf nicht weg, sondern blickte ihn immer noch an, unterwürfig und herausfordernd zugleich. Und wusste, dass er sich in eine Marionette verwandeln würde, wenn er merkte, dass sie keinen Unterrock trug.

Eine Stunde später lag Sebastian schlafend auf dem breiten und bequemen Sofa im Salon. Mathilde hatte ihm eine kleine Kanne Kaffee gebracht, nachdem sie ihr leidenschaftliches Tête-à-Tête beendet hatten. Das Schlafmittel darin würde dafür sorgen, dass er diese Nacht nirgendwo mehr hinreiten würde. Unterdessen wollte sie versuchen herauszufinden, was ihn so bedrückte und was es mit dieser Frau auf sich hatte. Leise betrat sie das Arbeitszimmer ihres Herrn.

Sebastian hatte von Familienfotos geredet, die er nun noch einmal prüfen wollte. Dabei hatte Kindler doch nur die junge, blonde Frau auf dem Markt von Fleckeby gesehen. Und ihm war die große Ähnlichkeit mit Bertrams Frau aufgefallen. Was auf den alten Familienbildern mochte eine Bedrohung für Sebastian sein?

Mathilde wusste genau, in welchem Schrank sie nach der Antwort suchen musste. Gezielt ging sie dorthin und öffnete ihn. In der untersten Schublade gab es ein halbes Dutzend Schachteln mit Fotografien. In diesem Moment klopfte es dreimal an die Tür des Arbeitszimmers. Die Haushälterin sah auf und ärgerte sich. Das war das Zeichen, das sie mit der Küchenhilfe Elfriede für den Fall vereinbart hatte, dass der Hausherr wider Erwarten doch aufwachen sollte. Also fasste sie den Entschluss, sich die Bilder an diesem Abend genau anzuschauen.

*

Auf dem Seehof saßen Stin und Antonia am nächsten Morgen im Salon beisammen. Der Hausherr war früh aufgestanden und hatte draußen in der Kälte einen Spaziergang gemacht, um richtig wach zu werden. Die beiden jungen Leute unterhielten sich über die Einkäufe und Erlebnisse in Fleckeby. Antonia schwärmte von dem Pullover, den sie bald tragen würde.

„Ich freue mich schon richtig auf den wunderschönen Pullover, den ich bei der Bäuerin bestellt habe", träumte sie laut vor sich hin.

„Sie hatte viele schöne Stricksachen", sagte Stin und zögerte. „Und sie sah auch selber recht hübsch aus."

„Aber sie hatte ein großes Muttermal am Hals", bemängelte seine Verlobte.

„Ich fand das nicht störend."

184

„Du hast keine Ahnung davon", widersprach Antonia. „Eine Freundin von mir hatte auch ein Muttermal und sie ist deswegen oft gehänselt worden. Zu oft, fand ich." Sie seufzte. „Wir Frauen haben meist höhere Ansprüche an die weibliche Schönheit als ihr Männer."

Dann blickte sie einen Moment missbilligend auf ihren dicken Bauch herunter, stöhnte leicht und legte sanft wieder beide Hände darauf.

„Vielleicht habt ihr Frauen einfach zu große Ansprüche an euch selbst", erwog Stin mit gerunzelter Stirn. „Du siehst auch jetzt noch wunderschön aus, Antonia!"

Sie blickte ihn an und sah, dass er es ehrlich meinte. Gerührt traten ihr ein paar Tränen in die Augen. Stin griff nach ihrer Hand, führte sie an den Mund und küsste sie zärtlich.

Walter von Waasner trottete draußen gemächlich auf das Haus zu. Kurz darauf öffnete sich die Tür des Salons und er trat ein. Er schüttelte sich kurz, als ob er auf diese Weise die Kälte loswerden könnte. Dann stand er fast eine Minute vor dem glühenden Kamin und rieb sich die Hände. Danach ging er zum Schrank mit den steifen Getränken. Ich brauche jetzt erst einmal einen Whisky, dachte er, füllte ein Glas und ging damit zu den beiden jungen Leuten vor den großen Salonfenstern, durch die mittlerweile eine warme Aprilsonne hereinschien.

Antonia lehnte sich nun entspannt auf dem Sofa zurück, sodass die Sonnenstrahlen auf ihr rosiges Gesicht fielen und ihr ein wohliges Lächeln entlockten.

„Wenn ich doch auch so gut stricken könnte wie dieses Mädchen auf dem Markt!", sinnierte sie.

„Welches Mädchen?", fragte Walter.

„Antonia hat gestern auf dem Markt in Fleckeby einen Pullover bei einer jungen Frau bestellt, die selber welche strickt und verkauft."

„Du kannst es ja lernen. Frau Johannsen könnte es dir zeigen", erwog Walter.

„Irgendwoher kenne ich diese Verkäuferin vom Wollstand", sagte Stin plötzlich, als er einen zweiten Schluck aus seinem Whiskyglas genommen hatte.

Eine Pause folgte, in der Antonia Stin fragend ansah. Auch der Gutsbesitzer   beobachtete stirnrunzelnd seinen Sohn. Bis dieser den Kopf schüttelte und schließlich sagte:

„Ich komme nicht darauf."

Da tauchte draußen die Gestalt eines Wanderers auf, der sich in mäßigem Tempo dem Herrenhaus näherte.

„Das ist Arthur Langbeen", sagte Walter lächelnd. „Nun denn, mal sehn, was er uns Neues bringt."

Kurz darauf betrat Arthur Langbeen den Salon und Walter von Waasner bat ihn, in einem ausladenden Ledersessel Platz zu nehmen, in dem der kleine, dürre Mann fast verschwand.

Der Gutsbesitzer bat Stin, bei der Haushälterin noch ein weiteres Gedeck für den Gast zu bestellen.

„Ich war gestern auf dem Markt in Fleckeby", erzählte Langbeen. „Es waren mehr als doppelt so viele Stände wie an einem normalen Samstag. Das macht wohl das Reitturnier, das der Herzog in Louisenlund an diesem Wochenende ausrichtet. Sogar die Dorfwiese auf der anderen Seite des Flusses war mit Verkaufsständen gespickt."

„Dann war auf dem Markt in Fleckeby also viel los?"vermutete Walter.

„Das kann man wohl sagen", erwiderte Langbeen. „Und bei meinem kurzen Gang über den Markt stieß ich auf einen Stand, an dem eine Verkäuferin emsig Wolle, Pullover und allerlei kleinere Wollsachen anbot: Strümpfe, Socken, Handschuhe. Und diese Frau sah Maria von Waasner verteufelt ähnlich. So ähnlich, dass ich mich fragte, ob nicht vielleicht der junge von Hirschfeld mal einen Fehltritt hatte."

„Woher kam die junge Bäuerin denn? Haben Sie vielleicht ihren Namen erfahren, Herr Langbeen?", fragte Walter von Waasner.

„Nein, leider nicht", erwiderte der Alte.

Da kam Stin zurück, gefolgt von der Haushälterin, die lächelnd ein Gedeck vor den Gast hinstellte, zusammen mit einer großen Kanne Kaffee.

„Wenn es um die junge Frau von dem Wollestand in Fleckeby geht", bemerkte Stin, „dann hieß sie Streitsam und kam von irgendeinem See. Wie hieß der doch gleich, Antonia?"

Antonia genoss gerade einen Schluck Kaffee, der noch vom Frühstück übrig war. Als sie die drei fragenden Gesichter sah, schluckte sie ihn allerdings schnell herunter.

„Sie heißt Streitmann, Linda Streitmann, und sie kommt aus dem Dorf Klein Himmelsee."

„Was!" entfuhr es dem Hausherrn, und er fügte prompt hinzu: „Dann ist es das Dorf, das in der Nähe dieser Halbinsel liegt, wo die Spur von Elisabeth von Waasner endet."

„Und es ist der Ort, in dem die Verlobte von Rune Silban wohnt", sagte sein Sohn nun ebenfalls aufgeregt. Eine längere Pause trat ein.

„Wie auch immer: Wir kommen nicht umhin herauszufinden, ob diese Frau möglicherweise Elisabeth von Waasner ist. Und mein Gefühl sagt mir außerdem, dass der junge Herr Silban uns nicht alles gesagt hat, was er weiß."

„Aber vielleicht ist es nur eine zufällige Ähnlichkeit", erwog Langbeen. „Nur weil sie ein ziemlich ähnliches Gesicht hat, muss sie doch nicht Elisabeth von Waasner sein."

„Nun ja … ", entfuhr es Walter von Waasner.

„Die Frau hatte ein etwa groschengroßes fast rundes Muttermal am rechten Halsansatz, nicht wahr, Stin!", ergänzte Antonia die Informationen. Ihr Verlobter nickte zustimmend. Dann fuhr sie fort: „Sollte sie es nicht schon als Kind gehabt haben, dann ist das bestimmt nur eine zufällige Ähnlichkeit."

Walter nickte und sagte langsam:

„Aber Elisabeth hatte als Kind genau dort ein Muttermal. Conrad hat mir ein Portrait von ihr mitgegeben, das sie als Sechsjährige zeigt. Ich hatte vergessen, es euch zu zeigen."

Eine Pause trat ein. Das Schweigen war zu still und intensiv für Zweifel.

„Linda Streitmann hat doch sicherlich eine Geburtsurkunde!", stellte Antonia schließlich fest.

Walter von Waasner nickte bedächtig mit dem Kopf. Dann schaute er in die Runde. Die anderen schwiegen immer noch. Wieder nickte er, doch er sagte:

„Jede Geburt wird vom Pastor ins Kirchenregister eingetragen und der Küster kopiert den Eintrag dann in sein eigenes Register. Der Kindsvater erhält eine Urkunde, sobald er dafür bezahlt hat, und es wird eine Meldung an die jeweilige Gemeinde gemacht. Das Gesetz ist 1875 in Kraft getreten, konnte jedoch nicht überall sofort umgesetzt werden."

Und nach einer Pause fuhr er fort:

„Wir sollten einen Blick ins Kirchenregister der Gemeinde Ascheffel werfen, zu der Klein Himmelsee gehört. Dort könnten wir feststellen, wo Linda Streitmann geboren wurde. Zudem müssen wir prüfen, ob es auch einen Todeseintrag für ein Kind in der fraglichen Zeit, also September 1892, gibt. Wenn wir Glück haben, stoßen wir vielleicht sogar auf eine Geburtsurkunde mit allen wichtigen Informationen."

Walter von Waasner machte wieder eine Pause und trank einen Schluck Kaffee.

„Je nachdem, was wir herausfinden, befragen wir dann die Verwandten dazu", sinnierte er.

„Vielleicht … ", überlegte der alte Arthur Langbeen. „Vielleicht ist es am besten, wenn Sie mit Conrad von Hirschfeld die junge Frau und ihre Großeltern besuchen. Conrad kannte das Mädchen doch sehr gut. Er brachte ihr immer etwas Süßes oder ein Spielzeug mit."

Walter dachte einen Moment nach, dann begann er zu nicken.

„Das ist eine gute Idee", stimmte der alte Herr dem Vorschlag zu. „Ja, das ist wahrscheinlich sinnvoller als die ganzen Geburts- und Sterberegister durchzusehen. Heute ist es schon zu spät, um etwas zu unternehmen. Aber ich werde gleich eine Nachricht an Conrad schreiben und ihn bitten, sich morgen Mittag mit mir in Fleckeby zu treffen. Mein Kutscher wird den Brief noch heute Nachmittag überbringen."

„Was machen wir aber, wenn wir nichts Brauchbares über Linda Streitmann finden", erwog Antonia.

Ihr Schwiegervater sah sie verschmitzt an.

„Spätestens, wenn der Pastor in Ascheffel die Trauung vollziehen will und die Frage stellt, ob jemand etwas gegen die Trauung von Linda Streitmann einzuwenden habe, werde ich mich laut und vernehmlich räuspern und ‚Ja' sagen. Spätestens dann wird die junge Frau mich anhören und meine Fragen nach ihrer Identität beantworten. Denn sonst gibt es keine Hochzeit!"

Ein Augenblick der Stille trat ein, in dem Antonia den Gutsherrn wütend ansah.

„Das kannst du nicht machen! Das wäre eine fürchterliche Gemeinheit, denn die Leute hätten den Eindruck, sie sei eine Betrügerin."

Wieder liefen Antonia einige Tränen aus den Augen. Stin ging zu seiner Frau und stellte sich hinter sie, denn er hatte ihre feuchten Augen bemerkt. Er   legte ihr eine Hand auf die Schulter.

„Du hast ja recht, Antonia! Aber viel schlimmer wäre es, wenn meinem Neffen Sebastian die Ähnlichkeit zwischen Linda Streitmann und Maria von Waasner auffiele. Denn dann hinge ihr Leben buchstäblich am seidenen Faden."

17

Schlei-Bote

28. Januar 1903

Eine Reorganisation der freiw. Feuerwehren ist im Werke. Man beschäftigt sich im Ministerium bereits mit den den Vorarbeiten. Der Plan geht nach der „Volkszeitung" dahin, durch Einführung einer Art Pflichtfeuerwehr die freiw. Feuerwehren thatkräftig zu unterstützen. Jüngere Leute bis zu einem gewissen Alter sollen zur aktiven, die älteren Personen, besonders zur passiven Mitgliedschaft gesetzlich verpflichtet werden. Die Unterverbandtage der freiw. Feuerwehren haben auf Anregung der Regierung bereits Musterortsstatute zur Reglung des Feuerlöschdienstes ausgearbeitet.

Klein Himmelsee, April 1903

Eine stattliche Kutsche hielt vor einer Abzweigung im Dorf Klein Himmelsee. Es war ein schöner Tag im April mit viel Licht und Vogelgezwitscher. Die beiden gut angezogenen Männer auf dem Kutschbock beratschlagten sich und sorgten für viel Aufsehen bei den Einwohnern, die nicht oft so vornehme Herren mit so einem eleganten Gefährt zu sehen bekamen. Während die alten Frauen verstohlen miteinander tuschelten, liefen die Kinder begeistert um die Pferde herum.

„Das muss der Weg zur Kate der Streitmanns sein", sagte Walter von Waasner zu seinem Begleiter. „Am besten lassen Sie mich gleich reden und, bitte, lassen Sie sich Ihre Überraschung auf keinen Fall anmerken, wenn die Frau wirklich so große Ähnlichkeit mit Maria hat."

Sein Begleiter nickte und Walter zog an den Zügeln. Die Pferde wendeten langsam auf dem schmalen Weg zu und schritten los. Kurz darauf standen sie vor der Tür des kleinen Hauses.

Die beiden Männer stiegen vom Kutschbock hinunter und liefen zum Hauseingang. Dabei sah Conrad von Hirschfeld, der einige Schritte hinter dem Gutsherrn vom Seehof ging, dass eine Gardine am Fenster zurückgezogen wurde und jemand hinausschaute. Es hat sich also schon herumgesprochen, dass wir kommen, dachte er.

Walter von Waasner hatte inzwischen geklopft. Kurz darauf wurden die Gäste herein gebeten. Endlich saßen sie zu fünft in einer sehr kleinen, einfach möblierten Wohnstube um einen Tisch herum und Walter begann nach einigen lobenden Bemerkungen über die schöne Lage der Kate sein Anliegen vorzutragen.

„Ich werde demnächst Großvater und möchte meinen Sohn und meine Schwiegertochter bei der Ausstattung meines Enkelkindes unterstützen. Nun habe ich gehört, dass Sie besonders schöne Wollsachen fertigen. Vielleicht könnten Sie eine Decke mit unserem Wappen oder … " Fragend sah er seinen Begleiter an.

Conrad von Hirschhausens Augen klebten immer noch an dem Gesicht der jungen Frau. Er nickte jetzt nur geistesabwesend und wandte dann sehr langsam seinen Blick zu seinem Begleiter. Doch schnell kehrten seine Augen zu Linda zurück, deren Figur er nun musterte.

„Eine Decke mit dem Wappen der Familie von Waasner ist doch eine großartige Idee", stammelte er.

Eine kurze Pause folgte, in der das alte Ehepaar Streitmann überraschte Blicke wechselte. Ihre Gäste waren vornehme Herren, da ließ sich viel Geld verdienen.

Auf der anderen Seite des Tisches merkte Walter von Waasner, dass die beiden alten Leute seinen Köder geschluckt hatten und nun sicher kooperativer waren, wenn am Ende ein attraktiver Kontrakt auf sie wartete.

Als man sich nach einer Viertelstunde über das Aussehen und den Preis der Decke geeinigt hatte, legte der Gutsherr eine Anzahlung von 30 Mark auf den Tisch. Dann lehnte er sich zufrieden zurück und sah die Familie Streitmann lächelnd an.

„Darf ich mir die Frage erlauben, ob das Dorf Klein Himmelsee zur Pfarrgemeinde in Ascheffel gehört? Ich kenne den Pastor, wissen Sie, er ist wirklich ein gelehrter Mann." Und nachdem die Frage bejaht worden war, fuhr er fort: „Ich glaube übrigens, dass ich weiß, woher Sie ihre schöne Wolle beziehen. Der junge Mann heißt Rune Silban, richtig?"

Als Linda nun ihre blauen Augen erstaunt aufriss, konnte der alte Herr ein herzliches Lachen nicht unterdrücken. Kurz darauf verließen die beiden die Kate und fuhren zurück in Richtung Fleckeby.

„Was sagen Sie zu der jungen Frau? Könnte sie es sein, Conrad?"

„Sie sieht tatsächlich genauso aus wie Maria in dem Alter. Und trotzdem. Irgendwie … "

„Was lässt Sie denn immer noch zweifeln?"

Conrad dachte nach und schüttelte den Kopf.

„Es sind die beiden Alten. Ich habe das Gefühl, dass sie etwas verschweigen. Sie müssen doch etwas vom Brand des Gutshauses in Rieseby mitbekommen haben. Vielleicht haben sie damals die kleine Elisabeth aufgenommen und sie liebgewonnen."

Schweigen breitete sich zwischen den beiden aus.

„Ich war auch nicht ganz ehrlich zu Ihnen, Walter", sagte Conrad plötzlich.

Dieser sah ihn kurz fragend an, konzentrierte sich dann allerdings wieder auf die Pferde. In der Ferne kamen ihnen zwei Reiter entgegen, bogen jedoch gut hundert Meter entfernt in einen Waldweg ab.

„Es ist so, dass ich etwas über eine Flucht weiß, die damals heimlich geplant war."

„Brrrr!" Walter von Waasner hatte die Kutsche angehalten und sah seinem Begleiter ernst in die Augen.

„Was sagen Sie da?"

Conrad von Hirschfeld blickte auf den Pferderücken vor sich und nickte. Der alte Herr schüttelte ungläubig seinen Kopf und wartete. Nach einer Weile begann sein Begleiter zu erklären.

„Maria wollte sich damals tatsächlich von Bertram trennen und mit Elisabeth zum Baron flüchten. An jenem Abend wollten die beiden heimlich in seiner Kutsche nach Rieseby zurückkehren, die Kleine abholen und mit dem Zug wegfahren. Deshalb hatte sie Luise Inien gebeten, Elisabeth am Abend ins Dorf mitzunehmen. Doch irgendetwas ging schief, ich weiß leider nicht was. Maria war verzweifelt, als ihre Tochter nicht am verabredeten Ort war. Der Baron kehrte daraufhin mit ihr zum Gutshaus zurück. Aber inzwischen tobte ein heftiges Gewitter. Alle waren beschäftigt und niemand hatte Marias Tochter gesehen. Sie war am Boden zerstört und weigerte sich nun, mit dem Baron wegzugehen. So hat sie es mir kurz vor ihrem Tod erzählt."

Walter schwieg eine Weile, die Erschütterung war ihm anzusehen.

„Ich versuche seit einem Jahr herauszufinden, was damals geschehen ist, Conrad." Er schüttelte den Kopf. „Die Wahrheit ist nicht nur schwer zu finden, sondern zu meiner tiefen Bestürzung auch sehr traurig. Dann muss ich wohl noch einmal mit dem Baron reden."

„Es ist sehr schwer für mich, Ihnen davon zu erzählen", erwiderte Conrad von Hirschfeld. „Aber ich warne Sie davor, den Baron zu verärgern. Bedenken Sie bitte, dass er gut bekannt mit Tirpitz ist und sogar einmal im Jahr von Prinz Heinrich, dem Bruder des Kaisers, ins Schloss Hemmelmark in Schwansen eingeladen wird."

Walter von Waasner sah ihn nachdenklich an, dann nickte er und schlug einmal mit der Peitsche auf den Boden. Sofort setzte sich die Kutsche wieder in Bewegung. Nach kaum zwanzig Metern passierten die beiden Männer jene zwei Reiter, die sie in der Ferne gesehen hatten, ohne sie wahrzunehmen. Sie hatten nicht mitbekommen, wie diese abgestiegen waren und sich hinter einem kleinen Dickicht versteckt hatten.

Die Reiter hatten nicht alles verstanden, was auf der Kutsche beredet wurde. Doch die Worte „Baron", „Maria" und „Elisabeth" reichten aus, um sie zu beunruhigen. Bei den Reitern handelte es sich nämlich um Sebastian von Waasner und seinen obersten Bereiter Stefan Kindler. Nun, wo die Kutsche seines Onkels vorbeigefahren war, zog der Besitzer des Guts Rieseby seinen Schimmel aus dem Dickicht und sagte gelassen:

Aber die junge Frau, von der die beiden redeten, darf auf keinen Fall Elisabeth von Waasner sein. Falls sie es doch ist, dann solltest du wissen, was das für dich bedeutet."

Seine Stimme war ganz leise geworden und klang umso bedrohlicher. Er schaute den Reitlehrer eindringlich an, der ihm mit seinem Fuchs auf die Straße gefolgt war. Bevor sie aufstiegen, besahen sie sich genau die Kutschenspuren, denen sie nun folgten. Nach einem knappen Kilometer erreichten die Reiter den Stichweg zur Kate der Familie Streitmann.

„Hier ist die Kutsche auf den Hauptweg eingebogen, Herr von Waasner."

Kindler hatte sich zur Wagenspur heruntergebeugt.

„Gut, dann setzen wir uns in die Gaststube, bis es dunkel wird", bestimmte Sebastian von Waasner, der ihm zugesehen hatte.

„Und dann?"

„Dann sehen wir, wie es weitergeht. Wir machen jetzt erst einmal eine Rast, weil wir müde sind, und wollen erst heute Abend weiterreiten."

Drei Stunden lang waren die beiden Männer mit den Bewohnern des Dorfes ins Gespräch gekommen, nachdem der vornehmere mehrere Runden Bier und Korn ausgegeben hatte. Dann stand zunächst die Landwirtschaft allgemein im Mittelpunkt, und schließlich rückten die Themen Schafzucht und Wolle in den Vordergrund und ganz am Schluss wurde auch über die Familie Streitmann und ihre außergewöhnlich schöne Tochter geredet. So erfuhr Sebastian von Waasner, seit wann Linda Streitmann im Dorf war und dass sie demnächst einen jungen Schäfer namens Silban heiraten wolle. Ein junger, betrunkener Kerl erzählte zu guter Letzt sogar, dass die junge Frau ein größeres Muttermal am Hals habe.

Als die Stimmung auf dem Höhepunkt war und alle gemeinsam Volkslieder grölten, verließen die beiden Fremden unbemerkt die Dorfkneipe. Sie ritten den Weg zurück zur Abzweigung. Dort bogen sie in den Stichweg zur Kate der Familie Streitmann ein. Nach ein paar Metern ließen sie ihre Pferde auf einer kleinen Wiese angepflockt zurück. Von dort schlichen sie in Richtung Haus und erkundeten die Örtlichkeit.

Dann machte Sebastian von Waasner seinem Bereiter ein Zeichen und schlich sich allein ans Fenster der Wohnstube im Erdgeschoss heran. Das Gemurmel, das er gehört hatte, wurde langsam lauter.

„Warum sind so vornehme Männer wegen einer Babydecke extra zu uns gekommen? Das verstehe ich nicht", fragte der Alte.

„Es ist doch nicht so wichtig" sagte die Alte.

„Das finde ich auch", stimmte Linda zu. „Ich mach mir mehr Sorgen darum, dass wir die Decke in der gewünschten Qualität anfertigen können. Aber wir können das Geld so gut gebrauchen. Und wenn wir uns einen Namen machen könnten ..."

Der Gutsherr hatte genug gehört und schaute sich nun das Fenster genauer an. Ein großer Schraubendreher und es ist offen, dachte er. Er lächelte in sich hinein und kehrte zu seinem Begleiter zurück.

*

Rune hatte sich nur geringfügig verspätet. Er wollte eigentlich bis zum Einbruch der Dunkelheit bei den Streitmanns sein, um mit Linda über die Hochzeit und das Geld zu sprechen, das er noch für den Hausbau brauchte. Mit dem Geld für die Brosche könnte es gerade reichen, dachte er. Als er in den kleinen Weg einbog, wieherte ein Pferd auf einer Wiese in der Nähe. Er blieb stehen und hörte Stimmen, die sich langsam näherten. Da schlich er sich in einen schmalen, dunklen Wildwechsel, der ihn mit seiner Dunkelheit verschluckte.

„Es ist dein Fehler, dass sie überhaupt noch lebt", raunte eine schneidende Stimme energisch. „Wenn du sie nur den Abhang im See hinuntergestoßen hättest!"

„Das hab ich doch gemacht."

Bei diesen Worten traf ein kalter Strahl Runes Herz. Vorsichtig beobachtete er die beiden Männer, die sich zu den Pferden auf der Wiese wandten.

„Solange es keine Verbindung zwischen dieser Linda und Maria von Waasner gibt, kann sie ruhig weiterleben. Aber wenn jemand diese Verbindung herstellt, dann muss die Frau auf Nimmerwiedersehen verschwinden. Ist das klar?!"

„Völlig klar", murmelte die kleinere Gestalt.

Rune war immer noch ganz erstarrt, als die beiden Reiter ihn in kaum drei Metern Entfernung in der Dunkelheit passierten. Trotz der Angst, die ihn ergriffen hatte, folgte er den beiden zur Hauptstraße. „Der Abhang im See" hallte es ein ums andere Mal durch seine Gedanken. Längst vergessene Bilder tauchten aus dem Unterbewusstsein auf. Er lief weiter und weiter. Erst als er den Weg zum See hinunterging und sich die Konturen der beiden Reiter in der Dunkelheit allmählich verloren, erinnerte er sich an den Tag, an dem er hier als Zwölfjähriger entlanggekommen war. Am Pfad, der zum See führte, blieb er stehen. Zwei Männer hatten ihn damals hier entlang gejagt und er war durch den Sumpf geflohen. Auch heute ging er schneller. Immer weiter und weiter. Doch heute war kein Hochwasser. Der kleine, kaum sichtbare Weg führte bis zum Bach und dann bis zur Insel mit der Eiche, wo er die Brosche gefunden hatte.

Und jetzt fiel es ihm plötzlich auf: Die Stimmen der Männer in der Dunkelheit vor der Kate der Streitmanns waren die gleichen wie jene in der Gewitternacht vor zehn Jahren!

Er musste Linda warnen! Aber wie? Würde sie ihm glauben? Dann fiel ihm der Gutsherr vom Seehof ein.Ob der einem Schäfer in so einer verworrenen Angelegenheit helfen würde?

*

Walter von Waasner hielt am frühen Abend die Kutsche an einem größeren, steinernen Bauwerk an.

„Das hier ist die Hüttener Kirche. Die anderen Dörfer – Klein Himmelsee, Groß Himmelsee und Breckendorf – haben nur Kapellen. Wenn wir hier hinter dem Fluss rechts abbiegen, dann geht es nach Hummelfeld und weiter nach Fleckeby. Links nach Ascheffel, wo der Pastor der hiesigen Kirchengemeinde wohnt. Es ist zwar schon fast dunkel und wir sind nicht angemeldet, aber ich finde, wir sollten die Gelegenheit nutzen und den Pastor bitten, uns einen Blick ins Geburtsregister zu gewähren."

„Wahrscheinlich haben Sie recht", sagte Conrad nachdenklich. „Das müssen wir sowieso früher oder später machen. Es ist ja nur ein Umweg von fünf Minuten."

Kurze Zeit später standen die Männer vor der Tür des Pfarrhauses. „Pastor Friedrich Erichsen" stand auf dem großen Schild neben dem Eingang. Als sie klopften, öffnete ihnen die Haushälterin. Sie musterte die beiden vornehmen Gäste erstaunt von oben bis unten. Vor allem Conrads Pelzmantel aus sibirischen Nerzfellen und seine dazu passende Pelzmütze verschlug ihr für einen Moment die Sprache. Kurz darauf bat sie die adeligen Besucher ins Wohnzimmer, wo der Pastor die beiden Karten der Herren stirnrunzelnd überflog, nun aber den Kopf hob und die Eindringlinge betrachtete. Der skeptische Blick verflüchtigte sich in Sekundenbruchteilen und unterwürfige Dienstfertigkeit überflutete sein Gesicht.

„Meine werten Herren, was verschafft mir die Ehre? Wenn Sie sich angemeldet hätten … "

Unsicher unterbrach sich der Pastor und schaute in die ausdruckslosen Gesichter der beiden Männer, die ihn nun seinerseits beobachteten.

„Setzen Sie sich doch bitte." Friedrich Erichsen zeigte einladend auf zwei Stühle, die einen ziemlich wackligen Eindruck machten. „Ich kann Ihnen einen Korn anbieten. Und Gertrud, machen Sie doch bitte eine Kanne Tee für die beiden Herren. Es ist doch noch schrecklich kalt draußen."

Und als seine Besucher immer noch keine Anstalten machten, sich hinzusetzen, fügte er hinzu:

„Bitte legen Sie Ihre Mäntel doch einfach über den Stuhl dort drüben … Nein, es ist wohl besser, wenn Gertrud sie gleich in meinem Arbeitszimmer auf zwei Bügel hängt."

Etwas später saßen Walter von Waasner und Conrad von Hirschfeld, immer noch etwas irritiert von dem merkwürdigen Gehabe des Pastors, an dem Tisch, an dem für gewöhnlich über Begräbnisse, Taufen oder

Hochzeiten geredet wurde oder auch unnötige Streitereien zwischen Bauern geschlichtet wurden.

„Es geht um eine delikate Angelegenheit", begann Walter von Waasner zu erklären, „über die wir mit Ihnen sprechen müssen. Ich darf doch Ihre völlige Verschwiegenheit in einer Angelegenheit voraussetzen, die sowohl die Familie von Waasner aus Rieseby als auch die Familie von Hirschfeld aus Waabs in Schwansen direkt betrifft. Desgleichen betrifft sie ... hm ... noch eine andere hochgestellte Persönlichkeit."

Der Pastor nickte und sagte: „Natürlich! Ich werde nichts von dem, was Ihnen am Herzen liegt oder Ihren Interessen schaden könnte, verlautbaren. Und alles, was Ihren Namen in irgendeiner Form in Misskredit bringen könnte, wird in keiner Weise erwähnt werden."

Daraufhin erläuterte der Besitzer des Seehofs, dass sie die wahre Identität von Linda Streitmann aus Klein Himmelsee herausfinden wollten. Er beschrieb die Gründe zunächst mit der Ähnlichkeit zwischen jener jungen Frau und der verstorbenen Maria von Waasner. Besonders frappierend sei dabei das Muttermal am rechten Halsansatz. Des Weiteren sei nach dem Verschwinden der kleinen Elisabeth von Waasner im September 1892 aus Rieseby fast gleichzeitig Linda Streitmann in Klein Himmelsee aufgetaucht. Nun würden sie gerne wissen, ob und wann das Fräulein in dieser Gemeinde geboren worden sei und wer ihre Eltern seien.

„Linda Streitmann ist etwa 18 Jahre alt. Also sollte ihre Geburt ungefähr im Jahr 1884 oder 85 im Kirchenregister notiert worden sein", schloss Walter von Waasner seine Ausführungen ab.

Der Pastor bat um einen Moment Geduld, ging in sein Arbeitszimmer und kehrte mit einem Registerbuch zurück. Nach einigem Blättern hatte er den gesuchten Zeitraum gefunden.

„1884 ... hm ... und 1885 ...", meinte er sinnend. „Nein, tut mir leid, keine Eintragung zu einer Linda Streitmann."

Noch ein kleiner Blick auf die nächste Seite. Auch für das Jahr 1886 fand sich keine Notiz. Friedrich Erichsen schaute auf und sah die Blicke, die ihn durchbohrten. Seufzend lehnte er sich gegen die Lehne seines Stuhles und überlegte.

„Der Name Streitmann ist am Himmelsee keine Seltenheit. Auch in Haby und Holtenau gibt es ihn recht oft. Möglicherweise ist sie von dort?" Er überlegte. „Doch da fällt mir ein, dass ich vor zwei oder drei Jahren eine Linda Streitmann im Konfirmandenunterricht hatte. Blonde Haare, richtig? Eine wahre Schönheit. Und ja, sie wurde ein paarmal wegen eines Muttermals gehänselt. Wie auch immer, offenbar stammt sie nicht hier aus dieser Gemeinde."

„Könnten Sie bitte noch einmal für das Jahr 1892 nachsehen, wer damals hier beerdigt worden ist. Ob zu dieser Zeit vielleicht ein sieben-, acht- oder neunjähriges Mädchen ohne Familie dabei war?"

„Sie glauben, dass das Mädchen vertauscht wurde?", meinte der Pastor und sah Walter von Waasner kopfschüttelnd an. „1892 war in unserer Gemeinde ein sehr düsteres Jahr. Die Bauarbeiten für den Kaiser-Wilhelm-Kanal waren im vollen Gange. Bei Bünsdorf am Himmelsee gab es ein großes Lager für die Bauarbeiter und ihre Familien. Die Ruhr grassierte dort im Sommer 1892 und die Zahl der Kranken stieg so an, dass sie teilweise auch in andere Dörfer verlegt wurden. Es gab Wochen, in denen ich jeden Tag ein oder zwei Tote beerdigt habe. Ich musste fast jeden Tag zum Himmelsee fahren", klagte der Pfarrer. „Und dann erkrankte auch noch der Pastor aus dem Dorf ... "

Ungeduldig unterbrach ihn Conrad von Hirschfeld.

„Es geht nur um Linda Streitmann oder überhaupt um ein Mädchen mit dem Vornamen ‚Linda‘. Damals muss die Kleine etwa acht Jahre gewesen sein, Herr Pfarrer. Die Großeltern heißen übrigens Berta und Otto Streitmann."

„Nun gut, Herr von Hirschfeld, aber in dem Fall muss ich erst die Großeltern nach der Gemeinde fragen, in der ihre Enkelin geboren wurde. Ich kann dann das dortige Pastorat anschreiben und warten, bis mir von dort die gewünschten Auskünfte übermittelt werden."

Walter von Waasner schüttelte unwillig den Kopf.

„Nehmen wir einmal an, dass der Pfarrer Ihnen antwortet, dass es keine derartige Person dort gegeben hat: Was würden Sie dann machen?"

Nun räusperte sich sein Begleiter und hob seine Stimme.

„Herr Erichsen!", begann er und vergaß offenbar absichtlich den Titel Pastor. „Uns bringt das Ganze auch keinen Spaß. Wenn bei Ihren womöglich wochenlangen Bemühungen die wahre Identität von Linda Streitmann bekannt wird und ... "

Conrad von Hirschfeld ließ eine kleine Pause in den Satz einfließen, dann wurde er noch lauter: „ ... und wenn wegen dieser Verzögerung dem jungen Fräulein von einer kriminellen Person auch nur ein Haar gekrümmt werden sollte, dann werden Sie Ihre Pastorenstelle hier mit Sicherheit verlieren!"

Nach einer weiteren Kunstpause steigerte er erneut seine Stimme:

„Und nicht einmal mehr in Dänemark werden Sie dann noch eine Anstellung als Pfarrer bekommen! Die junge Frau ist wahrscheinlich meine Nichte, zum Donnerwetter!"

Er schrie die letzten Worte voller Wut. Angst spiegelte sich in den Augen des Kirchenmannes wider und er seufzte.

„Also gut. Ich kenne die Großeltern Streitmann. Otto Streitmann war damals bei mir und bat mich um zwei Beerdigungen. Denn seine Schwiegertochter Gertrud hatte eine Schwester, die gestorben war und kurz danach auch ihre kleine Tochter Linda. Zur gleichen Zeit hatte jemand ein kleines Kind vor dem Hof der Streitmanns ausgesetzt, aber ich erfuhr erst nach der Beerdigung davon. Die Kleine war völlig verstört und klammerte sich an Gertrud. Weil das Mädchen kein Wort sprach, fragte sie mich, ob sie es nicht behalten könne. Ich sagte ihr, man müsse abwarten. Vielleicht sei die Kleine nur davongelaufen. Aber es meldete sich niemand. So half ich Gertrud Streitmann nach einem Monat bei der Vermittlung der Adoption. Ich ging damals von einer Aussetzung aus."

Er seufzte wieder.

„Dass ein Kind auf einem Gutshof in Rieseby etwa zu der Zeit verschwunden war, erfuhr ich erst ein Jahr danach. Aber ich kam nie auf die Idee, dass zwischen den beiden Fällen ein Zusammenhang bestehen könnte. Das kommt jetzt für mich völlig überraschend!"

Walter von Waasner lächelte erleichtert und auch Conrads Anspannung verflog. Unsicher flackerte der Blick des Pastors von einem zum anderen. Angst hüllte ihn ein. Die beiden Herren blickten ihn aufmunternd an und Friedrich Erichsen stöhnte erleichtert auf.

Als sie das Pastorat verlassen hatten, meinte Walter:

„Eigentlich müssten wir jetzt wieder zurück nach Klein Himmelsee und uns die Familie Streitmann vorknöpfen."

„Möglicherweise", sagte sein Begleiter nun verhalten, „ist das größte Problem an der ganzen Sache, Linda Streitmann beizubringen, dass sie eigentlich Elisabeth von Waasner ist. Und wie soll man ihr klarmachen, dass sie als Adelige keinen einfachen Schäfer heiraten kann?!"

Walter grinste nur. „Sie können es ja versuchen. Ich traue mir das nicht zu."

„Wir müssen mit diesem Schäfer reden", erwog Conrad. „Der Pastor ist ein Versager. Ich wette, dass er für diese Adoption einen schönen Obolus vom Großvater bekommen hat."

Und nach einer Weile fuhr er fort:

„Ob man diesen Schäfer mit etwas Geld gefügig machen kann?"

„Ich wünsche Ihnen viel Glück dabei, Herr von Hirschfeld, aber ich fürchte, selbst wenn Sie ihn mit einem Stock traktieren würden, hätten Sie kaum mehr Erfolg damit", erwiderte Walter und lächelte.

Conrad fluchte.

18

Schlei-Bote

8. Dezember 1902

Ein in hiesiger Umgegend bediensteter Knecht hatte sich in letzter Nacht im benachbarten Ellenberg verirrt. Er war im Begriff über die Brücke zu gehen, verfehlte aber in der Dunkelheit den richtigen Weg; er kam beim Hause des Herrn Büll vorbei und geriet dann aufs Eis, das ihn bis zum Heringszaun trug, woselbst er aber einbrach und sofort um Hilfe rief. Sein Rufen wurde gehört, und eilten sofort zwei hiesige Hausknechte an die Unfallstelle, welchen es mit Aufbietung aller Kräfte gelang, den Verunglückten, welcher dem Ertrinken nahe war, noch   rechtzeitig zu retten.

Klein Himmelsee, September 1892

Jetzt, zehn Jahre später, schaute Rune wieder über das Wasser und hörte ein Grollen in der Ferne. Ein Licht zuckte am Horizont. Er drehte sich vor der Eiche um und starrte in die Dunkelheit um sich herum. Da wieder ein heftiges Licht, das den Sumpf taghell erstrahlen ließ. Dann überfluteten ihn die Gedanken aus der Vergangenheit.

*

Pferde wieherten und eine Stimme ertönte:

206

„Verdammt! Hochwasser!", rief der große Mann mit einer tiefen, vollen Stimme. „Es hilft nichts. Du machst trotzdem, was ich dir gesagt habe."

„Ich kann nicht schwimmen und das Wasser ist saukalt!", widersprach der andere.

„Du tust gefälligst, was ich dir sage. Sie darf in den nächsten Tagen nicht entdeckt werden. Es muss so aussehen, als ob sie ertrunken wäre. Von hier bis zum See ist der Bach nicht mal einen Meter tief. Und du brauchst sie nur bis dahin zu bringen, wo der Abhang zum See beginnt. Wenn du bis zur Brust im Wasser stehst, kannst du den Sack loslassen. Der rutscht dann schon von alleine in die Tiefe."

„Das ist das letzte Mal, dass ich dir einen Gefallen getan hab", schimpfte der kleinere Kerl, doch er trat ins Wasser.

„Von wegen Gefallen! Ich habe dir einen Haufen Geld dafür bezahlt", erwiderte der zweite Mann mit einer tiefen Stimme, die sehr bedrohlich klang.

Rune hörte, wie einer der beiden ins Wasser stieg und auf ihn zu watete. Rune stieg ebenfalls ins Wasser und schob sich langsam ins Reet. Endlich stand er bis zur Brust im Wasser und die Pflanzen überragten ihn. Erneut blitzte und donnerte es ganz in der Nähe. Das nahe Klatschen von etwas Schwerem, das ins Wasser fiel, ging in dem Höllengetöse fast unter. Eine Gestalt kam aus dem Bach heraus und war nur ein paar Meter von ihm entfernt. Rune wurde von Angst überflutet. Er schloss die Augen.

„Die Pferde scheuen", rief jetzt der größere der beiden. „Ich sehe mal nach dem Rechten. Vergiss nicht: Bring sie bis zum Abhang, dort, wo das Wasser tief wird!"

„Mach ich."

Rune vernahm schnelle Schritte, die immer leiser wurden. Das Wiehern hörte und hörte nicht auf. Er öffnete für einen Moment die Augen. Der zweite Mann schaute zum See hinaus. Das Wasser reichte ihm hier bis zur Hüfte. Er hielt ein Seil in der Hand, mit dem er einen Sack im Wasser hinter sich herzog. Er schien zu überlegen, was er tun sollte. Dann machte er noch zwei Schritte nach vorne und stand plötzlich bis zur Brust im Wasser.

Das Zugband des Sackes glitt aus seinen Händen, sodass der Sack nun komplett untertauchte. Nur der Knoten an der Leine schaute noch heraus. Einmal noch fluchte der Mann, als er versuchte, die Last vollständig unter Wasser zu drücken, dann wandte er sich um und watete auf dem Weg zurück, auf dem er gekommen war.

Kaum war er zehn Meter entfernt, wand sich der Junge aus dem Reet heraus und schwamm die kurze Strecke bis zu der Stelle, wo immer noch Blasen aufstiegen und der Knoten wieder an die Oberfläche gekommen war. Er bekam ihn mit einer Hand zu fassen. Als er sich sicher fühlte, tauchte er unter und fasste das Seil genau dort, wo es am Sack zusammengebunden war. Dann zog er die Last in Richtung Ufer. Er hatte sie gut zwei Meter bewegt, als er langsam wieder auftauchen musste. Hektisch schnappte er nach Luft. Hier reichte ihm das Wasser glücklicherweise nur bis zur Brust. Leise atmete er tief ein und aus.

Er hörte, wie ein Windstoß durch die Büsche auf der kleinen Insel fegte und auch wie der Mann immer noch durchs Wasser watete. Erst als die Schritte ganz verstummt waren, zog Rune den Sack ans Ufer heran. Zur

Hälfte schaute er schon aus dem Wasser. Unmöglich, den Knoten mit den Fingern zu öffnen. Er hatte doch ein Messer in seiner Umhängetasche! Wie eine Schlange kroch er dorthin. Da näherten sich plötzlich schnelle Schritte.

„Ein Dorfköter hat die Pferde angeknurrt. Ich habe das Biest erledigt", sagte die tiefe Stimme. „Und? Hast du getan, was ich dir befohlen habe?"

„Die Kleine liegt jetzt auf dem Grund des Sees in 30 Metern Tiefe."

Ein paar Sekunden verstrichen. Rune meinte zu spüren, wie die Blicke der beiden Kerle versuchten, die Dunkelheit zu durchdringen. Voller Angst rührte er sich nicht. Eine dunkle Wolke schob sich vor den Mond. Es wurde düster.

„Es ist gut. Lass uns gehen und hoffen, dass niemand jemals den Sack findet!"

Die Schritte der zwei Gestalten entfernten sich langsam. Viel zu langsam, wie Rune fand.

Kaum war alles still, holte er sein Messer aus der Umhängetasche hervor und kroch zum Sack zurück. Dann zerrte er ihn noch weiter zum Baum hinauf und schlitzte ihn einen halben Meter weit auf. Ein kleiner Kopf mit blonden, langen Haaren kam zum Vorschein. Ein Mädchen! Die Augen waren geschlossen. Rune hoffte sehr, dass sie nur schlief oder betäubt war. Mit aller Macht zerrte er am Sack, bis er den gesamten Oberkörper befreit hatte. Dabei stellte er fest, dass unten große Steine im Sack lagen. Deshalb ist er also so schwer, dachte er. Nun spendete der Mond plötzliche wieder etwas Licht. Vorsichtig beugte sich der Junge über das Mädchen und konnte keinen Herzschlag mehr hören.

Sie ist tot! Erschrocken zuckte Rune zusammen. Er wusste nicht, was er tun sollte. Schließlich beschloss er, sie noch ein Stückchen zur Eiche hinaufzuzerren. Dort bestand keine Gefahr, dass sie wieder ins Wasser rutschte. Dann fasste er ihre Hände und zog sie ganz aus dem Sack heraus. Der Zufall wollte es, dass sie mit dem Oberkörper auf den kleinen Busch fiel, unter dem seine Umhängetasche lag. Er fluchte leise. Etwas Wasser quoll aus ihrem Mund heraus, denn der Kopf lag nun viel tiefer als der Körper. Wieder zerrte er an den Armen. Nun hing der Oberkörper über einer großen Wurzel des Baumes. Und immer noch kam er nicht richtig an seine Tasche heran.

Da plötzlich schien das Mondlicht mit Macht auf die kleine Halbinsel, auf die es ihn und das Mädchen verschlagen hatte. Ein Windstoß fegte vom See her über die Büsche hinweg. Er sah nun, dass sie ein paar Jahre jünger war als er, vielleicht sieben oder acht. Der oberste Knopf ihrer Jacke war abgerissen, auf der blassen Haut darunter funkelte eine Brosche. Zwei Pferdeköpfe, deren Hälse sich kreuzten und über denen eine kleine Mondsichel hing. Drei kleine Steine glitzerten in dem schmalen Halbbogen. Neugierig beugte er sich wieder über das Mädchen und entdeckte am Hals, nur wenige Zentimeter von dem Schmuckstück entfernt, ein Muttermal, das einem abnehmenden Mond ähnlich war.

Sie ist tot und braucht die Brosche nicht mehr, aber vielleicht hilft sie mir noch, überlegte Rune. Deshalb zerrte er schließlich mit aller Macht an dem Kleinod, das sich plötzlich von dem rosa Kleidchen löste, welches die Kleine unter der Jacke trug. Dabei fiel der Oberkörper wieder nach hinten über die Wurzel und dieses Mal quoll ein großer Schwall Wasser aus ihrem

Mund. Ein Hustenanfall folgte, der gar nicht enden wollte.

In diesem Augenblick sauste ein weitere Böe über die Halbinsel, sodass ein Ast der Eiche abbrach und dicht neben dem riesigen Baum ins Wasser stürzte. Instinktiv legte sich der Junge schützend über das Kind. Das Husten ging in ein Keuchen über. Rune griff nach ihrer Hand und drückte sie. Nur sehr schwach, aber doch deutlich spürbar, erwiderte sie den Druck.

Da erklang erneut Pferdegewieher in der Ferne. Aus jener Richtung, in die die zwei Männer verschwunden waren. Eine tiefe Stimme brüllte etwas Unverständliches. Dann erstrahlte gleißend helles Licht und unmittelbar darauf erklang ein lauter Knall. Das Gewitter, dachte Rune. Vielleicht hatte der Blitz bei den Männern mit den Pferden eingeschlagen. Das kleine Mädchen unter ihm begann zu weinen. Rune wollte sie trösten und berührte ihren Arm mit seiner Hand. In dem Moment erhellte ein weiterer Blitz den nachtschwarzen Himmel. Im kurzen Aufscheinen sah er, dass das Kind ein Tuch in den Händen hielt. Langsam löste er es aus ihrer Faust und schaute es an. „Elisabeth" las er und sah irgendeine seltsame Stickerei darauf. Dann steckte er es in seine Umhängetasche.

Der Junge lehnte sich an den Stamm der Eiche, neben ihm das Mädchen, das immer noch leise wimmerte. Er versuchte, ein bisschen zur Ruhe zu kommen, wenigstens einen klaren Gedanken zu fassen. Was sollte er jetzt mit dem Kind machen? Und was würde passieren, wenn man die Brosche bei ihm fand? Sicher würde man ihm vorwerfen, dass er sie gestohlen hätte. Er konnte das Schmuckstück nicht mitnehmen. Deshalb vergrub er es nahe des Baumes unter einem Busch.

Dann schlief er ein, nachdem auch von der Kleinen nichts mehr zu hören war.

Am nächsten Tag hatte Rune einen Fisch fangen können, den er grillte. Zusammen mit dem letzten Brot und ein paar Beeren, die sie gefunden hatten, hatten sie ihn gegessen. Die Kleine war völlig verwirrt und erschöpft und konnte ihm ihren Namen nicht sagen. Deshalb hatte er sie am Abend, als es bereits dämmerte, schweren Herzens in der Nähe eines Bauernhofs zurückgelassen. Rune hatte ihr eingebläut, sich bei den Bauern zu melden. Dann war er leise davon geschlichen.

Er fühlte sich schuldig, dass er sie einfach verlassen hatte, und wusste nicht, ob es richtig war, so zu handeln. Von nun an ließ ihn sein Gewissen lange Zeit nicht mehr in Ruhe. Immer wieder stellte er sich die Frage, ob ihr etwas zugestoßen sein könnte. Deshalb schwieg er auch lange Zeit und erzählte selbst John nichts über das Mädchen und erst recht nichts über die Brosche. Er versuchte zu vergessen, was sich am See ereignet hatte, und am Ende hatte er tatsächlich fast alles vergessen. Es schien als ob die Erinnerung im See ertrunken wäre, zusammen mit der schrecklichen Angst.

19

Schleswiger Nachrichten

Rendsburg 2. September 1892

Der gestern beim Gymnasium aufgefundene Maurer H. aus Büdelsdorf ist gestern Nachmittag verstorben und asiatische Cholera festgestellt. Dieser Fall liefert einen eklatanten Beweis davon, dass die Seuche auch ohne directe Berührung mit Personen infizierter Orte befallen kann, denn es ist nirgends festgestellt, daß der den ganzen Tag über mit der Schnapsflasche gesehene Mann sich Hamburgern genähert hätte. Mit dem Trinken ‚bacillenhaltigen Wasser‘ wird sich der Befallene auch nicht aufgehalten haben, denn er soll ein notorischer Trinker gewesen sein.

Klein Himmelsee, Krähenhof April 1903

Linda machte die Tür der kleinen Kate auf und begann über das ganze Gesicht zu strahlen.

„Ich habe gestern auf dem Markt in Fleckeby einen Pullover für … "

Sie sah Runes ernstes, ängstliches Gesicht und schwieg betroffen. Schnell nahm sie seine Hand und zog ihn nach drinnen. Dann ging sie voraus in die gute Stube, wo die beiden Großeltern ihn anstrahlten und er sie begrüßte. Doch die alte Frau spürte nach ein paar Minuten, dass etwas nicht in Ordnung war. Sie erhob sich und meinte, es sei wohl Zeit für sie, ins Bett zu gehen. Ein kurzer Blickkontakt mit ihrem Mann und auch der begann zu gähnen und stand auf.

„Was ist passiert, Rune?", fragte Linda, als sie allein waren.

Rune erzählte von den beiden Männern, die zu ihrem Elternhaus geschlichen waren und spioniert hatten. Auch das Gespräch der beiden beschrieb er ihr. Und schließlich berichtete er seiner Verlobten von seinen Erinnerungen an jene Gewitternacht vor fast elf Jahren. Dass Männer, deren Stimmen er jetzt wiedererkannt hatte, damals ein Kind auf der Halbinsel im Himmelsee zurückgelassen hatten. Und dass er glaube, dass es sich bei diesem Kind um sie, Linda, handele.

Er erzählte ihr aber nichts von dem Mordversuch und auch nichts davon, wie er sie gerettet hatte. Es schien ihm zu schrecklich und er wollte sie nicht beunruhigen. Lieber schilderte er Linda, wie er sie am darauffolgenden Tag in der Nähe eines Bauernhofs zurückgelassen hatte, weil er selbst noch fast ein Kind gewesen war, und sie offensichtlich eine neue Heimat bei den Streitmanns gefunden hatte.

Selbst die Geschichte der Brosche, die er damals bei ihr gefunden hatte, enthielt er ihr nicht vor. Ebenso, dass sie vielleicht zur Familie von Waasner gehörte, die auf dem Gut Rieseby lebte, welches vor gut zehn Jahren fast abgebrannt war. Er teilte ihr sogar seine Vermutung mit, dass ihr Vater im Feuer umgekommen und ihre Mutter aus Kummer über ihr Verschwinden kurz darauf verstorben sei. Und schließlich endete er mit der Hoffnung, dass diese Brosche ihnen nun Glück bringen werde, weil er mit dem Geld aus dem Verkauf endlich ihr Häuschen bauen könne.

Linda hatte ihm aufmerksam gelauscht, die strahlend blauen Augen hatten sich jedoch immer mehr verdunkelt. Sie schien das alles nicht so recht zu glauben und zwirbelte nachdenklich eine Strähne aus ihrem blonden Zopf um ihren Finger.

„Ich weiß nicht, Rune, was du mir damit sagen willst? Bin ich jetzt in Lebensgefahr?"

„Wenn du aus einer adeligen Familie stammst und Walter von Waasner dein Onkel ist, dann solltest du dich an ihn wenden und um Hilfe bitten."

Unentschlossen und zweifelnd schüttelte Linda den Kopf.

„Kannst du dich an irgendetwas erinnern, das vor deinem siebenten Geburtstag geschehen ist, Linda?"

„Natürlich", sagte sie, doch dann verstummte sie. Zögernd fuhr sie schließlich fort: „Ich kann mich daran erinnern, dass … "

Rune sah sie fragend an. Doch sie schaute nur unruhig in alle Richtungen und wurde wütend.

„Es fällt mir jetzt eben nicht ein! Du willst mich nur aus der Fassung bringen. Ich habe dieses Wochenende wirklich eine Menge getan, um auch etwas Geld für die Hochzeit zu verdienen, Rune."

Sie hatte den letzten Satz geschrien. Dann stand sie mit Tränen in den Augen auf und wollte an ihm vorbei in den Flur laufen. Er versuchte, sie am Arm festzuhalten, aber sie stieß seine Hand wütend weg und stolperte mit eiligen Schritten die Treppe nach oben. Seufzend schüttelte er nur den Kopf.

*

Am nächsten Morgen war Rune schon vor dem Morgengrauen erwacht und hatte nach einigen ruhelosen Minuten beschlossen, an diesem Tag zum Seehof zu wandern. Auf keinen Fall wollte er riskieren, dass diese beiden Kerle seiner Braut etwas antaten, bevor er Unterstützung geholt hatte. Und außerdem sollten Lindas Großeltern nicht zu lange die Gelegenheit haben, ihr zu erzählen, dass sie schon immer hier, in Klein Himmelsee, aufgewachsen war. Er brauchte Hilfe. Sein Gefühl sagte ihm, dass die Wahrheit endlich ans Licht kommen musste. Und der Gutsherr vom Seehof war offenbar der Schlüssel dafür.

Linda musste die Gefahr, in der sie schwebte, ernst nehmen. Und dazu gehörte auch, dass sie so bald wie möglich alles erfuhr, was damals geschehen war. Leider weigerte sie sich nur, ihm zu glauben. Wenn sie die Wahrheit nicht akzeptierte, dann hätte ihre Ehe kein gutes Fundament. Das war ihm plötzlich so klar wie nichts anderes in seinem Leben. Er hätte ihr gerne eine Nachricht hinterlassen. Aber einerseits wusste er nicht, was er ihr schreiben sollte, und andererseits war er immer noch zu wütend über das unglückliche Gespräch von gestern Abend. Also war es das Beste, sich bei Walter von Waasner auf dem Seehof die nötige Hilfe zu holen.

Es war eine Wanderung von über drei Stunden quer über die Hüttener Berge nach Fleckeby und von dort zum Seehof. Doch er hatte Glück. Der Gutsherr und sein Stiefsohn empfingen Rune freundlich und zuvorkommend. Kaum hatte er sich in einen der bequemen Sessel gesetzt, brachte ihm die Haushälterin auch schon Kaffee, Kuchen und Brot sowie ein Glas Wasser. Und erst als der Gast sich gestärkt hatte, wurde er gefragt, was ihn zu dem Besuch veranlasst habe.

Noch einmal erzählte der junge Schäfer, was sich damals vor über zehn Jahren auf der Halbinsel am Himmelsee ereignet hatte, als er die Brosche und das Taschentuch dort entdeckt hatte. Er blieb weitgehend bei der Version, die er zuvor schon Linda geschildert hatte. Nur den Mordversuch an dem Kind fügte er noch hinzu. Der Gutsherr stellte hin und wieder Fragen zu Dingen, die überprüft und bezeugt werden konnten. Rune konnte alles zufriedenstellend beantworten. Nur die Identität der dunklen Gestalten, denen der Junge begegnet war, blieb unklar.

Als er fertig war, stand Stin auf, ging zum Kamin und stocherte mit dem Schürhaken darin herum. Als Rune einen Blick über die Schulter warf, sah er, wie der junge Mann ein paar Scheite in die Glut warf und die Flammen gierig nach dem Holz züngelten. Der Gutsbesitzer seufzte.

„Und die beiden Männer vor der Kate konnten Sie nicht erkennen?"

„Nein, leider nicht. Es war schon dunkel und der Weg wird von großen Büschen beidseits des Weges so überwuchert, sodass selbst bei Mondlicht kaum etwas zu sehen ist."

Der alte Herr nickte.

„Aber das Geschehen von damals ist mir nicht so recht klar geworden, Herr Silban. Warum sind Sie überhaupt auf die Halbinsel gegangen? Sind Sie vor den beiden Männern geflohen?"

Und so berichtete Rune von den beiden Halunken, die ihn fangen wollten, damit er für sie stehlen sollte. Er war über den Sumpf zur Eiche geflohen war, weil er sich vor ihnen verstecken wollte. Später tauchten dann die zwei anderen Männer mit dem Kind in der Dunkelheit auf.

„Sie glauben also, dass es sich bei dem Kind um Linda bzw. um meine Nichte Elisabeth von Waasner handelt?", fragte Walter von Waasner.

Rune zögerte und sah den Gutsherrn ängstlich an. Er wusste, das viel von seiner Antwort abhing. Der alte Herr war inzwischen aufgestanden und lief im Zimmer auf und ab. Jetzt blieb er stehen und sah seinen Gast herausfordernd an.

„Bitte denken Sie daran, Herr von Waasner, dass das Kind diese Brosche bei sich hatte. Und bei dem Kind handelt es sich bestimmt um meine Braut. Denn da war noch etwas …"

Der junge Mann schluckte, weil es ihm unangenehm war, den beiden Herren so etwas Intimes über seine Verlobte berichten zu müssen.

„Beide, das Kind damals und auch meine Linda, haben dasselbe Muttermal am Hals. Es sieht ein bisschen aus wie ein abnehmender Mond."

„Ja, wahrscheinlich haben Sie recht, Herr Silban", stimmte ihm Walter von Waasner zu. Er sah nachdenklich vor sich hin, bevor er fortfuhr: „Die kleine Elisabeth sollte also umgebracht werden, aber sie hat überlebt. Und jetzt ist sie wieder aufgetaucht und leider wissen das auch die Kerle von damals und sie wissen sogar, wo sie steckt. Eigentlich haben diese Schurken nichts zu befürchten, denn Ihre Erinnerung, Herr Silban, ist alles, was wir haben. Die Erinnerung an zwei Stimmen. Kein Gericht wird das als Beweis akzeptieren. Aber wir können uns nicht darauf verlassen, dass den beiden Verbrechern das reicht."

Wieder ging der alte Herr ruhelos im Salon hin und her.

„Zunächst sollten wir das alte Ehepaar Streitmann dazu zu bringen, dass sie die Verschleierung der Identität von Elisabeth von Waasner zugeben. Dazu müssten wir dafür sorgen, dass die beiden alten Leute für diesen kleinen Gesetzesbruch nicht bestraft werden. Finden Sie das nicht auch?"

Rune sah den Adeligen mit großen Augen an, bis der lächelte, zu ihm ging und ihm auf die Schulter klopfte.

„Ich vermute, dass die Streitmanns im Gegensatz zu den beiden Schurken aus redlichen Gründen gehandelt haben. Und außerdem habe ich gute Beziehungen."

Doch eines verschwieg der Gutsbesitzer Rune: nämlich, dass er gemeinsam mit Conrad von Hirschfeld die Identität von Linda Streitmann alias Elisabeth von Waasner schon geklärt hatte.

*

Um die Mittagszeit erreichten Walter von Waasner, sein Stiefsohn und Rune Silban den Ortseingang von Klein Himmelsee. Der junge Schäfer betrachtete intensiv die Landschaft um sich herum, besonders Ortsmarken wie Bäume und Steine, um sich an die Ereignisse vor fast elf Jahren zu erinnern. Schließlich war er sich sicher, dass er das Kind vor dem Bauernhof auf der rechten Seite zurückgelassen hatte. Wenige Minuten später standen die drei vor der schön geschnitzten, grün-weiß gestrichenen Holztür von „Gustav Streitmann", dem Sohn des alten Ehepaars. Der Gutsherr klopfte energisch mit dem eisernen Ring und als die Tür aufging, reichte er der Bäuerin seine Karte und bat um ein kurzes Gespräch in einer wichtigen Angelegenheit. Diese beugte sich widerwillig seinem Wunsch und führte die Gäste in die Stube, wo der Hausherr am Tisch saß und eine Suppe schlürfte. Als er den Besuch sah, schob er seine Mahlzeit lustlos beiseite. Dann las er die Karte des Gutsherrn und scheuchte die Kinder hinaus.

„Was verschafft mir die Ehre", sagte er mit besorgtem Tonfall und ernstem Gesicht.

„Wir wollen Sie nicht lange stören, Herr Streitmann. Ich hoffe, Ihre Arbeit ist nicht allzu beschwerlich. Das Wetter ist derzeit ja leider etwas zu trocken."

Der Blick des Bauern glitt forschend über die Gesichter der Besucher. Zwei ernste Mienen gegen ein lächelnde. An Runes Gesicht blieb seine Augen hängen. Eine stumme, kurze Frage, die nicht beantwortet wurde. Deshalb stellte er sie laut:

„Worum geht es denn? Hast du was angestellt, Rune?"

Eine Pause folgte, in der die Bäuerin dem Gutsbesitzer einen Stuhl anbot und sagte:

„Setzen Sie sich bitte, Herr von Waasner. Ich werde Ihnen einen Tee machen."

Dieser setzte sich und meinte gelassen.

„Ein Tee wäre wundervoll, Frau Streitmann. Aber sonst bitte keine weiteren Umstände."

Die Frau schob noch zwei weitere Stühle in Richtung der beiden anderen Gäste und verschwand in die Küche. Als kurz darauf jeder Anwesende eine gefüllte Tasse vor sich stehen hatte, und die Bäuerin sich anschickte, den Raum zu verlassen, hielt sie Walter von Waasner zurück.

„Frau Streitmann, es wäre wünschenswert, wenn auch Sie sich zu uns setzen würden. Denn, nun ja ... "

Die Angesprochene schaute den alten Herrn fragend an. Der deutete auf einen freien Stuhl, der in einer Ecke des Raumes stand. Besorgt rückte sie ihn an den Tisch und wartete. Das Gesicht ihres Mannes hat sich leicht rot verfärbt, als er nun Rune kopfschüttelnd anblickte, der jedoch aus dem Fenster sah.

„Es geht um eine Angelegenheit, die jetzt schon über zehn Jahre her ist", begann der Gutsherr und fixierte die Bauersfrau mit seinen Augen. Ein Schatten von Angst huschte über das Gesicht der Frau.

„Während eines Brandes auf dem Gut meines Neffen verschwand dessen Tochter spurlos. Sie hieß Elisabeth von Waasner. Genau in dieser Nacht brachten zwei Männer ein Kind hierher, um es im Himmelsee zu ertränken!"

Der Atem aller Menschen im Raum schien plötzlich still zu stehen. Nur eine Wanduhr getraute sich, ein leises Ticken von sich zu geben. Der Unmut in den Gesichtern des Ehepaares war Entsetzen gewichen.

„Aber dieser mutige junge Mann – damals selber fast noch ein Kind - schaffte es, das Mädchen aus dem untergehenden Sack zu befreien und wiederzubeleben."

Walter von Waasner deutete auf Rune.

„Allerdings war er zu jung, um sich um die Kleine zu kümmern."

Der alte Herr machte eine Pause und sah erneut die Bauern scharf an.

„In seiner Not kam er auf die Idee, das kleine Wesen in der Abenddämmerung zu Ihnen zu bringen. Er hoffte, dass Sie sich um das Kind kümmern würden."

Der Bauer schüttelte jetzt resigniert den Kopf, während seiner Frau die Tränen schon aus den Augen liefen. Und sie begann zu reden.

„Ich habe das Mädchen ja gefragt, wie sie heißt. Doch sie wusste es nicht. Immer wieder hab ich sie gefragt, bis sie anfing zu weinen, dann hab ich es aufgegeben. Die Kleine war damals völlig verstört, deshalb nahm ich sie auf und pflegte sie so gut es ging. Zuerst haben wir gedacht, der Name würde ihr irgendwann schon wieder einfallen oder die Mutter würde sich bei uns melden, aber nichts geschah. Am Ende glaubten wir, dass sie ausgesetzt worden sei."

Mitleidig und stumm blickten die Besucher die Bäuerin an, deren Tränen nicht versiegten. Sie warf ihrem Mann einen fordernden Blick zu. Der seufzte und schüttelte immer noch den Kopf. Bis auch er zu reden begann.

„Meine Schwester Alberta hatte einen Mann in Flensburg geheiratet, der an der Ruhr erkrankte und starb. Und meine Schwester und ihre Tochter kamen deshalb hierher zurück, doch sie litten beide bereits auch schon unter ... " Seine Stimme setzte aus. „Das Kind starb als letztes." Er seufzte schwer.

20

Schlei-Bote

11. Februar 1903

Die vom Angler Verein für Volkswohl im vorigen Jahre eingeführte Ausgabe von Gutscheinen zur Bekämpfung der Wanderbettelei scheint in den meisten Kirchspielen der Landschaft Eingang gefunden zu haben. In der kurzen Zeit des Bestehens dieser Einrichtung hat man schon die Wahrnehmung gemacht, das die Wanderbettelei abnimmt, namentlich sollen die Wanderbettler, welche sonst in bestimmten kurzen Zwischenräumen wiederkehren, wegbleiben, da sie für die papiernen Ortschaften keine Neigung zeigen. Es ist also tatsächlich durch die Ausgaben von Gutscheinen ein Mittel in die Hand gegeben, der Vagabondage wirksam zu begegnen

Klein Himmelsee, April 1903

Kurz darauf klopfte Rune an die Tür der Kate, in der Linda mit den Großeltern Streitmann lebte. Walter von Waasner und sein Stiefsohn standen in respektvollem Abstand hinter ihm.

Otto Streitmann öffnete die Tür. Er sah Rune wütend an.

„Lass Linda in Ruhe, Rune! Was hast du ihr bloß erzählt! Sie war völlig durcheinander und hat geweint und wirres Zeug geredet. Wir konnten sie nicht beruhigen und jetzt ist sie verschwunden."

Rune sah den Großvater schockiert an und schüttelte fassungslos seinen Kopf. Da schob sich der Gutsherr an ihm vorbei und trat nach vorne.

„Bitte, dürfen wir kurz mit Ihnen reden?"

Der alte Mann nickte niedergeschlagen und gab die Tür frei.

Eine Viertelstunde später wussten die Besucher, dass die junge Frau schon am Vormittag das Haus verlassen hatte. Sie wollte zur Familie von Waasner, um sich dort Gewissheit zu verschaffen, wer sie wirklich war. Denn Großmutter Berta Streitmann hatte ihr offenbart, dass sie ein Waisenkind sei, dessen Name sie nicht in Erfahrung hatten bringen können.

*

Vor der Kneipe hatte Linda den Jungbauern Karl Grote getroffen, der dank eines glücklichen Zufalls an diesem Tag etwas in Eckernförde zu tun hatte. So konnte die junge Frau auf seinem Pferdewagen mitfahren. Von dort war sie mit dem Zug nach Rieseby gefahren und hatte sich dann nach dem Weg zum Gestüt Waasner erkundigt.

Es ergab sich, dass sich gerade an diesem Tag ein Händler einige Pferde angeschaut hatte. Er war sich mit Sebastian von Waasner schließlich einig geworden und sie hatten einen entsprechenden Vertrag unterzeichnet. Stefan Kindler hatte den Herrn zurück zum Bahnhof nach Rieseby gebracht und befand sich nun auf dem Rückweg. Als er eine schöne, blonde Frau am Wegesrand entlanggehen sah, stutzte er und hielt an. Das war doch die junge Bäuerin aus Klein Himmelsee, dachte er überrascht.

„Wollen Sie zum Gestüt?", fragte er sie freundlich, als er sie eingeholt hatte. Sie blieb stehen, sah ihn mit verschlossener Miene an, nickte dann aber.

„Und worum geht es? Suchen Sie vielleicht Arbeit?"

„Nein", erwiderte sie. „Ich wollte den Gutsherrn sprechen, in einer privaten Angelegenheit."

Die Frau lächelte ihn jetzt dankbar an. Kindler stieg kurz ab und öffnete eine der beiden Türen des Fahrzeugs. Kurz darauf hielt er vor dem Haupteingang des Herrenhauses.

„Bitte warten Sie einen Moment. Ich werde Sie anmelden."

Die junge Frau nickte und Stefan Kindler verschwand im Eingang des Hauses.

„Es ist dieselbe Frau, die ich auf dem Markt in Fleckeby gesehen habe", berichtete er atemlos. „Jene, über die wir Erkundigungen in Klein Himmelsee eingezogen haben."

Der Gutsbesitzer legte die Zeitung weg, die er in seinem Salon gelesen hatte, und stand auf. Er ging ein paar Schritte zum Fenster und schaute zur Kutsche, die vor dem Eingang stand.

„Ich hab ihr gesagt, sie soll in der Kutsche warten", erklärte der Reitlehrer, der hinter ihn getreten war.

„Vielleicht ist die junge Frau ja auch nichts weiter als ein abgebrühtes Geschenk meines Onkels. Eine Frau, die nur vorgibt, meine Nichte zu sein, um mich zu verunsichern. Eine zweite Luise Inien. Was meinen Sie, Kindler?"

„Auf mich wirkt sie ziemlich echt, aber möglich ist natürlich alles. Vielleicht schauen Sie sich die junge Frau selber an und entscheiden dann, was mit ihr zu geschehen hat."

„Gut, so machen wir es. Gehen Sie zur Haushälterin und sagen Sie ihr, sie möge zu mir kommen", wies der Gutsherr seinen obersten Bereiter an. „Und nachdem ich mit Frau Stenhardt gesprochen habe, holen Sie Frau Streitmann herein und schicken Sie sie zu mir. Aber nicht früher!"

Der Reitlehrer wollte schon gehen, doch dann hielt ihn Sebastian von Waasner mit einem kurzen Ruf zurück.

„Moment! Hat sie schon jemand von den Pächtern oder vom Personal gesehen?"

Der Reitlehrer wandte sich erneut zu seinem Herrn um.

„Ich glaube nicht. Sie hat die ganze Zeit in der Kutsche gesessen."

„Schön, dass sie so schüchtern ist."

„Und wenn sie echt ist und sich plötzlich an alles erinnert?", fragte Stefan Kindler, ohne den Blick von der Kutsche abzuwenden. Der Gutsbesitzer reagierte nicht. Er sagte nur:

„Warten Sie auf dem Flur!"

Kurz darauf klopfte es an der Tür des Salons und der Gutsherr rief „Herein". Mathilde Stenhardt erschien und erfasste mit einem Blick, dass ihr Herr sich ernste Sorgen machte. Da sie in der Küche gelauscht hatte, wusste sie, dass Stefan Kindler die junge Frau vom Markt in Fleckeby mitgebracht hatte.

„Ich werde gleich die junge Frau treffen, die so viel Ähnlichkeit mit Maria hat. Leider wusste Kindler nicht, weshalb sie hierhergekommen ist, aber ich muss herausfinden, ob sie sich an ihr altes Leben erinnert. Wenn ja, dann muss sie weg. Bitte legen Sie die alten Familienfotografien schon mal bereit, damit ich sie ihr zeigen kann, und bringen Sie uns auch Kaffee und Kuchen. Sie sollten dabei auch etwas zum Schlafen vorbereiten."

Er lächelte grimmig.

„Wahrscheinlich hat sich das Fräulein mit ihren Eltern oder gar mit ihrem Liebsten gestritten – falls sie einen Schatz hat. Und was macht denn ein verzweifeltes Fräulein Ihrer Meinung nach, Herr von Waasner?", fragte die Haushälterin und schmunzelte hinterhältig.

„Sie geht ins Wasser, wie das junge Frauen meistens tun", vermutete dieser und grinste boshaft. Dann schickte er sie mit einem lässigen Wink weg.

Was die beiden nicht ahnten, war, dass unter dem leicht geöffneten Fenster eine Gestalt stand und jedes der gesprochenen Worte in sich aufsog.

Ein paar Minuten später erschien Linda Streitmann im Türrahmen und betrat scheu den großen Raum. Sebastian von Waasner lächelte sie gewinnend an und wies auf einen Sessel:

„Bitte setzen Sie sich."

Als die junge Frau dort Platz genommen hatte, musterte er sie und fragte schließlich: „Was kann ich für Sie tun, Fräulein Streitmann?"

Sie zögerte. Doch der gut aussehende Mann schien vertrauenswürdig zu sein. Deshalb erzählte sie schließlich, dass man ihr gesagt habe, sie sei vor über zehn Jahren bei Klein Himmelsee ausgesetzt worden.

„Durch einen glücklichen Zufall bin ich aber gerettet und zu Bauern in der Nähe gebracht worden. Und jetzt plötzlich heißt es: Ich sei eigentlich eine von Waasner und hieße Elisabeth."

Erst jetzt getraute sie sich wieder, zu Sebastian von Waasner aufzublicken. Der lächelte sie immer noch herzlich an, schaute dann aus dem Fenster und schüttelte schließlich den Kopf.

„Meine Güte, was für eine abenteuerliche Geschichte!" Danach sah er die junge Frau wieder freundlich an und sagte ruhig:

„Es waren mein Bruder und seine Frau, denen soviel Schreckliches widerfuhr. Ich war zu der Zeit gar nicht hier und erfuhr erst später davon. Man ging damals zunächst davon aus, dass ihre kleine Tochter Elisabeth wie auch mein Bruder bei dem großen Brand hier auf Gut Rieseby umgekommen seien. Dann gab es das Gerücht, dass das Kind noch im Ort gesehen worden sei. Leider hatte die Polizei keinen Erfolg bei ihren Ermittlungen und meine Nichte blieb verschwunden. Das brach meiner Schwägerin das Herz."

Dankbar und verständnisvoll sah Linda Streitmann den Gutsherrn an, der sie bat weiterzuerzählen:

„Es ist nur so: Mein Bräutigam hat damals eine wertvolle Brosche bei mir gefunden, mit zwei Pferdeköpfen und einer Mondsichel. Sie soll ein Schmuckstück der Familie von Waasner sein und jetzt hat sie Ihr Onkel."

Nun blickte Sebastian von Waasner die junge Frau zum ersten Mal sehr ernst an. Das Lächeln war verschwunden. Zumindest für einige Sekunden. Dann entspannte er sich wieder und sagte gelassen:

„Nun ja, es gab tatsächlich zwei von diesen Broschen in der Familie und eine ist seit dem Brand verschwunden. Vielleicht hat jemand dieses Exemplar, von dem Sie sprachen, nur nachgemacht, um mir meine Eigentumsrechte an diesem Gut streitig zu machen."

Der Gutsbesitzer machte eine Pause, dann fragte er nachdenklich:

„Weiß Ihr Bräutigam eigentlich davon, dass Sie sich auf die Suche nach der Vergangenheit gemacht haben und hier auf dem Gut Rieseby sind?"

Zum ersten Mal sah ihm die Frau unsicher in die Augen:

„Ich glaube nicht, dass er es weiß. Wir hatten uns gestern Abend gestritten." Der Gutsherr sah sie für ein paar Augenblicke abschätzend an.

„Ich habe auf dem Speicher noch ein paar Fotografien aus der Zeit, als mein Bruder und seine Frau noch lebten. Vielleicht erinnern Sie sich ja beim Durchsehen an Ihre Vergangenheit. Soll ich vielleicht meiner Haushälterin Bescheid sagen, damit sie sie herunterholt?"

Linda Streitmann sah ihn aufgeregt an. Dann nickte sie intensiv. Der Hausherr stand auf und ging zum Klingelzug neben der Tür. Dort stutzte er kurz, drehte sich lächelnd um und sagte:

„Möchten Sie vielleicht einen Kaffee, solange wir warten?"

Als Frau Stenhardt erschien, machte er ihr unmerklich ein Zeichen, das die junge Frau nicht bemerken konnte, weil er mit dem Rücken zu ihr stand.

„Liebe Mathilde, könnten Sie uns bitte die alten Familienfotografien vom Speicher holen und uns wohl auch noch Kaffee und Kuchen bringen?"

Die Haushälterin nickte. Dann drehte er sich wieder zu seinem Gast um und sagte charmant: „Vielleicht kann ich Ihnen während unserer kleinen Wartezeit etwas über das Gestüt erzählen. Interessieren Sie sich für Pferde?"

Eine Viertelstunde später kam Frau Stenhardt zurück. Sie trug ein silbernes Tablett, auf dem neben zwei Gedecken, einer Kaffeekanne und etwas Kuchen auch ein kleiner Kasten aus Rosenholz stand. Sie stellte alles auf den kleinen Tisch im Salon und zog sich dann wieder diskret zurück, allerdings nicht, ohne vorher noch einen versteckten, verschwörerischen Blick mit Sebastian von Waasner zu tauschen. Auch dies entging Linda Streitmann, die viel zu aufgeregt war.

Die junge Frau beugte sich jetzt neugierig über den Tisch. Ihr Blick traf den des Gutsbesitzers und er reichte ihr einen Stapel Fotos herüber. Interessiert nahm sie ein Bild nach dem anderen in die Hand. Doch immer schüttelte sie den Kopf. Keine Aufnahme schien irgendeine Erinnerung in ihr auszulösen. Erst bei den letzten beiden Fotos zögerte sie. Staunen breitete sich auf ihrem Gesicht aus.

„So eine ähnliche Brosche kenne ich, nur, dass meine drei leuchtende Sterne und ebenso einen Sichelmond hatte."

Dann betrachtete sie das zweite Foto und stellte begeistert fest:

„Ja, das ist sie. Die kenne ich. Die habe ich schon einmal gesehen."

Sie blickte siegessicher in Sebastians Gesicht, in dem sich blankes Entsetzen spiegelte. Erschrocken legte sie die Fotografien wieder in das Kästchen zurück.

„Es tut mir leid, wenn ich was falsch gemacht habe", sagte sie zum Hausherrn.

„Ach nein, es ist alles gut. Ich denke, dass wir uns jetzt Zeit für etwas Kaffee und ein Stückchen Kuchen nehmen sollten. Was meinen Sie?"

*

Walter von Waasner war davon überzeugt, dass die blonde Bäuerin Linda Streitmann in Wirklichkeit seine Nichte Elisabeth von Waasner war. Zu viel sprach aus seiner Sicht dafür. Deshalb packte ihn das Entsetzen, als er erfuhr, dass sie womöglich auf eigene Faust zum Gut seines Neffen gefahren war. Doch er war ein klar denkender Mann, ruhig und überlegt. So entschied er, dass sie sich teilen sollten. Er würde mit Rune Silban nach Gut Rieseby fahren, um dort nach Elisabeth zu suchen. Sein Stiefsohn sollte sich von Gustav Streitmann ein Pferd leihen und dann zum Seehof zurückreiten, falls die junge Frau dort eintraf.

Es war schon nach fünf Uhr nachmittags, als Walter von Waasner und der Schäfer mit ihrer Kutsche und recht müden Pferden auf dem Gutshof seines Neffen anlangten.

„Wir möchten zu Ihrem Herrn, Fräulein Stenhardt", sagte der alte Herr an der Haustür.

„Bedaure, Herr von Waasner, der Herr ist nicht da. Er ist vor einer Stunde mit der Kutsche weggefahren."

„Und wohin wollte er?"

„Er hat mich nicht darüber informiert. Tut mir leid."

Der Gast sah die Haushälterin überrascht an.

„Hat er vielleicht gesagt, wann er in etwa zurück sein wird?"

Mathilde Stenhardt schüttelte den Kopf.

„Es ist sehr selten, dass er mir darüber Auskunft gibt."

Walter seufzte, bedankte sich trotzdem und ging wieder zur Kutsche, mit der sie gekommen waren. Er hatte schon die Tür geöffnet, da wandte er sich noch einmal um.

„War heute vielleicht eine junge, blonde Frau hier bei Ihnen? Eine Linda Streitmann."

Die Haushälterin schien kurz nachzudenken.

„Soweit ich weiß, hat sich hier heute keine Frau dieses Namens vorgestellt, die zum Hausherrn wollte."

Walter von Waasner bedankte sich erneut und stieg in die Kutsche ein. Drinnen berichtete er seinem Begleiter von dem unergiebigen Gespräch mit Mathilde Stenhardt.

„Was machen wir nun?", fragte Rune Silban ungeduldig.

„Ich traue Sebastians Haushälterin nicht, Herr Silban. Unser Wortwechsel stimmt mich nicht sehr zuversichtlich. Wir könnten jetzt natürlich noch einige der Pächter fragen, aber mein Gefühl sagt mir, dass uns das nicht weiterbringen wird."

Er betrachtete intensiv das Gutshaus und überlegte.

„Was würden Sie mit einem Menschen machen, den sie unbedingt loswerden wollen, Herr Silban?"

Rune wurde blass. Walter von Waasner schlug ihm beschwichtigend auf die Schulter und grinste.

„Lassen Sie uns nach Rieseby fahren! Meine Nichte könnte noch dort sein. Und wenn nicht, dann gibt es dort viele Augen und Ohren."

Eine Viertelstunde später waren sie in Rieseby. Rune kümmerte sich um die Pferde, während der Gutsbesitzer des Seehofes die „Dörpgaststuv" betrat. Dichter Qualm und der Geruch nach Bier und Schweiß wehten ihm entgegen, als er die Tür öffnete. In einer Ecke entdeckte er Arthur Langbeen, der mit zwei weiteren Männern Karten spielte.

Der Gutsbesitzer setzte sich an einen freien Tisch. Sofort eilte der Wirt zu ihm, wischte die Platte sauber und nahm die Bestellung auf. Als Langbeen Walters Stimme erkannte, drehte er sich kurz um und nickte ihm zu. Kurz darauf saß er an dem Tisch des Gutsbesitzers. Nach einigen Höflichkeitsfloskeln beugte sich Langbeen vor und begann zu flüstern:

„Vor 'ner halben Stunde kam der Kindler reingestürzt und hat mir ein kleines Kuvert für Sie gegeben. Und dann ist er im Tempo einer Kanonenkugel wieder rausgeflitzt. Ich wollte nur schnell mein Kartenspiel beenden, dann hätte ich Sie natürlich sofort gesucht."

„Dann mal her damit, Herr Langbeen!", sagte Walter von Waasner.

Dieser nickte und griff in sein schmuddeliges, braunes Jackett. Er holte einen Umschlag hervor und hielt ihn dem alten Herrn hin. Der griff danach, bedankte sich und bestellte Arthur Langbeen ein Bier. Dann las er die Adresse: Walter von Waasner. Aber kein Absender war auf dem Umschlag vermerkt. Der Gutsherr riss den Umschlag ungeduldig auf und nahm ein Schreiben heraus.

GEFAHR!

EvW wird nach Klein Himmelsee gebracht.

SK

Ohne ein weiteres Wort sprang Walter von Waasner auf, warf ein paar Münzen auf den Tisch und eilte nach draußen. Dort reichte er das Schreiben an Rune Silban weiter.

„Lesen Sie! EvW bedeutet bestimmt: Elisabeth von Waasner!"

Der nahm den Zettel mit zitternden Händen entgegen und las die Botschaft wieder und wieder. Rune hatte das Gefühl, als ob alle Geheimnisse aus seiner Vergangenheit in Brand geraten waren und seine

Gegenwart und sein Glück in Flammen stand. Entsetzt schüttelte er den Kopf und wurde leichenblass.

„Er will sie ertränken, genau wie das letzte Mal", schrie er.

Sein Gesicht war schmerzverzerrt und voller Angst.

21

Schlei-Bote

24.September 1902

Fernsprechstellen sind bzw. werden eingerichtet in der Gastwirschaft zu Ahnebybek und in der Dorfschaft Sörupbyholz. Die Erkenntnis von der großen Bequemlichkeit, die mit der Einrichtung von Fernsprechstellen geschaffen wird, bricht sich immer weiter Bahn.

Vor der „Dörpgaststuv" in Rieseby, April 1903

Arthur Langbeen war Walter von Waasner nach draußen gefolgt. Nun legte er seine Hand auf Runes Schulter und sagte:

„Das wird nicht geschehen, wenn wir es verhindern können."

Der Gutsherr nickte, um die Worte des treuen Helfers zu unterstreichen. Er griff in eine seiner Jackentasche und holte eine kleine Pistole hervor. Nachdenklich betrachtete er sie und schüttelte den Kopf:

„Dass ich einmal meinen eigenen Neffen zur Räson bringen muss, hätte ich niemals gedacht!"

Er schaute von Rune zu Langbeen. Dann holte er einen kleinen Block und ein ledernes Etui aus seiner Jackentasche, dem er einen teuren Füller entnahm. Nun schrieb er etwas auf einen kleinen Zettel. Am Ende steckte er diesen in ein kleines Kuvert, klebte es zu und reichte es Langbeen.

„Bitte bringen Sie dieses Schreiben sofort und auf jeden Fall zum Seehof. Mein Sohn soll unverzüglich und bewaffnet nach Klein Himmelsee aufbrechen und dort zu uns stoßen."

Der Alte nahm das Kuvert entgegen und war schon aufgestanden, um dem Gutsbesitzer nachzueilen.

„Warten Sie, Herr von Waasner, vielleicht geht's auch schneller. Vor einem Monat ist doch eine Telefonleitung vom Telegrafenbüro am Bahnhof Rieseby zum Herzogsschloss installiert worden. Ich werde dem Telegrafisten sagen, dass er diese Nachricht sofort dem Verwalter des Herzogs übermitteln soll und der soll sie dann schnellstmöglich zum Seehof weiterleiten."

„Das ist eine sehr gute Idee, lieber Herr Langbeen! Kommen Sie, junger Mann", sagte er dann zu Rune. „Mein Neffe hat einen kleinen Vorsprung. Wir müssen uns beeilen. Mit etwas Glück erreichen wir den 6-Uhr-Zug nach Eckernförde noch."

*

Stin war am späten Nachmittag auf dem Seehof an der Schlei eingetroffen. Kaum hatte er das Gutshaus betreten, suchte er Antonia auf und fragte sie, ob die junge Frau vom Markt in Fleckeby in der Zwischenzeit erschienen sei. Diese verneinte das. Stin seufzte und sagte, dass er in den Salon gehe und dort einfach nur ausruhen wolle und gerne etwas zu trinken hätte.

Antonia sagte Frau Johannsen Bescheid und folgte ihrem Bräutigam in den Salon. Kurz darauf kam die Haushälterin lächelnd mit einem Tablett herein, auf dem ein Kännchen Tee neben einer Tasse dampfte und ein paar knusprige Kekse schön angerichtet auf einem Porzellantellerchen mit kleinen Röschen lagen. Als sie das Zimmer wieder verlassen hatte, berichtete Stin vom Vormittag.

„Walter ist der Meinung, dass es sich bei Linda Streitmann tatsächlich um Elisabeth von Waasner handelt. Leider haben wir sie aber nicht mehr in Klein Himmelsee angetroffen", sagte er kopfschüttelnd. „Wenn sie zu Sebastian gegangen ist, dann ist sie in höchster Gefahr. Das meint zumindest Walter."

„Und was jetzt?", fragte Antonia.

„Ich soll hier warten und sie nicht mehr weglassen, falls sie hierher kommt."

Antonia setzte sich zu ihm und goss den Tee in die kleine schneeweiße Tasse mit dem Goldrand aus dem „Edelstein-Service". Kaum hatte er probiert und geklagt, dass er zu heiß sei, als die Schelle in der Eingangshalle ging und einen Gast ankündigte.

„Bitte, bleib sitzen", sagte Antonia und stand auf.

Kurz darauf kam sie zurück und hielt ein kleines Kännchen mit kaltem Wasser in der Hand, das sie neben die Teekanne stellte. Dann setzte sie sich wieder neben Stin auf das Sofa und holte ein kleines Kuvert hervor, das sie ihm übergab.

„Das Schreiben ist vom Verwalter des Herzogs. Walter hat ihm telefonisch eine Nachricht geschickt, in der er darum gebeten hat, dass Augustin von Waasner umgehend nach Klein Himmelsee kommen soll, weil EvW in Gefahr ist. Um 17 Uhr 58 wurde die Nachricht abgeschickt."

Stin war sofort aufgesprungen und wollte schon aus dem Salon stürmen, als Antonia nach seinem Arm fasste und ihn noch einmal aufhielt.

„Was hat das zu bedeuten, Stin?"

Unwillig antwortete er: „Das kann nur heißen, dass Sebastian von Waasner dahinter gekommen ist, dass Linda Streitmann in Wirklichkeit Elisabeth von Waasner, EvW, ist. Und jetzt hat er irgendeine üble Sache mit ihr vor, Antonia."

Er schüttelte ihren Arm ab und wandte sich zum Gehen. Antonia war nun ebenfalls aufgestanden und eilte ihm hinterher.

„Wieso haben Frauen immer so einen sicheren Instinkt dafür, wie man sich in die größtmögliche Gefahr begibt?", fauchte er wütend.

Antonia ließ sich davon nicht abschrecken und schimpfte zurück:

„Ich will es genau wissen, Stin, hörst du."

„Herrgott, ich weiß auch nichts Genaueres. Rune Silban hat mal erzählt, dass er Elisabeth vor fast elf Jahren auf einer kleinen Halbinsel kurz vor dem Dorf gefunden habe. In einem Sumpf an einem Bach."

Fluchend durchquerte er die Diele und kehrte kurz darauf wieder zurück. Er hatte sich aus dem Waffenschrank eine Pistole geholt und lud hastig einige Patronen ins Magazin.

„Was soll das werden, Stin?", fragte Antonia nun eher ängstlich.

„Ich weiß nicht, wie stur Sebastian ist, Antonia, aber ich bin sicher, dass er eine andere Vorstellung von Elisabeths Zukunft hat als Walter. Und ich will nicht, dass Walter etwas passiert!"

Seine Verlobte erschrak. Sie wollte ihn zurückhalten, ihm sagen, dass er bleiben sollte. Doch aufgrund ihres mächtigen Bauches war sie nicht schnell genug. Stin warf sich beim Hinausgehen seinen Mantel über und sprintete nun die Freitreppe hinunter.

„Ich muss los, Antonia!", rief er ihr noch zu, ehe er in Richtung Ställe verschwand. Kurz darauf hatte Stin das Gut auf einem frischen Pferd verlassen und galoppierte in Richtung Hüttener Berge.

Enttäuscht und beunruhigt kehrte Antonia zurück in den Salon, wo sie sich traurig auf dem Sofa niederließ und überlegte, was sie noch tun konnte. Einige Zeit später hörte sie ein knatterndes Geräusch vor dem Haus. Sie kannte dieses Geräusch. Es war eines dieser modernen Fahrzeuge, die von ganz alleine fuhren. Ein Automobil. Wer mochte hier mit einem solchen Fahrzeug vorfahren? Kurz darauf kannte Antonia die Antwort.

Frau Johannsen führte den Baron von Winterfeld in den Salon. Er trug eine Fahrerbrille und ausgefallene Kleidung. Antonia runzelte die Stirn. Sie hätte es vorgezogen, allein zu sein, um in Ruhe ihre nächsten Schritte zu überlegen. Ihre Traurigkeit verwandelte sich in Wut und sie musste sich zusammennehmen, um nicht unhöflich zu erscheinen. Aber ein Baron lässt sich nicht abweisen. Also hatte sie die Haushälterin gebeten, ihn hereinzuführen.

„Ich muss mit dem Gutsherrn reden. Und zwar dringend, Fräulein … "

Der Name seines Gegenübers war ihm anscheinend entgangen.

„Frau Antonia von Waasner", ergänzte die junge Frau würdevoll. „Es tut mir sehr leid, verehrtes Fräulein von Waasner, dass ich Sie zwischenzeitlich so schrecklich behandelt habe. Aber Sie haben zu diesem Missverständnis auch beigetragen. Selbstverständlich werde ich mich um eine angemessene Wiedergutmachung kümmern."

Baron von Winterfeld machte eine kurze Pause und musterte die junge Frau, die beide Hände schützend vor ihren Bauch gelegt hatte. Sie nutzte sein Schweigen, um ihm einen Platz anzubieten. Seufzend setzte er sich.

„Es geht um die verschwundene Elisabeth von Waasner. Sie ist offenbar wieder aufgetaucht und sofort in Gefahr geraten ... "

„Woher wissen Sie das?", fragte Antonia erstaunt.

„Dieser elende Schurke von Reitlehrer ... hm ... er hat sich ja inzwischen hochgedient ... also dieser Bereiter namens Kindler hat mir vor einer Stunde ein Telegramm geschickt, das mir vorab telefonisch übermittelt wurde. Und er deutete darin an, dass ... hm ..."

Antonia nickte. „Dass Elisabeth von Waasner in Gefahr ist. Wir erhielten die Information auch aus Rieseby. Walter von Waasner und mein Bräutigam sind schon auf dem Weg nach Klein Himmelsee, eine Halbinsel kurz vor dem Ortseingang ..."

Der Gast sah die zukünftige Schwiegertochter des Hausherrn überrascht an. Antonia musterte den Baron ebenfalls aus dunklen Augen und plötzlich verstand sie seine Überraschung. Ihr abweisender Gesichtsausdruck veränderte sich.

„Sie wollen auch dorthin?", fragte sie neugierig.

„Nun ja, eigentlich schon."

„Bitte nehmen Sie mich mit, Herr Baron."

„Völlig unmöglich, Fräulein von ... äh ... Waasner, in Ihrem Zustand! Das kann eine sehr gefährliche Sache werden."

„Ich komme trotzdem mit! Mein Bräutigam ist leider ein ziemlicher Hitzkopf."

„Aber Fräulein von ... "

„Papperlapapp. Ich zieh mir nur schnell meinen warmen Mantel an und setze meinen Hut auf. Dann fahren wir los."

„Aber ... " keuchte von Winterfeld verzweifelt.

Damit war Antonia schon verschwunden, bevor dem Baron ein paar wirkungsvollere Worte einfallen konnten. Kurz darauf erschien sie wieder, nun bestens gelaunt. Sie hatte einen dicken, blauen Mantel an, ein Halstuch um ihren Hals gebunden und eine kleine, kesse Kappe aufgesetzt, die mit einer großen Blume verziert war. Amüsiert beobachtete sie ihren Begleiter, der verzweifelt versuchte, den Motor mit der Kurbel anzulassen. Offenbar hatte er vorgehabt, ohne sie abzufahren. Das lange Futteral, das sie bei sich trug, legte sie vorsichtig und unbemerkt in den Fond des Wagens und kletterte dann auf den Beifahrersitz.

„Schön bequem hier drinnen", schrie sie, als das Geknatter des Motors begann. „Mercedes 35 PS ist ein ziemlich ungewöhnlicher Name für so ein Monster. Finden Sie nicht auch, Herr Baron? Rollendes Wildschwein würde eher passen."Der Baron schnaubte missbilligend, legte einen Gang ein und das Geknatter wurde noch lauter. Antonia holte ein weiteres Kopftuch aus ihrer Handtasche und band die Kappe noch fester.

Als das Automobil in einer dicken Staubwolke verschwand, schaute Frau Johannsen aus der Eingangstür und schüttelte verständnislos den Kopf.

„Wenn das nur gut geht ... "

22

Schlei-Bote

8. April 1903

Die in der Nacht vom 11. zum 12. April sichtbare fast totale Mondfinsternis ist besonders interessant, weil man sich bei dieser Gelegenheit vom Eintritt des wahren Vollmonds überzeugen kann. Für unsere Gegend geht der Mond nach europäischer Zeit am Sonnabend, den 11. April, abends gegen 7 Uhr auf, tritt 11 ½ Uhr in den Schatten der Erde und gegen 3 Uhr nachts wieder heraus. Um die Mitte der Finsternis, also gegen 1 Uhr, wird dann die Mondscheibe bis 973/1000 ihrer Oberfläche verfinstert sein.

Klein Himmelsee, spätabends, April 1903

Sebastian von Waasner und Stefan Kindler hatten mit der betäubten Elisabeth von Waasner die Abzweigung zur Sumpfhalbinsel am Himmelsee erreicht. Der Reitlehrer stieg vom Kutschbock herunter und streckte seine Glieder, während sein Herr die schlafende Frau mit leichten Schlägen ins Gesicht weckte.

„Wir sind da! Stehen Sie auf!"

Energisch zog er an ihrem Arm.

„Wo wollen wir denn hin?", fragte die benommene Frau unbeholfen.

„Wir machen einen kleinen Spaziergang", erwiderte der Gutsherr lächelnd.

„Mir ist schwindelig", wandte Elisabeth ein und versuchte sich zu erheben.

Unsanft packte Sebastian sie und zerrte sie zur Tür der Kutsche. Dort stieß er sie Kindler in die Arme, der sie wie eine Stoffpuppe auffing. Dann ging es zum Pfad, der in den Sumpf führte.

„Es ist ja schon Abend", sagte die junge Frau ängstlich und verwirrt.

„Was haben Sie vor?", fragte der Reitlehrer den Gutsbesitzer, während er Elisabeth von Waasner mit sich zog.

„Du wirst jetzt das zu Ende bringen, was du vor zehn Jahren vermasselt hast", forderte sein Herr.

Er holte eine Fackel unter dem Kutschbock hervor, die er mit einem Streichholz im Nu in Brand gesetzt hatte.

„Oh, da ist ja ein Vollmond", stellte Elisabeth, die verzweifelt zum Himmel gesehen hatte, überrascht fest.

„Wenn eine fremde Kusche vorbeikommt, könnte es Zeugen geben", erwog Stefan Kindler.

Sebastian von Waasner zog eine Pistole unter seiner Jacke hervor und meinte gelassen: „Aber ein toter Zeuge kann nicht reden, Kindler. Geh voran!"

Schweigend gingen sie nun den Weg hinunter bis zum Waldrand und immer weiter, bis der Weg am Bach endete. Der Gutsherr rammte dort die Fackel in den Boden.

„Und nun?", fragte der Reitlehrer.

„Nun bringst du sie zur Halbinsel, und dort führst du es zu Ende!"

„Ich soll sie … ?"

„Genau! Und wenn nicht, dann … "

Der Gutsherr richtete die Waffe auf Kindler und sah ihn drohend an, bis dieser seinen Blick abwandte und nickte. Nach einem Moment des Schweigens ging er zum Wasser. Dabei zerrte er die junge Frau hinter sich her.

„Oh, das Wasser ist kalt." Elisabeth zuckte zusammen, als sie auf das Kiesbett des Baches trat.

„Ja, aber es ist nicht gefährlich, Fräulein Streitmann", flüsterte der Reitlehrer beruhigend und machte zwei weitere Schritte hinein, sodass er bis zum Oberschenkel im Bach stand.

„Ich will nicht", quengelte sie, doch willenlos, wie sie war, folgte sie dem Mann.

„Es ist alles gut."

Stefan Kindler spürte den drohenden Blick seines Herrn im Rücken und wusste, dass er sie gleich ins tiefe Wasser stoßen musste, sodass sie vollständig untertauchte. Sonst würde er niemals lebend aus dem Sumpf herauskommen.

Während sich eine Wolke vor den Mond schob, begann ein leises Grollen in der Ferne in seinen Ohren zu dröhnen. Ein Gewitter nahte. Wie damals, dachte der Reitlehrer. Schritt für Schritt tastete er sich in der Dunkelheit langsam vorwärts und schleifte die benommene Frau vorsichtig hinter sich her. Sie schien immer schwerer zu werden. Er bewegte sich zu der Seite, wo das Reet sich im Wasser ausbreitete. Gleich würde er für Sebastian von Waasner nicht mehr zu sehen sein. Dann war er ein bisschen mehr in Sicherheit. Zumindest fühlte es sich für ihn so an.

Aber dort musste er auch die Frau untertauchen. Wo blieb bloß Walter von Waasner, überlegte er. Er hatte ihm doch extra eine Botschaft geschickt. Hatte er sie nicht bekommen? Oder nicht verstanden? Seufzend sah er sich um. Wenn sie im Reet ertrank, würden die Fischer sie nicht sofort entdecken. Jedenfalls nicht so schnell, wie wenn er sie ins tiefe Wasser stieß und sie dort umkam. Spätestens übermorgen würde sie wieder an die Oberfläche kommen. Und nun kannte man sie hier.

*

„Sie müssen schon hier sein", sagte Walter von Waasner zu Rune. Sebastians Kutsche stand neben dem Weg und die beiden Pferde knabberten an einigen Zweigen.

„Aber warum hat Kindler so junge und unerfahrene Tiere ausgewählt?", murmelte er. „Vielleicht hat er es mit Absicht getan, der Halunke, damit sie langsamer sind!"

Rune hatte inzwischen den Weg auf Abdrücke von Stiefeln oder anderem Schuhwerk untersucht, weil ihn die Pferde nicht interessierten. Nun sagte er ungeduldig:

„Drei Spuren führen zum Sumpf hin, Herr von Waasner, und eine davon ist etwas schleifend. Wir müssen schleunigst hinterher."

Er holte eine Fackel vom Kutschbock herunter und entzündete sie. Dann eilte er voraus. Plötzlich hörten auch die beiden Männer das Grollen in der Ferne.

„Ein Gewitter", sagte der Schäfer.

Seine Augen wurden unruhig. Er beschleunigte seine Schritte, sodass der alte Herr ihm kaum folgen konnte.

„Warten Sie doch! Wir müssen zusammen dort ankommen, Herr Silban. Wenn Sie allein und als Erster dort auftauchen, bringt mein Neffe Sie um, bevor Sie bis drei gezählt haben."

Als Rune Licht in der Ferne sah, hielt er an. Er entdeckte nur eine dunkle Gestalt, die nicht in seine Richtung schaute, sondern zum See. Wo war Linda?

„Ich gehe voraus und Sie folgen mir", flüsterte der Gutsherr seinem Begleiter zu, als er ihn erreicht hatte.

Er nahm Rune die Fackel aus der Hand und zwängte sich an ihm vorbei. Immer noch schaute Sebastian zum See hinaus. Gut 30 Schritte von ihm entfernt hielt sein Onkel an und brach einen Ast von einem Busch ab. Dann rief er:

„Wo ist sie, Sebastian?"

Rasant drehte der sich um seine Achse und zielte mit der Pistole auf seinen Onkel, der gemächlich weiter ging und erst einige Schritte vor Sebastian stehen blieb. Im Hintergrund erkannte Sebastian eine weitere Gestalt, ohne deren Gesicht richtig erkennen zu können.

„Wo ist wer?", fragte Sebastian scheinbar ahnungslos.

„Wenn sie tot ist, dann wirst du gehenkt. Dafür sorge ich", sagte Walter und ging noch näher auf seinen Neffen zu. Er bückte sich langsam und rammte den Griff der Fackel in den Boden. Dann griff er nach seiner Waffe.

„Waffe weg!", zischte sein Neffe und entsicherte seine Pistole.

Plötzlich zerriss der Schrei einer Frau die Dunkelheit, dem ein klatschendes Geräusch folgte und peitschende Schläge im Wasser. Sebastian wandte den Kopf über die Schulter zum See und ließ seine Waffe etwas sinken. Zeitgleich blitzte es grell auf in der Ferne. Rune stürzte wutentbrannt auf Sebastian zu und schrie: „Du verdammter Lump!" Im selben Moment krachten zwei Schüsse.

*

Baron von Winterfeld fuhr schnell und sicher, sodass Antonia ihre Kappe trotz zweier Tücher festhalten musste. So hatten sie ihr Ziel bald fast erreicht. Doch kurz vor dem Himmelsee blieb das Auto stehen.

„Kein Benzin mehr", hatte der Baron mit kundigem Forscherinstinkt bei geöffneter Motorhaube schnell herausgefunden. „Keine Angst, Fräulein von Waasner, wir haben einen Reservekanister."

Zunächst war das ein zuversichtlicher Trost, mit dem er Antonia für einige Zeit beruhigte. Doch als der Tank mit dem Benzin des Reservekanisters wieder ausgiebig gefüllt worden war, sprang die Zündung nicht mehr an. Der Baron riss ein ums andere Mal an der Kurbel, aber nichts tat sich. Auch seine Anweisungen, Antonia möge an dem Hebel fürs Gas ziehen, nutzten nichts. Bis plötzlich der Motor doch erwachte, allerdings nicht, ohne dem Baron gehörig wehzutun. Die Kurbel traf ihn, sodass er lautstark schrie und fluchte. Worauf der Motor anscheinend ein schlechtes Gewissen bekam und wieder verstummte.

Frustriert setzte sich der Baron neben seine Beifahrerin und sie überlegten, was sie nun tun sollten. Doch sie hatten Glück im Unglück, denn kurz darauf kam ein Fuhrwerk vorbei, dessen Kutscher ihnen anbot, sie den Rest des Weges bis zur Halbinsel bei Klein Himmelsee mitzunehmen.

Kurzerhand wurde das Automobil an ein Seil gehängt. Bei der Abzweigung zu einem kleinen Wald hielten sie an. Dort standen schon zwei weitere Kutschen. Eine davon gehörte Walter von Waasner, wie

Antonia sofort erkannte. Der Baron beriet sich noch mit dem Kutscher, wie es nun mit seinem Fahrzeug weitergehen sollte, als die junge Frau ein Pferd in der Finsternis stehen sah, das an einem Baum am Wegesrand angebunden war.

Also holte sie leise und unbemerkt das Futteral aus dem Fond des Automobils und ging damit auf das Tier zu. Als sie es erreichte, erkannte sie, dass es Habicht war, das Pferd, mit dem Stin hierher aufgebrochen war. Der Rappe trank aus einem Wasserloch, dessen Ablauf zu einem kleinen Bächlein führte. Sein Fell dampfte und er war noch nicht abgesattelt worden. Stin war in großer Eile gewesen, dachte sie.

Antonia folgte dem Pfad in den Sumpf hinein. Sie hatte Angst bekommen. Hoffentlich war ihr Bräutigam vorsichtig gewesen. Die Rufe, die vom Baron aus der Ferne zu ihr drangen, ignorierte sie. Langsam kämpfte sie sich durch das Dickicht, sorgsam auf die festgetretene Erde achtend. Alle paar Sekunden wurde der Himmel von Blitzen auf der anderen Seite des Sees beleuchtet. Trotzdem war die Dunkelheit im Dickicht neben dem Weg undurchdringlich, denn eine Wolke verbarg immer noch den Vollmond.

Dann sah sie einige Dutzend Meter weiter zwei Fackeln dicht über der Erde brennen. Sie nahm das Gewehr aus dem Futteral und entsicherte es. Jetzt beschleunigte sie ihre Schritte und wäre dabei fast über eine Gestalt gestolpert, die vor ihr am Boden kauerte. Im letzten Moment konnte sie innehalten und beobachtete, wie der Unbekannte sich aufrichtete und eine Bewegung machte, die ihr vertraut vorkam. Es war Stin. Noch während laut ein Donner grollte, versuchte sie, ihn auf sich aufmerksam zu machen.

„Stin, ich bin's, Antonia", rief sie ihm leise zu.

Sein Kopf zuckte und drehte sich ruckartig in ihre Richtung. Irgendetwas an dieser Bewegung sah für sie merkwürdig aus. Nun ließ er seine Hand, in der er immer noch die Pistole hielt, kraftlos sinken. Er war nicht in Ordnung, da war sie sich nun sicher. Sie kroch das letzte Stückchen auf ihn zu und hockte sich vor ihm nieder. Im Licht des nächsten Blitzes sah sie sein gequältes Lächeln, als er sie erkannte, und eine Wunde am rechten Halsansatz.

„Sebastian hat mich getroffen, obwohl ich sehr weit weg war. Er ist besser als ich", stieß er mühsam hervor. „Aber ich hab ihn auch getroffen."

Antonia hatte das Gewehr weggelegt und seinen Kopf auf ihren Schoß gebettet.

„Ich hab es dir immer wieder gesagt, Stin. Du musst besser auf dich aufpassen!"

Die Tränen liefen ihr aus den Augen und sie schluchzte leise. Sie riss ein großes Stück vom Ärmel ihres Kleid ab und faltete es so zusammen, dass es über die Wunde passte, die dicht über dem Schlüsselbeinknochen war.

„Es ist doch nur ein Streifschuss", versuchte er abzuwiegeln. „Das heilt bald wieder."

„Natürlich, mein Liebster", sagte sie schniefend. „Natürlich heilt das bald."

Doch immer noch sickerte Blut durch den notdürftigen Verband.

„Drüben liegen Walter und der Schäfer am Boden. Ich weiß nicht, ob sie tot sind."

Doch die beiden waren Antonia im Moment egal, zunächst musste sie unbedingt ihrem Verlobten helfen. Plötzlich hatte sie eine Idee: Sie erinnerte sich daran, dass ihre Tante ihr immer Zucker gegeben hatte, wenn sie Mühe gehabt hatte, wieder auf die Beine zu kommen, nachdem ihr Onkel sie geschlagen hatte. Wie gut, dass ich zurzeit so ein Verlangen nach Süßem habe, dachte sie schmunzelnd. Sie langte in ihre Handtasche und zog ein Karamellbonbon hervor.

„Hier, damit geht es dir gleich besser! Bitte, sei nun still und bewege dich nicht so viel."

Er sah sie dankbar an und sie streichelte ihm zärtlich über die dunklen Haare. Dann bettete sie seinen Kopf vorsichtig auf einige Blätter am Boden, tastete nach ihrem Gewehr und nahm es wieder in die Hand. Sie richtete sich auf und flüsterte ihm zu:

„Hier sind zu viele Äste und Zweige davor. Aber beim nächsten Baum müsste ich freie Sicht auf die Lichtung haben, wo Sebastian ist", sagte sie entschlossen.

Entsetzt griff Stin nach Antonia und versuchte, sie wieder an sich zu ziehen. Doch er war zu schwach. Deshalb sagte er entschieden:

„Nein, mach das nicht! Leg jetzt das Gewehr weg und denk bitte an unser Kind."

Antonia, vom Gedanken der Rache beseelt, blitzte ihn mit dunklen Augen an, schüttelte nur den Kopf und machte sich frei von ihm. Resigniert sah Stin ein, dass sie niemals auf ihn hören würde.

„Also gut! Du musst ihn mit dem ersten Schuss erwischen, Antonia. Sonst macht dich das Mündungsfeuer blind und er schießt dann auf dich", riet er.

Sie nickte, stand langsam auf und bewegte sich ein paar Schritte weiter auf den nächsten Baum zu. Von hier konnte sie die Lichtung gut überblicken. Die eine Fackel war gerade am Erlöschen und es blitzte auch nur noch in immer größeren Abständen. Sie entdeckte Rune und Walter, die am Boden lagen. Sebastian saß mit dem Rücken angelehnt am größten Baum und konnte den Pfad auf mehrere Dutzend Meter gut einsehen. Offensichtlich war er auch verletzt, weil ein Bein mit einem Stoff umwickelt und in einem unnatürlichen Winkel abgeknickt war. Antonia legte den Gewehrlauf an und zielte auf ihn. Sein Herz. Er muss sterben, dachte sie. Sie drehte sich zu ihrem Mann um und nickte ihm zu.

„He, Sebastian. An deiner Stelle würde ich endlich aufgeben. Du kommst hier nicht mehr raus!", rief Stin nun.

„Halt deinen Mund, Bastard!", schrie Sebastian zurück. „Du schießt erbärmlich und ich krieg dich gleich."

Einer der am Boden liegenden bewegte sich.

„Gib doch auf, Sebastian! Du hast schon genug Unheil angerichtet", raunte Walter von Waasner mühsam.

„Ich weiß nicht, warum ich dich nicht gleich getötet habe, Walter."

„Weil du ohne mich aus diesem Schlamassel nicht mehr lebend herauskommst, Sebastian."

Der Neffe hatte seine Pistole auf den alten Mann gerichtet, doch nun ließ er sie wieder sinken und legte sie sogar auf das Moos neben sich. Dann holte er eine Zigarette aus der Brusttasche seiner Jacke und zündete sie flink mit einem Streichholz an.

„Willst du meine Version hören, die ich der Polizei erzählen werde? Linda Streitmann hat mich hierher gelockt, um mir die fehlende Familienbrosche zu verkaufen. Diesen Plan hatte sie zusammen mit Rune Silban ausgeheckt und dein Bastard Augustin war ihr Komplize. Mit seiner Pistole wirst du, Walter, erschossen werden. Rune, der mir mit deiner Waffe ins Bein geschossen hat, wird auch sterben. Und die liebe Elisabeth geht aus Kummer über seinen Tod ins Wasser."

„Und welche Rolle soll dein Reitlehrer dabei spielen?"

„Kindler wandert morgen nach Amerika aus. Wer weiß, vielleicht bekomme ich sogar noch dein Gut, Walter."

„Schlag dir das aus dem Kopf, Sebastian! Du wirst unter keinen Umständen irgendetwas von mir erben. Stin und seine Braut erwarteten ein Kind. Und alle drei sind in meinem Testament als Erben schon erwähnt. Und meine Schwester ebenfalls. Du bist ausdrücklich ausgeschlossen."

„Wenn du meinst, Walter. Vielleicht stirbt die Frau deines Bastards ja unerwartet. Dann werde ich der Vormund ihres Kindes. Alles ist möglich", sagte Sebastian freundlich lächelnd. Er nahm einen gierigen, hastigen Zug. Dann fuhr er fort:

„Ich habe keine Angst vor dir, Walter. Da bereitet mir der Baron schon weit mehr Sorgen. Möglich, dass er eine ganze Schar seiner Verbrecher auf mich hetzt. Der Idiot hält nämlich Elisabeth für seine Tochter. Über zwei Jahre haben Bertram und Maria erfolglos versucht, ein Kind zu bekommen. Und schon zwei Monate, nachdem das Gerücht von einer Liaison zwischen Maria und dem Baron die Runde machte, war ein Kind unterwegs. Da gab es natürlich noch mehr Gerede. Deshalb hat Bertram damals angefangen zu trinken."

Sebastian zog noch ein paar Mal an seiner Zigarette, schließlich drückte er sie auf der Baumwurzel aus.

„Aber ich hoffe, dass der Baron mich zum Duell fordert. Dann ist er fällig."

Walter atmete schwer. Doch er war noch nicht fertig.

„Was hast du mit Elisabeth gemacht. Wie kam es, dass Pastor Phillipsen die kleine Elisabeth damals für tot hielt?"

Sein Neffe durchzuckte plötzlich ein Krampf, denn er drückte seinen Oberschenkel, keuchte mit schmerzverzerrtem Gesicht und hielt den Atem an. Dann stöhnte er auf, fing sich aber wieder und grinste seinen Onkel verschlagen an.

„Ich gab ihr heimlich etwas Curare, bevor sie mit Luise Inien nach Rieseby gefahren ist. Curare ist ein wunderbares Gift, weil es schön langsam wirkt. Zunächst war die kleine Elisabeth nur etwas wackelig auf den Beinen und stürzte deshalb beim Aussteigen aus der Kutsche. Leider war sie nur bewusstlos und nicht tot. Aber dank Curare hatte sich inzwischen ihr Pulsschlag so verringert, dass nur ein mit Giften sehr erfahrener Arzt den Unterschied hätte feststellen können. Nachdem Phillipsen und die Haushälterin weg waren, holte mich Kindler dazu und gemeinsam haben wir sie weggebracht. Der Rest war ein Kinderspiel! Mir war klar, dass Maria das nicht überleben würde. Und Bertram … ich hatte ihn vor der Feuergefahr gewarnt."

Er machte wieder eine Pause.

„Nun, wo du nicht mehr lange zu leben hast, Walter, kannst du es ja auch wissen: Nicht der Blitz hat das Feuer ausgelöst, sondern ich."

Sebastian nahm die Hand von seinem Bein. Offenbar hatte der Schmerz nachgelassen.

„Kindler sollte die Löscharbeiten organisieren. Er ist ja schon seit Jahren bei der freiwilligen Feuerwehr in Rieseby. Aber der blöde Kerl hat sich an jenem Abend zunächst um Luise Inien gekümmert. Das hatte ich nicht vorausgesehen. Deshalb ist leider viel mehr Schaden am Gutshaus entstanden, als es geplant war."

Sein Blick wanderte nun zu Walter. Dann tastete er nach seiner Pistole.

Antonia, die alles mitangehört hatte, reichte es jetzt. Aber sie beschloss ihrem Schwiegervater, der seinen Neffen lebend haben wollte, einen Gefallen zu tun. Vielleicht war es tatsächlich besser, wenn Sebastian die Konsequenzen seiner Tat tragen musste. Langsam wanderten Kimme und Korn zu seinem rechten Schultergelenk. Dann zog sie den Zeigefinger bis zum Druckpunkt durch und dann noch ein Stückchen weiter. Die Kugel traf Sebastian und riss ihn von dem Wurzelwerk des Baumes herunter. Er schrie und tastete mit der linken Hand nach der Waffe, die eben noch neben ihm gelegen hatte. Vergeblich, denn sie lag nun auf der falschen Seite. Alle seine Bemühungen, sie zu greifen, führten nur dazu, dass er immer dichter ans Wasser gelangte. Antonia wartete, bis er sich nicht mehr bewegte. Dann stand sie auf und ging langsam den Pfad entlang zu ihm. Wütend stieß sie ihn mit der Mündung des Gewehrs noch einmal an. Schließlich hob sie die Pistole auf und warf sie in den See.

„Antonia, in deinem Zustand solltest du zu Hause sein", schalt sie Walter liebevoll.

„Ich habe mir Sorgen um Stin gemacht, und jetzt glaube ich, dass es gar nicht so schlecht war, dass ich gekommen bin."

Damit kniete sie neben Rune nieder und fühlte seinen Puls.

„Sein Herz schlägt noch, aber sein Kopf ist voller Blut."

Stin war aufgestanden und kam langsam den Pfad entlang und nahm Antonia in seine Arme. Erschöpft und glücklich lehnte sie sich an ihn. Plötzlich knackten Zweige und alle fuhren zusammen. Strahlend kam der Baron den Weg entlang und hielt triumphierend eine Pistole in der linken Hand. Als er sich umblickte und die Lage erfasst hatte, steckte er sie allerdings enttäuscht wieder weg.

23

Schlei-Bote

4. Mai 1903

Karby
Alle Freunde des Kunstgesanges machen wir hier-
durch aufmerksam auf das am 14. d.M. im Bahnhofs-
hotel stattfindende Konzert des schwedischen Sänger-
Quintetts Luttermann. Es stehen diesem Ensemble die
allerbesten Empfehlungen zur Seite und dürfte der
Umstand schon genügend Zeugnis für seine Qualität
ablegen, daß dasselbe weiland Sr. Majestät König
Albert von Sachsen gesungen hat. Das Hamburger
Fremdenblatt schreibt unter anderem: „Nach wie vor
übt das schwedische Quintett Luttermann aus Stock-
holm ungeschwächte Anziehungskraft aus.

Gut Rieseby, Mai 1903

Es schien so, als ob das Schicksal recht großzügig mit
der Gesundheit der Streitenden umgegangen wäre.
Stefan Kindler war so vernünftig gewesen und hatte
Elisabeth von Waasner nichts getan. Der Reitlehrer
hatte die Schießerei aus sicherer Entfernung abgewartet.
Er hatte sein Versteck erst verlassen, als er sicher war,
dass ihm oder der jungen Frau nichts passieren würde.
Dann war er nach Klein Himmelsee gelaufen, um Hilfe
für all die Verletzten zu holen, die die Dorffeuerwehr
zum Gasthof „Fischers Fru" brachte. Anschließend
wurde nach der Polizei in Eckernförde geschickt.

Vor dem Eintreffen des Beamten hatte sich der Baron kurz mit Walter von Waasner beraten und von da an dirigierte von Winterfeld den Fortgang der Ereignisse. Der Besitzer des Seehofes hatte einen Schuss in die Hüfte erlitten, der am übernächsten Tag in Kiel operiert worden war. Ebenso erging es Sebastian.

Rune wurde schon vorher entlassen, denn er hatte nur einen Schlag mit Sebastians Pistole erhalten und litt unter einer leichten Gehirnerschütterung. Er durfte zusammen mit Elisabeth schon am nächsten Tag nach Klein Himmelsee zurückkehren, denn sie hatte ihren Rausch nach der Stechapfelvergiftung ebenfalls schnell überwunden. Antonia blieb bei Stin, der auf Anweisung des Barons in Eckernförde kurz von einem Marine-Arzt versorgt wurde. Zum Glück stellte sich heraus, dass es sich tatsächlich nur um einen ungefährlichen Streifschuss handelte, sodass beide nach kurzer Zeit wieder auf dem Seehof waren.

Der Baron hielt seine schützende Hand auch über Kindler und versorgte den Polizeibeamten mit einem Bericht zum Tathergang, der sich im wahrsten Sinne des Wortes in Dunkelheit hüllte. Es sei eigentlich ein Angelausflug geplant gewesen, aber dann habe sich ein Wildschwein der Gruppe genähert. Zumindest habe man das aufgrund der Geräusche geglaubt. Doch wegen der schlechten Sicht – inzwischen hatte sich eine Wolke vor den Vollmond geschoben – und weil sich versehentlich ein Schuss aus einer Waffe gelöst habe, sei es zu dieser unglücklichen Kettenreaktion gekommen, erläuterte er dem ungläubigen Gesetzeshüter.

Dem Herzog gegenüber schilderte von Winterfeld den wahren Ablauf des Geschehens, wies jedoch daraufhin, dass ein öffentlicher Prozess dem Ansehen des

Adels mehr als nur Schaden zufügen würde und eine Verbannung des Täters eine angemessene Lösung des Konflikts wäre.

Walter bestand darauf, dass dieser für immer nach Schweden auswanderte. Er solle dort mit seiner „Giftmischerin", wie er Mathilde Stenhardt nannte, in einer kleinen „Stuga" leben. Woraufhin Sebastian bald darauf in Richtung Skandinavien verschwand und er nicht mehr wegen Entführung und zweifachen versuchten Mordes angeklagt werden konnte.

Der Gutshof Rieseby war nun Eigentum von Elisabeth von Waasner, die darauf beharrte, dass Rune ihr Mann wurde. Die Hochzeit der beiden erfolgte im Juli. Die Trauung war am Morgen in der Kirche von Rieseby vollzogen worden. Das Fest, zu dem eine Vielzahl von Gästen erschienen war, begann am Nachmittag. Ein recht gut gestimmtes Klavier gab unter den Fingern eines geschickten Pianisten anmutige Tanzmelodien von sich und wurde von drei Geigern unterstützt.

Natürlich war Walter von Waasner da und stand mit Conrad von Hirschfeld und dem Baron in der Nähe des Einganges zum Ballsaal im Herrenhaus des Gutes Rieseby. Misstrauisch begutachteten die drei Herren einige junge Mädchen und Burschen aus Klein Himmelsee, die Elisabeth eingeladen hatte.

„Die Gäste sind nicht alle von Stand", raunte Conrad. „Aber die Braut sieht bezaubernd aus."

„Der neue Herr des Hauses ist auch nicht unbedingt allererste Wahl", erwog von Winterfeld leise.

„Aber auch nicht die schlechteste Wahl", bemerkte Walter gütig.

Da trat Walters Schwester Winifred von Jellenbek zu den drei Herren.

„Na, meine Herren, Sie sehen aus wie drei veritable Griesgrame! Hoffentlich werden Sie nun keine Szene machen mit dem Thema ‚Der Bräutigam hat ja nicht mal eine Uniform an' ... "

Die drei Herren lachten höflich und der Baron, der anlässlich der Hochzeit seiner Tochter extra seine Offiziersuniform angezogen hatte, ahnte, was jetzt kommen würde.

„Herr Baron, meine alten Knochen sehnen sich nach männlicher Tatkraft. Trauen Sie sich zu, eine ältere Dame beim Tanzen nicht fallen zulassen?"

Der Baron salutierte vorbildlich und schlug seine Hacken leise zusammen.

„Sicher, Gnädigste, bis dass der Tod mir ein Bein stellt."

Er reichte Frau von Jellenbek seine längst genesene rechte Hand und wirbelte dann in Zeitlupe mit ihr um die jungen und alten Paare auf der Tanzfläche herum. Immer wieder waren die anderen Tänzer genötigt, elegante Ausweichmanöver zu   vollführen.

Das Fest war im vollen Gange und die Tanzfläche voll, als Rune sich im festlich geschmückten Ballsaal an eine der langen Wände lehnte und den Tanzenden nachdenklich zusah. Gerade bahnte sich nun der verwegene Gedanke, Herr dieses Besitzes zu sein, einen Weg in sein Bewusstsein, da kam Elisabeth, wunderschön in ihrem weißen Brautkleid anzusehen, langsam auf ihn zu und sagte:

„Kannst du dich noch daran erinnern, wie ich dir von meinem Kindheitstraum erzählte?"

Rune überlegte und langsam fiel es ihm wieder ein:

„Manchmal träumst du von einem Jungen, mit dem du durch einen Wald gehst und Beeren suchst, aber du kannst sein Gesicht nie sehen."

„Ja", nickte sie. „Genau das habe ich gesagt. Und heute Nacht hatte ich wieder diesen Traum." Sie machte eine Pause und flüsterte ihm dann ins Ohr: „Ich bin wieder mit dem Jungen durch den Wald gegangen und habe Beeren gesucht, aber dieses Mal hatte der Junge ein Gesicht. Du warst es und du hast meine Brosche um den Hals getragen."

Rune sah sie an und erkannte, dass sie heute selber die Brosche an einer goldenen Kette trug. Die Brosche, die sie beide auf Umwegen zusammengeführt hatte. Er nickte langsam und lächelte sie stolz an. Dann hielt er ihr eine Hand hin, zog kurz die Augenbrauen hoch und sagte:

„Du bist endlich wieder nach Hause gekommen. Sollen wir in deinem alten und neuen Zuhause tanzen?"

Sie strahlte. „Gerne." Doch ehe er sie zur Tanzfläche führen konnte, stellte sie sich ihm in den Weg. Er sah sie fragend an. Da nahm sie ihre Brosche ab und legte ihm die Kette mit dem Schmuckstück langsam um seinen Hals. Vor Glück errötete er, dann zog er sie schnell mit sich.

Und ich bin auch endlich nach Hause gekommen, dachte er. Er blickte zu seinem väterlichen Freund, Johannes Silban, der fröhlich neben Walter von Waasner auf der anderen Seite des Saales stand und zusah, wie Rune und Elisabeth begannen sich zu drehen. Auch Walters Augen wurden feucht.

Nachwort

Die zitierten Zeitungsartikel aus den beiden Zeitungen ‚Schleswiger Nachrichten' und ‚Schlei-Bote' durfte ich in dem Stadtarchiv Schleswig einsehen und bedanke mich hiermit dafür bei den dortigen Mitarbeiterinnen recht herzlich. Der Schlei-Bote ist eine Zeitung der Stadt Kappeln.

Bei Dr. Harald Möller bedanke ich mich für die Klärung einiger historischer Details. Hilfreich waren insbesondere das Buch ‚Dienstbare Geister' vom Dietrich Reimer Verlag (Berlin) über das soziale Leben von Dienstboten im beginnenden Industriezeitalter. Über die sozialen Strukturen in Schleswig-Holstein war ein Essay von Rolf Schulte ‚Landarbeiter und Großgrundbesitz in der Weimarer Republik am Beispiel des Altkreises Eckernförde' sehr informativ.

Mein größter Dank gilt meiner Lektorin Dr. Nicola Peczynsky, die einen sehr scharfen Blick für die genaue Beschreibung von Dingen hat, die der Leser unbedingt erfahren muss und was ihn eigentlich gar nichts angeht. Vergeblich versuchten fehlerhafte Folgerichtigkeiten, sich vor ihr zu verstecken. Und auch was mein Computer und ich verträumt am Wegesrand zwischen den Buchstaben und Wörtern an Rechtschreibdefekten und Grammatikunsinn verloren hatten, sammelte sie eifrig wieder ein und schlug mir vor, diese Dinge umweltfreundlich auf elektronischem Wege zu entsorgen.